Yoshin Franz Ritter
Der singende Stein
Das Buch des
Ursprungs und der Zeit

Roman
Band 2 des Weltenhüter-Epos

Lektorat: Margit Lendawitsch

Cover Artwork:
Suze LaRousse www.artfox.cc

Herstellung und Verlag: BoD – Books on Demand, Norderstedt

Alle Rechte vorbehalten
© 2017 Yoshin Franz Ritter,
Neunkirchen, Niederösterreich

www.yofr.work

ISBN 9 783743 148840

*Aus
Hermann Hesse „Siddharta"
Gefunden auf einem Grabkreuz
am Hallstätter Friedhof*

Inhalt

Hi, Hallo! Schön, dass Du da bist 7

Ich wollte Dir nur sagen, dass Dein Buch nicht mehr gelistet ist ... 10

Am nächsten Morgen hat mich die Panik voll erwischt 12

Setong ist in den Stamm 17

Ich sitze im Café Alhambra und warte auf Hilfe 21

Nachdem er lange vergeblich nach der Frau gesucht hat 27

Nach dem Gespräch mit A.H. fühle ich mich völlig verwirrt 30

Es ist schwer, Mira beizubringen, dass es besser ist, ... 34

In den nächsten Tagen ist Setong Nacht für Nacht 36

Das Wetter in den Wochen bei Mark und Silvia 40

Den ganzen Sommer über bis in den Herbst hinein 45

In den Frühling hinein unternimmt Setong zahlreiche 47

Im Internet suche ich nach einem Zen-Sesshin 48

Setong ist nun schon viele Jahre der Pechutan 52

Noch in der letzten Pause vor dem Abschluss 56

Am Nachmittag des übernächsten Tages 61

Nachdem ich meinen Rucksack eingecheckt habe 65

Die Sonne steht schon tief im Westen 68

Der Bus fährt in die Kleinstadt ein 71

Anfänglich ist es für die Neuankömmlinge schwer 76

Irgendwann am Nachmittag wache ich wieder auf 78

Wenn die Vorräte an Fleisch abnehmen 83

Igor führt mich in die Welt der Zeitgänge ein 85

Kira und Xeeth wachsen in der Fürsorge des Dorfes 91

In einem anderen Dorf des Adler-Berge-Stamms 93

An einem Morgen stehen drei Männer 95

Zwischen zwei halbwüchsigen Burschen 101

Petko lebt nun schon einige Jahre	105
Kira wächst zu einem Mädchen	108
Igor macht mit mir eine weitere Rückführung	110
Seit Petko der Priester des Stammes ist	114
Bei meinem zweiten Besuch von Xeeth	116
Nach einem langen Blick in die Runde	119
Lass uns noch einmal zu Xeeth zurückkehren	124
Nun ist klar, wo ich hin muss.	127
Ich bin gerade am Zusammenpacken	134
Nach 24 Stunden	136
Als ich die Mitte der mit saftig grünen Halmen	138
Am Donnerstag bin ich natürlich oben am Stausee	144
Die Farm, in der ich mir ein Zimmer	150
Über mir beginnt der Himmel heller zu werden	157
Zwei Tage später fahre ich wie ein Tourist	163
Frühmorgens am Vollmondtag holen sie Kira	170
Es dauert bis in den Nachmittag hinein	175
Völlig erschlagen kehre ich zu Mira zurück	180
Die Dürre kommt auf grausame Art	186
Den Sommer verbringe ich mit ruhiger Arbeit	189
Als wir am Morgen nach meiner Rückkunft	191
Die Männer, die Petko begleiten	197
Setong wandert durch den verbrannten Wald	204
Nach dem Besuch im Dorf meiner Kindheit	207
Epilog	212
Cover Design: Suze LaRousse	214
Der Autor: Yoshin Franz Ritter	215
Weitere Bücher des Autors	216

Hi, Hallo! Schön, dass Du da bist. Ich habe mich da reingequetscht, damit wir uns in Ruhe unterhalten, bevor das Buch beginnt. Denn ich bin überzeugt, dass einiges klargestellt werden muss, ehe der Text beginnt. Sonst bist Du vielleicht komplett verwirrt und wirfst das Buch in den Müll. Das wäre schade.

Oh, Pardon, ich hab mich noch nicht vorgestellt: ich bin A.H., einer der Weltenhüter. Nicht der A.H., der ja eher ein Weltenzerstörer war, nein, ich bin das Gegenteil, ein Weltenbehüter.

A.H. ist natürlich nicht mein richtiger Name, mehr so eine Art Code: A.H., AHAA!

Naja, vielleicht nicht so gut gewählt. Jedenfalls, ich habe keinen richtigen Namen – so wie Du auch. Niemand hat einen *richtigen* Namen, den gibt es nicht. Du klammerst Dich vielleicht an das Buchstabengewusel, das auf Deiner Geburtsurkunde oder in Deinem Reisepass steht – alles Bullshit. Scheiße. Niente. Nix wert. Übrigens wie jedes andere Wort auch. Alles ein Furz bei Windstärke 10. Besser, wir lassen das Thema.

Was ich hier in der Geschichte tue? Ich passe auf den Autor auf. Warum? Keine Ahnung. Meine Weltenhüter-Geschwister meinten, ich solle es tun.

Sie haben gesagt: A.H. pass auf den Autor auf.

Warum? fragte ich.

Nur so, war die Antwort.

Na dann, sagte ich. Und bin los. War nicht schwer, ihn zu finden. Zieht ja mit seinem Buch eine Spur durch die Zeit wie ein wildgewordener Trekker.

Seitdem bin ich dabei. Und passe auf ihn auf.

Was ich bin? Ein Weltenhüter, sagte ich doch.

Was das ist? Weiß ich doch nicht.

Manche Leute halten uns für Engel. Reiner Blödsinn. Engel! Das ist doch so ein Hilfsverein von einem Obermotz, denn viele Gott nennen, obwohl ihn keiner kennt. Scheint ein Super-Macho zu sein, weil sich vor allem Männer auf ihn berufen. Hat angeblich vor dreizehneinhalb Milliarden Jahren in sieben Tagen die Welt erschaffen, nachdem er einen Big Bang abgesetzt hat. Wer glaubt denn sowas? Ist das die Möglichkeit?

Man kann es nicht fassen, was Menschen so alles glauben und sich dafür gegenseitig die Schädeln einschlagen. Wenn zwei sich treffen, die auf unterschiedliches Textgebrabbel eingeschworen sind, dann nennt einer den anderen einen Ungläubigen oder Barbaren. Und

schon geht's los. Peng, eine auf die Nase, paff, eine hinters Ohr. Und dann kommen die Waffen: Messer, Schwerter, Dolche, Pistolen, Kalaschnikows, Bomben, Granaten, Raketen, Kernwaffen - bis das Schlachtfeld seinem Namen alle Ehre macht. Unfassbar! Haben die Leute kein Hirn? Nein, haben sie nicht. Ich war auch einmal so ein hirnloses Wesen. Aber darüber will ich nix sagen.
Die alten Ägypter haben ja den Leichen von Promis, Königen, Königinnen und so, die sie fürs ewige Leben einbalsamieren sollten (wieder so ein unfassbarer Schwachsinn), mit einem Haken das Hirn aus dem Kopf geräumt. Durch die Nase! Und es weggeworfen. Brauchen wir nicht mehr!
Wenn ich jetzt an die Reinkarnationslehre denke, sind da wahrscheinlich ein paar Hirnlose gerade wieder auf der Erde. Und machen sich wichtig. Sprengen sich selbst in die Luft und nehmen gleich ein paar Dutzend andere mit. Unfreiwillig, natürlich. Wer mit Hirn sprengt sich schon selbst in die Luft? Naja, die Japaner haben das nach dem verlorenen Krieg 1945 praktiziert, reihenweise.
Andere wiederum stehlen ein Flugzeug und jagen es in irgendwelche Häuser. Wieder andere sitzen im Cockpit und steuern einen Berg an oder lassen die Maschine ins Meer fallen. Das ist krank, krank, krank! Wozu dient das? Der Selbstbefriedigung? Dafür ist ja dann keiner mehr da. Der Rettung derer, die man mitnimmt? Fehlanzeige, alle tot. Der Selbstentwicklung? Klar, alle Verwicklungen sind aufgelöst, aber leider mitsamt dem, der verwickelt war.
Also hat man das Jenseits erfunden, um solchen Geschehnissen Sinn zu verleihen. Jenseits, dass ist das, wo eigentlich wir Weltenhüter herumgeistern. Neben anderen sehr luftigen Erscheinungen, denen einfach nur langweilig ist. Die rufen dann über das Mindphone irgendwelche bereitwillige Menschen an und blasen ihnen Geschichten ins Hirn, die sich dann durch Verkündigungen zu Religionen, Weltepen, Philosophien, Internetfakes oder irgendeinem anderen Hirnschrott auswachsen.
Und dann geht's los. Die Verkünder und ihre Anhänger prügeln sich mit anderen Verkündern und deren Anhängern, schütten Sarin in U-Bahnzüge oder starten eine Revolution zur Erfindung des Übermenschen oder der Durchsetzung der freien Liebe.
Und weil keiner der Verkünder und Anhänger wirklich frei ist, entsteht davon nur Zwang und Rechthaberei, Unterdrückung und

Gewalt, Hass und Arroganz. Die ganze Palette des irregeleiteten Geistes.

Wann werden die Menschen endlich frei sein von ihren großen Erzählungen, indem sie sich nicht mehr an die darin transportierten Werte klammern? Werte sind Erfindungen, Konstruktionen, sieht das denn keiner? Alles ist Erfindung. Ich bin eine Erfindung, der Text vor Dir ist Erfindung, Leben ist Erfindung, jede Antwort auch eine. Wenn der Geist frei ist, weiß er von selbst sehr genau, was er zu tun oder zu lassen hat. Er wird sich nie in die Luft sprengen oder anderen den Schädel einschlagen. Das geht nur, wenn der Geist voll ist mit Erfindungen, an die geglaubt wird.

Offene Weite, nichts von heilig. Das ist alles, was es gibt. Hat angeblich einer gesagt (den es vielleicht auch nie gegeben hat).

Es ist alles Schimäre, singt ein Schauspieler in einem Theaterstück, *aber mich unterhalt's.*

Schauspieler, ja, das sind wir, wir spielen unsere Rolle und kassieren unseren Lohn. Und lassen uns von dem Zeug, das wir produzieren, sogar unterhalten. Doch hinter dem Stück, hinter dem Text, hinter jedem Gespräch ist etwas, das uns berühren kann und uns Impulse gibt, ein anderes „Leben" anzusteuern. Dafür bist Du auf der Erde, und ich, naja, irgendwo…

Aber jetzt hör ich auf, sonst geht's ewig weiter. Hat mich gefreut. Nimm's nicht zu ernst. Eines Tages verstehst Du vielleicht, dass es gar nichts zu verstehen gibt. Und Schweigen die einzige Antwort ist, die zählt.

Aber wer kann die schon hören?

Ich wollte Dir nur sagen, dass Dein Buch nicht mehr gelistet ist, sagt meine Buchhändlerin am Telefon. Wir müssen also die Signierstunde am Freitag absagen.
Was? antworte ich völlig verwirrt mit einer sinnlosen Gegenfrage.
Sie antwortet geduldig: Dein Buch ist nicht mehr gelistet. Ich kann es nicht mehr bestellen.
Was heißt das? stammle ich.
Sorry, da kommt gerade eine Kundschaft, sagt sie. Tut mir leid. Vielleicht kannst Du das Problem bis Donnerstag lösen. Wir behalten den Zettel einstweilen im Schaufenster. Ruf mich an, wenn Du was Neues weißt.
Klack. Aufgelegt. Mein Buch gibt's nicht mehr.
Verloren trinke ich meinen Kaffee. Ich muss beim Verlag anrufen. Was soll das, die können doch nicht einfach mein Buch aus dem Programm nehmen. Anruf.
Erst spreche ich mit einem Computer: Wenn Sie Fragen zu Ihrer Rechnung haben, dann drücken Sie bitte die eins. Wenn Sie…..
Welche Taste drückt man, wenn sein Buch nicht mehr ausgeliefert wird? Ich warte.
Die Texte hören irgendwann auf.
Da Sie keine Taste gedrückt haben, wird sich in Kürze ein Mitarbeiter melden. Ihre voraussichtliche Wartezeit beträgt mehr als fünf Minuten.
Musik ertönt. *My Way* von Frank Sinatra. Wollen die mich verarschen? Aufzugmusik zur Nervenberuhigung? Okay, Handy auf Freisprech, niedersetzen, Toastbrot aus dem Toaster, Erdnussbutter drauf. Ich weiß, dass darf man nicht sagen, die Landwirtschaftskammer hat was dagegen. Erdnuss-Creme ist der korrekte Begriff. Alles muss korrekt sein. Political Correctness. Company Compliance. Und mein Buch? Ist es korrekt, dass es verschwunden ist? Es verkaufte sich doch eine Zeitlang ganz gut. Die Leute mögen es. Ich hab kaum mehr Steuerschulden. Also, was ist nicht korrekt? Dass es nicht mehr ausgeliefert wird, ist nicht korrekt.
Eine Stimme meldet sich, nuschelt etwas ins Telefon, ich verstehe kein Wort.
Mein Buch wird nicht mehr ausgeliefert. Können Sie mir sagen warum?
Welches Buch? fragt die Stimme mit einem leicht irischen Akzent.

Ich nenne Namen und Untertitel.
Haben Sie eine Kundennummer bei der Hand?
Hah! Ertappt. Moment, rufe ich ins Telefon und stürze zum Schreibtisch. Irgendwo in dem dekorativen Haufen am Tisch muss die letzte Abrechnung liegen. Ah, hier! Meine gottgewollte Ordnung. Ich finde alles in dem Chaos, es darf nur niemand versuchen, es aufzuräumen. Ich nenne die Kundennummer.
Die habe ich leider nicht im Computer, sagt die Stimme.
Was? belle ich.
Ich sagte, ich habe Ihre Nummer nicht im Computer.
Moment, antworte ich, vielleicht habe ich Ihnen etwas Falsches gesagt. Die Nummer ist… ich lese sie erneut vor.
Nein, sagt die Stimme, ich habe das korrekt verstanden. Aber ich habe keine derartige Nummer in meinem Computer. Es tut mir leid. Ich wünsche Ihnen noch einen schönen Tag.
Bumm. Aufgelegt. Sicher so ein Call Center-Heini. Ich muss direkt mit dem Verlag reden. Also auf die Webseite. Computer hochfahren, ab ins Internet, Verlagsname googeln.

Fehler: Server nicht gefunden
Der Server konnte nicht gefunden werden.
- Bitte überprüfen Sie die Adresse auf Tippfehler, wie ww.example.com statt www.example.com
- Wenn Sie auch keine andere Website aufrufen können, überprüfen Sie bitte die Netzwerk-/Internetverbindung.
- Wenn Ihr Computer oder Netzwerk von einer Firewall oder einem Proxy geschützt wird, stellen Sie bitte sicher, dass Firefox auf das Internet zugreifen darf.

Nochmals versuchen

Ich drücke den Button Nochmals versuchen. Selbe Antwort. Ich drücke noch einmal. Und wieder, und wieder. Und zuletzt hämmere ich mit meinem Zeigefinger auf die Maustaste ein. Es ändert sich nichts. Ich versuche eine andere Webseite. Keine Antwort. Ich versuche meine Webseite. Keine Antwort. Ich versuche meinen Blog. Keine Antwort. Ich versuche… nein, ich höre auf. Es hat keinen Sinn. Paranoia tritt in mir auf. Guten Tag Paranoia, sage ich. Ich komme mir vor wie Tom Cruise in *Minority Report*. Aber meine Augen lasse ich nicht operieren! schreie ich. Und dann: Scheiße!

Wut! Meine Kaffeetasse fliegt gegen die Küchenzeile. Braune Soße tropft von den weißen Türen auf den Boden. Was wird Mira wieder dazu sagen?
Egal. Ich muss etwas tun. In meinen Entschluss hinein läutet das Telefon.
Melmoth ist am Apparat: Sie haben einen Warnschuss abgegeben, mein Freund.
Was? frage ich.
Du hast doch mit den Recherchen für Dein zweites Buch begonnen, oder?
Ja, über die Geschichte der Bruderschaft, antworte ich.
Das ist keine Geschichte, sagt Melmoth bedächtig, die Bruderschaft lebt noch. Und sie wollen kein zweites Buch über ihre Organisation haben. Das erste Buch hat schon genug geschadet.
Ich stottere: Ich dachte, seit der Befreiung des Herzens sind sie alle tot?
Nein, lacht Melmoth bitter, tot ist nur die Gruppe, die auf das Herz aufpassen sollte. Die Bruderschaft ist viel größer, sie ist über die ganze Welt verteilt. Die Weltenhüter versuchen immer wieder ihre Aktivitäten einzudämmen, aber die menschliche Natur ist schwach und unterliegt sehr leicht den Verführungen der Macht. Deswegen gibt es die Bruderschaft weiterhin. Wir sollten einander treffen und überlegen, was wir tun können, um Dich zu schützen. Denn Du brauchst jetzt viel Schutz. Übrigens: Meriel ist schwanger.
Gratulation, stammle ich ins Telefon.
Doch Melmoth hat aufgelegt. Typisch er.

Am nächsten Morgen hat mich die Panik voll erwischt. Was ist, wenn sie mich so jagen wie Melmoth und Meriel? Was ist, wenn sie Mira etwas antun? Entsetzt springe ich aus dem Bett, sorgfältig darauf achtend, Mira nicht zu wecken. Ich ziehe mich leise an und koche mir eine Tasse Kaffee. Was, wenn, was, wenn, rast es durch meinen Kopf. Ich werde noch wahnsinnig, denke ich entsetzt. Ich muss zu Melmoth, ich muss zu Melmoth. Er ist der Einzige, der weiß, wie man mit solchen Sachen umgeht.
Ich klebe ein kleines Post-it an den Spiegel im Vorzimmer: ***Bin bei Melmoth.***

Dann Jacke über, Schlüssel einstecken, raus aus der Wohnung. Auf der Straße ist noch niemand. Viel zu früh für irgendwas. Also trabe ich durch Häuserzeilen und setze mich irgendwo in ein Schnellcafé. Ein Croissant bitte, sage ich, und Café Latte.
Durch die Auslagenscheibe beobachte ich die Straße. Ich sitze ein wenig vom Vorhang verdeckt. Wie Melmoth beim ersten Treffen mit Meriel. Dieselbe Situation. Nur dass ich meinen Feind nicht kenne. Meinen Feind?
Der Kaffee und das Croissant werden gebracht. Danke, sage ich, gedankenverloren und sehe die Frau gar nicht an, die es mir herstellt. Meinen Feind. Ich weiß nicht, ob es überhaupt einen Feind gibt. Vielleicht ist alles nur ein Computerproblem. Gestern Abend habe ich noch eine E-Mail von Mira's Computer an den Verlag geschickt. Und was will der Mann da drüben, der seit ein paar Minuten auf das Café blickt? Er hebt eine Kamera und zielt auf den Eingang des Lokals. Eine Frau betritt das Café. Der Mann hat abgedrückt und kommt ihr nun nach. Beide setzen sich an einen Tisch und betrachten das Foto im Display der Kamera. Ich komme mir wie ein Narr vor, esse den Rest vom Croissant, trinke den Kaffee aus, stehe auf, zahle, gehe.
Zurück in die Wohnung. Mira's Computer einschalten. Ha, das Ding braucht so lange zum Hochfahren. Sie will aber keinen Neuen. Kostet zu viel. Ich trommle mit den Fingern auf die Tischplatte. Ah, da ist ja der Startbildschirm. Hübsches Foto.
Kennwort eingeben. Warten.
Ins Mailprogramm gehen. Warten.
Datendatei anklicken. Warten.
Die Nachrichten empfangen. Warten.
Viel Spam. Warten.
Dann klicken, um die empfangenen Nachrichten anzusehen. Keine vom Verlag. Computer herunterfahren. Nachdenken. Nach einer Weile des Gedankenkreisens stehe ich auf und verlasse erneut die Wohnung. Vor dem Haus steht ein Auto. Zwei Männer drinnen. Also doch. Rasch vor zur Hauptstraße gehen. Sie folgen mir mit den Augen. Ich spüre es.
Um die Ecke gegangen lehne ich mich an die Hauswand. Gegenüber auf der anderen Seite der Hauptstraße verläuft die breite Glasfront eines Geschäftshauses. Das Licht ist noch nicht eingeschaltet. Also kann ich die Glasscheiben als Spiegel benutzen, durch den ich meine Wohnstraße überblicke. Einer der beiden ist

ausgestiegen und läuft auf der linken Straßenseite in meine Richtung. Ein Mann mit modischem Sakko, durchtrainiert, kurze graustoppelige Haare, Ray Ban-Sonnenbrille. Ich erstarre und presse mich an die Wand. Hoffe, nicht gesehen zu werden.
Er kommt um die Ecke und sieht: mich. Bleibt stehen. Macht einen Schritt auf mich zu: Das war erst der Anfang, Mister Autor, zischt er leise. Stellen Sie alle Aktivitäten ein. Sonst wird Ihre bürgerliche Existenz vernichtet. Wenn Sie dann immer noch weitermachen, kann noch mehr folgen.
Er grinst verschlagen und tätschelt meine Wange: Schreiben Sie Kinderbücher. Oder Fachartikel über Bienenzucht. Viel Glück.
Damit dreht er sich weg und geht zum Wagen zurück. Erschöpft und verschreckt bleibe ich an der Wand kleben. So habe ich mir das Autorenleben nicht vorgestellt. Da passieren die Abenteuer doch nur im Kopf. Aber jetzt? Jetzt bin ich Hauptdarsteller. Der Gejagte. Das Opfer. Was macht Harrison Ford in *Auf der Flucht*? Richtig, er flüchtet. Also weg von hier. Vor bis zur U-Bahn. Hinunter in die Unterwelt. Untertauchen im Gewühl.
Jetzt ist schon mehr los und ich muss gegen einen Strom von Ankommenden ankämpfen. Wohin? Wie ich auf den Zettel geschrieben habe: zu Melmoth. Aber erst einmal fahre ich kreuz und quer durch die Stadt. Steige um, fahre zurück. Noch eine Runde. Dann ist es genug. Ich tauche auf aus den Höhlengängen und bin in der Stadtmitte. Von da laufe ich in Richtung Meriels Wohnung. Nach dreißig Minuten bin ich da. Immer wieder habe ich mich umgeblickt, ob mir jemand folgt. Auch bevor ich in Meriels Gasse einbiege, stehe ich lange in einer Hauseinfahrt und beobachte das Kommen und Gehen von Menschen und Autos. Es ist nicht viel los hier, eine ruhige Gegend. Dann betrete ich das Haus und steige zu Meriels Wohnung hinauf. Klopfe an. Warte. Schon wieder. Melmoth öffnet und hebt seine Hand: Meriel fühlt sich nicht wohl. Was willst Du?
Sie haben mich gefunden, stammle ich.
Moment, sagt er und: warte einen Augenblick. Er geht in die Wohnung hinein und ich höre, wie er mit Meriel redet. Dann kommt er zurück, zieht im Vorzimmer Jacke und Schuhe an und tritt aus der Wohnung: Komm.
Und Meriel? frage ich.
Sie will sowieso Ruhe. Und schlafen, brummt er.

Gegenüber vom Haus steigen wir in seinen Wagen. Melmoth parkt ruhig aus und fährt Richtung Norden.
Was ist passiert? erkundigt er sich.
Heute Morgen, antworte ich, immer noch ein wenig aufgeregt. Ich komme aus dem Haus und zwei Typen sitzen in einem Auto vor der Türe. Einer steigt aus, groß, schlank, kurze graue Haare, und sagt zu mir, dass ich alle Aktivitäten einstellen soll. Sonst wird meine bürgerliche Existenz vernichtet. Oder mehr.
Melmoth zuckt die Achseln: Du hast die Bruderschaft geärgert mit unserer Geschichte. Aber eigentlich ist ihr Netzwerk hier zerstört. Das muss von außen kommen. Waren das Agenten?
Ich verneine: Glaube ich nicht. Sie haben nichts ausgestrahlt.
Dann waren es nur zwei angeheuerte Profis, stellt Melmoth fest. Die Bruderschaft hat da ein paar Leute auf der Payroll. So wie den, der Meriel am Bahnhof erschießen wollte. Sie kommen von außen und verschwinden wieder.
Was soll ich also Deiner Meinung nach tun? ist meine ängstliche Frage an ihn.
Am besten ist es, wenn Du eine Weile verschwindest. Nichts tust, einfach Urlaub machst.
Mira kann jetzt nicht weg, widerspreche ich. Sie hat einen großen Auftrag. Es geht um viel Geld.
Dann fahr allein, das wäre sowieso besser, antwortet Melmoth. Da bist Du beweglicher und musst nur für Dich sorgen.
Aber wohin? insistiere ich weiter, verknautscht und unwillig.
Hast Du nicht ein paar Freunde, bei denen Du einige Tage wohnen kannst? fragt Melmoth. Fahr hin. Aber hol Dir zwei neue Telefone, mit Wertkarten. Damit kannst Du mit Mira in Kontakt bleiben. Mails schreib ihr nur aus diesen öffentlichen Schreibstuben, wo die Migranten und Gastarbeiter hingehen. Wechsle oft Deinen Aufenthaltsort. Oder fahr in die tiefste Provinz, wo jeder Fremde gleich auffällt. Denk nach, was die Bruderschaft dazu bringen könnte, Dich in Ruhe zu lassen. Sonst hast Du sie ewig am Zeug. Und kannst vielleicht nur mehr Kinderbücher schreiben.
Das hat der Typ von der Bruderschaft auch vorgeschlagen, retourniere ich gequält.
Melmoth grinst mich an: Was hast Du gegen Kinderbücher?
Gar nichts, sage ich, aber ich kann das nicht. Ich war nie Kind.
Wir lachen. Das Gespräch hat mich ein wenig entspannt. Es zeigt sich eine mögliche Zukunft, auch wenn ich mir diese nie gewünscht

hätte. Mira und ich waren noch nie längere Zeit getrennt, seit wir ein Paar sind. Ein Paar sind, das klingt komisch. Weil es unsere Wirklichkeit nicht exakt beschreibt. Wir sind praktisch Tag und Nacht zusammen, unterhalten uns über unsere Tätigkeiten, ich lese ihr aus neuen Texten vor, sie zeigt mir die Manuskripte, die sie gerade lektoriert. Tage sind unsere gemeinsamen Tage, nur unterbrochen von Außenterminen, die einer von uns absolvieren muss.
Ich vergesse leider oft, sie von so einem Termin anzurufen, wenn sich etwas verschiebt. Aber sie ist immer in mir und mein Eindruck ist, dass es ihr genauso geht. Natürlich weiß ich, dass das nicht ewig weiter gehen wird, dass eines Tages einer von uns beiden sterben wird. Eine andere Art von Trennung kann ich mir gar nicht vorstellen. Doch gerade das Wissen, dass es kein *Ewig* für uns gibt, macht jeden Moment unendlich kostbar. Ich möchte nie mit dem Gefühl aus diesem Leben gehen, nicht genug für sie da gewesen zu sein. Das wäre ein grässlicher Tod für mich. Klar werde ich das aber so spüren, denn wir können nie genug geben, um ganz und gar verbunden zu sein. Doch es geht um viel oder wenig. Und ich will nur ein klitzekleines Gefühl von Versagen haben vor der großen Abreise.
Was heißt, die Bruderschaft dazu bringen, mich in Ruhe zu lassen? frage ich nach einer Weile, in der wir schon die Stadt verlassen haben und durch Feld und Wald fahren.
Melmoth biegt auf einen kleinen Rastplatz ein und steigt aus: Komm.
Wir laufen einen sonnigen Waldweg entlang. Es ist sehr warm für einen Dezembertag und bald öffnen wir unsere Jacken. Du musst die weiche Stelle der Bruderschaft finden, führt Melmoth seinen Gedanken von vorhin weiter. Womit kannst Du ihr so wehtun, dass sie wirklich aufhört, Dich zu verfolgen?
Mit einem Buch, denke ich, ist meine Antwort.
Er lacht kurz auf: Natürlich, aber was steht drinnen in dem Buch?
Ihre Entstehung? Ihre Wurzeln? Ihr Wesen? fällt mir als möglicher Inhalt ein. Aus welcher Quelle die Bruderschaft entsprungen ist?
Dieser Gedanke ist gut, meint er, ihre Quelle finden. Dazu musst Du ins Auge des Orkans. Das ist dort, wo alles entstanden ist. Aber zu Deinem Material kommst Du nur auf andere Weise als die übliche Recherche. Du kannst Dich nicht in öffentliche Archive begeben und dort nachforschen. Erstens wirst Du nichts finden

und zweitens machst Du Dich dadurch sichtbar und gefährdet. Es gibt nur einen Weg. Du musst auf eine Weise in die Vergangenheit, die sie nicht verfolgen können. Ich werde die Weltenhüter fragen, was ihnen dazu einfällt.
Danke Melmoth, sage ich.

Setong ist in den Stamm der Adler-Berge-Menschen hineingeboren. Seinen Namen hat der Stamm durch die hohen Felswände bekommen, die das Hochland begrenzen, in dem die Dörfer der kleinen Gemeinschaft, wie Perlen einer Kette aneinandergereiht, liegen. In den Felswänden hausen große Steinadler und sie umkreisen oft hoch im Himmel die Siedlungen der Menschen. Das Land ist fruchtbar und wasserreich, so dass sie hier sicher und wohlgenährt ihr Leben leben können.
Setongs Mutter ist bei seiner Geburt gestorben und sein Vater brachte ihn zu Efel, dem Dorfschamanen, dem Pechutan. Efel und seine Frau Malip zogen Setong auf. Schon früh begann sich Setong für das zu interessieren, was Efel tat und half ihm bei seinen Verrichtungen. In der Verantwortung der Dorfschamanen lagen sowohl die Behandlung schwerer Leiden als auch die seelische Gesundheit der Dorfbewohner. Zur Aufrechterhaltung der seelischen Gesundheit im Dorf leiten die Pechutan die monatlichen Rituale am Vollmondtag, an denen sich die ganze Gemeinschaft beteiligt. Heilige Tänze, in denen die Ausführenden jeweils selbst in tiefe Trancen eintauchten, waren der Höhepunkt dieser Tage. Dazwischen aber wurden kleine Geschichten erzählt, die die Dorfgemeinschaft zum Lachen brachten. Ein verkleideter Spaßmacher trat auf, der mit einer Rute die Mädchen, die nicht heiraten wollten, züchtigte oder so manchen Dorfbewohner bloßstellte, in dem er auf ihn hinwies und seine Schandtat laut erzählte. Das alles ging im Lachen und in weiteren Späßen unter und reinigte die Atmosphäre zwischen den Bewohnern.
Für die Heilung von schweren Erkrankungen traten die Schamanen Reisen in die Anderwelt an, um von dort Rat und Hilfe zu holen. Dabei begleitete sie eine Trommel, die der Schamanenhelfer schlug, bis der Pechutan von seiner Reise zurückkam. Das war eine der

Aufgaben, die Setong erfüllte, sobald er stark genug war, um den Trommelstab zu schlagen.

Jeden Sommer feiert der ganze Stamm ein Mittsommerfest. Drei Tage vor dem Sommervollmond kommen alle Bewohner der Dörfer auf dem Heiligen Platz des Stammes zusammen. Es wird erzählt, umarmt, gelacht und der Verstorbenen erinnert. Die Frauen sitzen zusammen und kochen, sieden und brauen Bier. Die Dorfältesten klären Streitfragen und Vorfälle. Die Kräuterfrauen tauschen Erfahrungen aus und lassen einander in Töpfe und Säckchen schauen. Eltern treffen ihre Kinder, die in andere Familien hinein heirateten und spielen mit ihren Enkeln. Geschenke werden ausgetauscht und Fleisch gebraten, das die Jäger der Dörfer erlegt haben. Die Schamanen erzählen von der Abfolge der Jahreszeiten und beschwören in gemeinsamen Tänzen und Ritualen die Geister, dem Stamm weiter gewogen zu sein. Am Abend wird getanzt, dem Bier zugesprochen und gesungen. Besonders der Vollmondabend ist ein bunter Reigen von verschiedenen Rezitationen, Tänzen und Schauspielen, in denen die Jäger dramatische Jagderlebnisse nachspielen. Lieben entstehen während der Tänze zwischen jungen Menschen und manches Pärchen verschwindet gleich im nahen Wald, um ihre gegenseitige Zuneigung auszuleben. Wenn sie sich am nächsten Morgen einander versprechen, dann werden sie von den Schamanen getraut und ziehen in eines der Dörfer, aus denen sie stammen.

Setong wuchs in diesen Schamanentätigkeiten auf, als ob er dafür geboren wurde. Der alte Pechutan sagt oft, dass Setong wahrscheinlich in seinem Vorleben schon ein Schamane gewesen ist. Als er etwa 12 oder 13 Jahre alt ist, schickt ihn der Dorfschamane auf eine Wanderung, um bei Pechutans anderer Stämme Rituale und Heilmethoden zu lernen. Das ist unter den Schamanen üblich und sichert den Wissensaustausch. Setong ist einige Jahre unterwegs und durchwandert auch das große Gebirge, in das sich die Dorfbewohner normalerweise nicht wagen.

Nach einigen Jahren kehrt Setong durch die Berge zu Stamm zurück. Er findet am Rückweg hoch oben in der steilen Adler-Wand eine Felsspalte, die den Einstieg in ein Tal bildet, in dem, wie er hörte, ein singender Stein liegt. Als er das erste Mal hinunter in dieses Tal sieht, ist er überwältigt von der Wucht der Landschaft. Im Hintergrund ragen hohe, senkrechte Felswände empor und kratzen mit ihren Spitzen den Himmel. Zwischen den Mauern rechts erkennt er einen riesigen Krater, dessen dunkler Boden mit zahllosen zerbrochenen und geschmolzenen Steinen übersät ist. Kleine Quellen entspringen unter dem Kraterrand und ihre dünnen Bäche fließen in der Mitte der Vertiefung zusammen. Dort verschwinden sie im Boden, in einem Loch, das er mit Mühe erkennen kann. Links vom Krater sieht er eine sanft abfallende Wiese, in deren Mitte eine glitzernde, große Kugel in der Sonne strahlt: Der singende Stein.

Setong steigt aufgeregt den schmalen Pfad auf der Talseite hinunter und nähert sich dem Stein vorsichtig und ehrfurchtsvoll. Nur die Pechutan besuchen dieses Tal und verehren den Rundstein als ein großes Wunder. Sie hüten sein Geheimnis, um ihn nicht zu entweihen. Efel hatte ihm davon erzählt und gesagt, wenn er den singenden Stein findet, dann wird ihn dies zu einem ganzen Schamanen machen.

Schritt für Schritt näherte sich Setong nun langsam dem Objekt. Der Stein überragt ihn mehr als eine Kopfhöhe. Es geht eine unerklärliche Anziehung von ihm aus. Setong kniet knapp vor der Kugel nieder und verneigt sich. Er beginnt spontan zu singen, ein Lied, das sich in ihm aus dem Augenblick bildet und von der Schönheit des Steines und des Tales berichtet. Dann versinkt er in Schweigen und es zeigt sich vor seinem inneren Auge eine andere Welt: Eine gelbliche, völlig bewuchslose Ebene, die in sanften Wellen bis zum Horizont reicht. Er weiß mit dem Bild nichts anzufangen. Ist es diese Welt? Ist es eine Welt, die die Schamanen bereisen? Was will ihm dieses innere Bild sagen? Er taucht wieder aus der Trance auf und rutscht vorsichtig näher zum Stein. Ganz langsam legt er seine Hände auf das Objekt und zuckt zurück, als er eine sanfte Vibration verspürt. Erst nach einer Weile, in der er versucht, seine innere Aufregung zu dämpfen, hebt er wieder seine Hände und legt sie an den Stein. Die Vibration steigert sich ein wenig. Aber jetzt belässt er seine Hände auf der rauen Oberfläche, die vor ihm in der Sonne glänzt. Er spürt eine starke Verbundenheit mit dem Stein, so, als ob er immer schon ein Teil des Wesens der Kugel war.

Nun rückt er noch ein wenig näher heran und legt ein Ohr auf das Rund. Wirklich, er kann das leise Flirren im Stein deutlich hören. Wieder versinkt er in diese Erfahrung und ist ganz das Hören und innere Spüren seiner Antwort auf den Gesang des Steins. Ein wenig steigt das flirrende Geräusch auf und ab, aber nur ganz sachte.

Lange Zeit lehnt er am Stein, bis ihm der Nacken zu schmerzen beginnt und er sich wieder aufsetzt. Dann dankt er dem Stein für seinen Gesang, der von irgendetwas kündet, das er nicht kennt. Heftiger Durst überfällt ihn und er läuft hinüber in den Krater und stillt seinen Mangel an einer der Quellen. Dann kehrt er zum Stein zurück, legt er sich vor ihm nieder und ist fast augenblicklich eingeschlafen.

Als er nach langer Zeit erwacht, ist es schon Abend und die Sonne ist verschwunden. Über seinem Kopf steht eine fremd gekleidete Frau und schaut ihn aus hellen grauen Augen an. Er springt erschreckt auf und starrt die Fremde an. Sie lächelt und hält ihm ihre Hand hin. Er fasst schüchtern ihre Hand und sie führt ihn zurück zum Stein. Dort setzen sie sich nieder. Er fragt sie, aber sie schüttelt bedauernd den Kopf. Sie kann ihn nicht verstehen. Dann spricht sie ein paar Worte in ihrer Sprache und er muss erkennen, dass auch er kein Wort erfassen kann. Sie lächeln beide und blicken einander tief in die Augen. Eine innere Anziehung ist entstanden, die die Luft zwischen ihnen beinahe greifbar macht.

Die Frau ist etwas älter als Setong. Ihr Gesicht und ihre Figur sind voll erblüht. Sie trägt ein buntes Kleid, etwas, was Setong noch nie gesehen hat. Er berührt es mit seinen Fingern und spürt eine Kühle. Das Kleid ist sehr dünn und er kann darunter die Haut ihres Schenkels fühlen. Plötzlich zieht sie das Kleid über ihren Kopf und ist darunter ganz nackt. Staunend betrachtet er ihre Brüste und ihre schmalen Schultern, ihre zarten Arme und ihre Oberschenkel, die eng aneinander gepresst sind. Die Frau rückt näher zu ihm und beginnt, seinen Lendenschurz zu öffnen. Er lässt es geschehen und spürt die wachsende Erregung in seinem Becken. Noch nie war er mit einer Frau zusammen, obwohl er schon einige Jahre Frauen neugierig beobachtet. Aber keine wollte sich ihm nähern, sie lachten ihn nur aus, wenn er mit offenem Mund ihre Bewegungen verfolgte.

Mit einem schnellen Ruck setzt sich die Fremde auf sein erigiertes Glied. Ein seltsames, unbekanntes, aufregendes Gefühl durchfährt seinen Körper wie eine große Welle. Ganz langsam bewegt sie sich auf und ab. Er umfasst sie zart und hält sie vorsichtig fest. Dann explodiert etwas in seinem Kopf, er schreit gleichzeitig mit ihr auf und ihre Bewegungen werden schneller und heftiger. Ein Zucken und Stöhnen durchläuft ihre Körper, die eng aneinander gepresst sind. Er ergießt sich in sie und sie nimmt es auf ohne Rückhalt und

Angst. Langsam beruhigen sich ihre Bewegungen und klingen letztlich ganz ab. Nur ihr Atem geht noch heftig und sie halten einander fest umschlungen, bis das Dunkel der Nacht das letzte Licht verschluckt. Dann löst sich die Frau von Setong und zieht ihr Kleid wieder an. Sie steht auf und verschwindet hinter dem singenden Stein.
Setong sitzt noch lange reglos vor dem Rund. Er fühlt sich wie in einem warmen, sanften Strom geborgen, völlig ruhig und ganz ohne irgendeinen Impuls, etwas zu verändern. Er lässt sich tiefer und tiefer in dieses formlose Gefühl fallen, das ihn völlig aufnimmt, trägt und hält. Erst nachdem schon der Mond aufgegangen ist, wacht er daraus auf, erhebt sich und sieht nach ihr. Doch sie ist verschwunden. Er kann sie auf der mondhellen Wiese nirgends sehen und läuft hinüber zum Krater. Doch auch dort ist sie nicht. War es ein Traum? War es Wirklichkeit? Angestrengt wandert sein Blick die Steinwände über dem Krater ab, aber er kann nichts erkennen, was nach ihr aussieht. Nach einer Weile bemerkt er seine Müdigkeit und das weiche, erschöpfte Gefühl in seinem Körper und sucht sich in einer der Felswände eine Höhlung, um darin zu schlafen. Lange noch spürt er ihren Körper an seinen Körper gepresst, ihre wilden Bewegungen auf ihm und die Gier, mit der er ihren Rücken umfasst, um sie nicht fortzulassen in seinem Drang, sich ganz in ihr zu verlieren. Dann schläft er ein und erwacht erst in der Kühle des Morgens, die sich mit der Wärme der ihm umgebenden Steine mischt, die immer noch von der gestrigen Sonne aufgeheizt sind.

Ich sitze im Café Alhambra und warte auf Hilfe. Sie soll in Gestalt eines Weltenhüters kommen. Melmoth versprach, mit Albert[1], dem Wirten, zu reden, ob die Hüter etwas tun können. Kurze Zeit nach unserem Gespräch kam ein Anruf von ihm: Sie schicken einen Mann. Treffen: Heute. Hier.
Meine Situation ist seltsam. Mein Buch ist weg. Ich will es natürlich zurück, aber dazu ist es notwendig, in das Auge des Orkans vorzudringen, meinte Melmoth gestern. Das Auge des Orkans.

---

[1] Siehe „Meriels Reise"

Dort herrscht Stille, sagt man. Ich habe keine Ahnung, wo dieser mythische Ort ist, geschweige denn, dass ich weiß, wie ich dorthin komme. Also sitzen. Warten. Denken. Dann taucht ein seltsamer Mann in der Türe des Cafés auf. Pykniker, klein, gedrungen, der Bauch schwabbelig. Einen Hut mit hochgestülpter Krempe auf dem Kopf. Strohig hervorstechende Haare, hell, aber von unbestimmbarer Farbe. Wie der Hut. Dessen Farbe dümpelt zwischen blau, grau und grün. Darunter ein fleischiges Gesicht, mit hervortretenden Augenwülsten, einer knolligen Nase und wulstigen Lippen. Der Mann sieht aus wie eine Mischung aus Clown und Staubsaugervertreter. Der Kopf sitzt am Hals wie ein Huhn auf einem Topf. Großkariertes Sakko, darunter ein T-Shirt älterer Bauart. Die Hose weit und schlabbrig.

Er entdeckt mich und tänzelt nach Art der etwas feisteren Menschen mit trippelnden Schritten auf mich zu. Du bist der Autor, sagt er bestimmt, ich bin A.H., Weltenhüter. Ich starre ihn verwirrt an.

Entschuldige meine Garderobe, sagt er, es war gerade keine andere frei. Damit meine ich auch meinen Körper. Gestatten? redet er weiter und setzt sich im gleichen Moment auf den leeren Stuhl mir gegenüber. Was kriegt man hier? fragt er mit schrägem Kopf.

Ich zucke mit den Schultern: Tee, Kaffee, Schokolade….?

Gibt's auch heiße Milch?

Ich denke schon, stammle ich.

Ich liebe heiße Milch, schwärmt A.H., sie ist die Krönung des Genusses.

Ich winke den Kellner herbei: Eine Tasse heiße Milch bitte. Sofort! ist seine Antwort.

Während A.H. sich im Lokal umsieht, mustere ich ihn von oben bis unten. Er bemerkt es und sagt: Ich war schon längere Zeit nicht hier, ganz schöne Veränderungen. Diese fahrenden Blechgebilde, wie heißen die?

Autos, sage ich.

Und warum sind darin so viele Leute unterwegs?

Weil sie etwas zu erledigen haben, meine ich ein wenig ratlos über seine Unwissenheit.

Zu erledigen…? kommt es fragend zurück, was haben denn Menschen zu erledigen und warum müssen sie sich dafür herumbewegen?

Für einen Weltenhüter ist A.H. ziemlich ahnungslos, schießt mir ein Gedanke durch den Kopf, wie kann mir der helfen?
Oh, ich kann Dir schon helfen, aber ich muss mich erst orientieren, brummt er und dankt mit einem Kopfnicken für die Milch, die gerade gebracht wird.
Er kann Gedankenlesen! durchzuckt es mich.
Natürlich, junger Mann, kommt es schnippisch herüber, das kann jeder Weltenhüter, wer braucht denn heutzutage noch sein Plappermaul zum Kommunizieren? Viel zu umständlich und fehlerbehaftet.
A.H. nimmt einen Schluck von seiner Milch. Ahh, sagt er dann genießerisch, einen Milchbart auf seiner Oberlippe und dann: Wie fangen wir an?
Ich zucke ratlos mit meinen Schultern: Ich weiß nicht.
Dein Buch ist weg, stellt er bestimmt fest, und Du willst, dass es wieder erhältlich ist, richtig?
Ich nicke.
Sachlich sondiert er weiter: Wer hat denn Interesse daran, dass es Dein Buch nicht mehr gibt?
Ich bewege fragend meinen Kopf hin und her: Die Bruderschaft?
Es gibt aber Dein Buch schon länger, oder? bohrt A.H. nach.
Ja, sage ich verwirrt.
Also hat ein Verkaufsstopp wenig Sinn, weil schon Bücher draußen sind, oder? Er hängt an jede seiner Fragen ein Oder an, fast wie die Schweizer es tun, also mehr ein Odrrr mit rollendem R.
Richtig, sage ich, aber der Verkauf hat in letzter Zeit ein bisschen nachgelassen, der erste Schwung ist möglicherweise vorbei.
Was könnte die Aktion also sonst noch für einen Sinn haben? fragt A.H. weiter.
Sie ist vielleicht ein Warnschuss, meinte Melmoth bei unserem Gespräch, sage ich.
Ein Warnschuss wegen was? ist seine nächste bohrende Frage.
Vielleicht wegen meiner Recherchen für mein nächstes Buch, das ich plane?
Ahaa! platzt er gedehnt und betont heraus und ich denke, wegen dieser Floskel wird er A.H. genannt. Genau, junger Mann, so ist es, schmettert er über den Tisch, wohl ein Blitzgneisser, oder? Schon wieder dieses Odrrr mit dem rollenden R am Schluss.
Von was handelt denn Dein neues Buch? redet A.H. beinahe beiläufig weiter.

Von der Bruderschaft, die Meriel verfolgt hat. Das habe ich in meinem ersten Buch beschrieben. Und jetzt möchte ich die Geschichte bis zu ihrem Ende in Jerusalem erzählen.

A.H. beginnt laut zu lachen. Du denkst, das war die ganze Bruderschaft, die sich da gezeigt hat?

Nicht? frage ich erstaunt.

Er schüttelt den Kopf: Nein. Das war eine kleine Gruppe, die das Herz unter Verschluss halten sollte. Aber insgesamt ist das nur ein kleiner, unbedeutender Zwischenfall im Reich der abgefallenen Priester. Wenn Du sie verstehen und besiegen willst, musst Du schon früher anfangen!

Früher anfangen? Was heißt das? frage ich zaghaft.

Früher heißt, am Anfang, an den Wurzeln, dort wo sie ihre Macht aufgebaut haben, ist seine trockene Antwort, bevor er wieder an seiner Milch nuckelt, damit Du verstehst, wovon sie sich nährt.

Und wann ist das?

Er zuckt mit den Schultern: Keine Ahnung. Wir Weltenhüter sind in dieser Raumzeit unterwegs. Was einmal war, ist zwar nicht vergangen, weil es immer noch wirkt, aber es ist uns nicht zugänglich. Da brauchst Du eine andere Unterstützung.

Andere? stammle ich.

Ja, andere. Fast bellt die Antwort über den Tisch. Du brauchst die Meister der Zeit, die sich durch die sogenannte Vergangenheit in dieser Gegenwart bewegen können, weil sie Zeit und Raum überwunden haben.

Ich schweige und denke nach. Das Projekt nimmt Dimensionen an, von denen ich nichts geahnt habe.

Die Meister der Zeit, wie finde ich sie? frage ich A.H. vorsichtig.

Er schleckt sich gerade mit seiner Zunge die Milchreste von den Lippen und fragt verschämt: Kann ich noch eine Tasse haben? Du lädst mich doch ein, denn ich habe kein Geld.

Natürlich, nicke ich und bedeute dem Kellner, noch eine Tasse Mich zu bringen.

Entschuldige, wie war Deine Frage? wendet sich A.H. an mich.

Ich wiederhole mit deutlicher Stimme: Wie ich die Meister der Zeit finde.

Oh, sagt er, gar nicht so einfach. Es gibt immer sieben Meister der Zeit auf der Erde. Stirbt einer, und sie sind natürlich nicht unsterblich, trotz ihrer Kunst, die Sperren der Zeit zu überwinden, so wird ein Mensch gesucht, der sein oder auch ihr Nachfolger werden kann. Denn natürlich gibt es auch Meisterinnen. Die Meister der Zeit verstecken sich unter ganz gewöhnlichen Menschen und offenbaren sich nur wenigen Suchenden. Sie haben einen normalen – oder auch weniger normalen – Beruf. Eine aktuelle Meisterin ist zum Beispiel Samantha, eine Hippie-Frau in Kalifornien. Ein Mann namens Gunnar ist Holzfäller in Schweden. Ein anderer, Robert, ist Manager in der Deutschen Bank. Dann gibt es einen Meister, Igor, er repariert Traktoren in Sibirien. Die Meisterin Fatou ist Krankenschwester in Nairobi und ein japanischer Sumo-Ringer, dessen Namen ich vergessen hab, ist auch zugleich Zeitmeister. Eigentlich ist er Mongole, aber er lebt in Japan, groß und dick, wie er ist, verdient er viel Geld mit Sumo-Ringen. Vom siebenten Meister der Zeit weiß man wenig, aber es heißt, dass er einsam irgendwo in einer anderen Zeitspalte lebt. Wäre er schon tot, dann würden die anderen unterwegs sein, jemanden zu finden, der Zeit-Meister werden kann.

Zeitspalte, knurre ich, was meint Zeitspalte?

Du kannst Dir die Zeit, besser das Raum-Zeit-Kontinuum wie es so schön heißt, wie die Scheibe vorstellen, die in einer Personenwaage das Gewicht anzeigt. Die Person, die auf der Waage steht, also unser Bewusstsein mitsamt seiner biologischen Einrichtung, schaut einfach nach unten. Bei mir geht das derzeit schwerer, kichert er, ich muss mich ein wenig vorbeugen. Aber egal. Also das Bewusstsein schaut nach unten und was sieht es? Eine Zahl, die bedeutet, dass die biologische Einrichtung so und so schwer ist. Aber an einem anderen Tag, vielleicht nach ein bisschen Völlerei und Saufitis oder einer Abmagerungsdiät, erscheint eine andere Zahl. Nur, alle Zahlen sind gleichzeitig auf der großen Scheibe, genannt Raum. Nur - wir sehen einmal diese und einmal jene und denken, die anderen sind vergangen oder kommen erst morgen. Das ist die Illusion. Alle sind zugleich da und unser Bewusstsein bestimmt, welche gerade angesehen wird. Deswegen funktioniert Zeitreisen so prächtig, wenn man einmal die gedachten Schranken in unserem Hirn beiseite geräumt hat.

Dann schweigt A.H. für längere Zeit, in Gedanken versunken.

Wie können mir die Meister der Zeit helfen? frage ich nach einer Weile in die Stille hinein, die sich auf unserem Tisch breit gemacht hat.

Was? fragt A.H. und taucht aus seiner Nachdenklichkeit auf. Ah ja, so, sagt er dann. Ja, sie können Dich lehren, die Zeitschranken zu überwinden und dorthin zu gelangen, wo Du Antworten findest.
Ich verspüre Erleichterung, obwohl mein Kopf mit der Vorstellung von Gleichzeitigkeit von Jahren und Augenblicken total überfordert ist.
An welcher Stelle der Geschichte von Meriel und Melmoth, denkst Du, soll ich denn einsteigen? frage ich weiter.
Entschuldigung, meldet sich A.H. verlegen, ich habe Dein Buch noch nicht gelesen. Deshalb weiß ich nicht, was genau darin passiert. Aber ich werde das sofort nachholen, wenn es wieder zu haben ist.
Schlecht vorbereitet, denke ich missvergnügt, er ist schlecht vorbereitet.
Weißt Du, sagt A.H. schnippisch in belehrendem Ton, wir Weltenhüter lesen normal keine Bücher. Auf unserer Ebene entstehen die Worte, die Du dann in Büchern lesen kannst. Deswegen haben wir keine Notwendigkeit, Bücher zu lesen, sie sind schon vorher bei uns da. Leute wie Du klappern dann in ihre Tastatur und fühlen sich inspiriert. Darüber kichern wir immer wieder, wenn wir ihnen über die Schulter schauen und ihr Bemühen beobachten. Aber in Deinem Fall werde ich das Buch natürlich nachlesen, wenn es wieder lieferbar ist, damit ich weiß, was die Bruderschaft aufregt.
Ich brumme ein wenig eingeschnappt zurück: Es gibt das Buch auch antiquarisch oder in Bibliotheken, wo Du es ausleihen kannst.
Ah, das ist ein guter Tipp, aber dann brauche ich einen Bibliotheksausweis, oder? fragt er lauernd.
Ich nicke.
Das geht nicht, die wollen sicher einen Personalausweis sehen und ich habe keinen dabei, grinst er hämisch. Weil ich in seine rhetorische Falle gegangen bin.
Dann bleibt nur die Variante mit dem Antiquariat, retourniere ich beherzt. Es ist ein kleiner Machtkampf zwischen uns ausgebrochen. Deswegen entgegnet er sarkastisch: Dafür wiederum muss ich die Sache mit dem Geld regeln und kann es mir erst dann kaufen. Schwierig! endet er mit gespielter Verzweiflung nach einer kurzen Nachdenkpause.
Die Sache mit dem Geld muss ich auch noch in meinem Leben lösen, denke ich, aber das ist eine andere Baustelle.

Aber für unsere Getränke hast Du hoffentlich noch genug in der Tasche, wirft A.H. rasch ein, meine Gedanken lesend. Weißt Du, ich will kein Zechpreller sein, das kommt bei meinen Weltenhüter-Geschwistern nicht gut an.
Es könnte sich gerade noch ausgehen, knurre ich zurück, wenn Du jetzt nicht noch eine Milch bestellst…

Nachdem er lange vergeblich nach der Frau gesucht hat, die er am Vorabend geliebt hatte, macht sich Setong auf den Weg in sein Dorf. Efel und seine Frau begrüßen ihn hoch erfreut und er muss lange von seinen Abenteuern und Erfahrungen berichten. Der Nachmittag ist schon lange fortgeschritten, als er endlich Zeit findet, mit Efel allein durch den Wald zu streifen. Stockend erzählt er, was er beim singenden Stein noch erlebt hat, von der Frau, die erschienen ist und dass sie einander geliebt hatten. Efel hört lange und schweigend zu. Sie kommt aus der Zukunft, sagt er dann.
Aus der Zukunft? fragte Setong ungläubig zurück.
Efel nickt: Das habe ich von anderen Schamanen gehört. Manchmal besuchen uns Menschen, die in der Zukunft leben. Es gibt, sagen sie, nicht nur unsere Tage, sondern auch andere Tage in anderen Welten. Sie können von ihren Tagen in unsere Tage gehen, sagen sie. Was immer das heißt. Und sie erzählen, dass ihre Tage erst in vielen Jahren sein werden. Sie nennen das Zukunft. Aber trotzdem können sie heute schon zu uns kommen.
Setong schaut Efel fragend an: Hast Du selbst schon so einen Menschen getroffen?
Nein, antwortet dieser, ich selbst noch nie. Aber ich habe es von anderen Pechutan gehört, dass immer wieder solche Zukunftsmenschen beim singenden Stein auftauchen. Ich glaube, sie wollen das Geheimnis des Steins lösen.
Beide gehen schweigend weiter. Was soll ich tun? fragt Setong.
Geh heute noch einmal zum singenden Stein, antwortet Efel. Vielleicht hast Du noch eine schöne Nacht. Beide lachen.
Setong nickt bejahend: Das werde ich machen.
Er verabschiedet sich von Efel und läuft in Richtung des Gebirges. Die Sonne ist schon fast am Horizont angelangt, als er den steilen

Pfad zum Bergeinschnitt erreicht. Oben am Pass überblickt er noch einmal das Grün, in dessen Mitte der glitzernde Rundstein liegt. Nichts und niemand sonst ist da. Langsam steigt er den Pfad hinunter und setzt sich vor den Stein. Nun ist ihm das runde Objekt schon viel vertrauter und er hat keine Angst mehr davor. Er lehnt sich an die raue Oberfläche und genießt das sanfte Vibrieren des Steins. Es beruhigt ihn und er schließt die Augen. Wieder ist er in der welligen, ausgetrockneten Landschaft. Doch diesmal ist es ihm, als ob er hochgehoben wird und über die Dünung fliegt. Endlos ist das sachte Auf und Ab des gelben Bodens. Soweit das Auge reicht, ist es ausgebreitet über das Land. Nichts regt sich, nichts zeigt sich.

Er schwebt langsam dahin. In einiger Entfernung sieht er plötzlich etwas Dunkles, Hohes, das in den Himmel ragt. Wie eine breite Wand steht es quer über der ausgedörrten Landschaft. Setong sieht genauer hin und erkennt, dass die Wand sich genau auf ihn zubewegt. Im ersten Schrecken öffnet er die Augen und rückt vom Stein ab. Vor ihm steht sie, die Frau des gestrigen Abends. Sie hat es auch gesehen. Mit einer schnellen Bewegung kniet sie vor ihm nieder und nimmt seine beiden Hände in die ihren.

Sie schaut ihn ernst an und legt ihre Hand auf ihre Brust: Ich, Samantha, sagt sie in ihrer Sprache und schaut ihn fragend an.

Setong, antwortet er in seiner und weist auf sein Gesicht.

Setong? wiederholt sie fragend.

Er nickt. Heute hat sie ein grünes, glänzendes Kleid an, eng geschnitten und ihre Figur betonend. Setong will sie umarmen und küssen, aber Samantha wehrt ihn ab.

Heute nicht, sagt sie in der fremden Sprache, doch er versteht. Lass uns reisen, schließt sie an und setzt sich nahe des Steines. Dann zeigt sie auf den Rundstein und macht ein Zeichen des Sprechens und ein fragendes Gesicht.

Singender Stein, sagt Setong.

Sie versucht es nachzusprechen, aber es fällt ihr schwer. Dann lachen sie, werden aber in kurzer Zeit wieder ernst. Auch Setong dreht sich nun seitlich zum Stein und sitzt ihr gegenüber. Sie nimmt eine seiner Hände und legt ihre andere an den Stein. Er macht es ihr nach. Beide schließen die Augen und sofort steht die dunkle Wand wieder nahe vor ihnen. Es ist, als ob die Mauer das Licht auffrisst, das knapp vor ihr noch herrscht. Die Wand ist nicht schwarz, sondern einfach nur lichtlos, was den Blick der beiden völlig verwirrt. Das konturenlose Dunkel lässt die Erscheinung verstörend und höchst bedrohlich wirken. Sie kommt beinahe unmerklich näher und näher und es ist, als ob sich der Boden vor der Wand auflöst, knapp bevor sie darüber schwebt. Als sie nur mehr drei Armlängen von dem unheimlichen Dunkel entfernt sind, öffnen beide zugleich die Augen und springen auf. Sie schütteln sich heftig, als wollten sie die Erfahrung aus ihren Körpern entfernen. Dann atmen sie tief durch. Die Begegnung mit der Wand war erschreckend real.

Inzwischen war die Nacht hereingebrochen. Samantha nimmt Setongs Hand und führt ihn zur Felswand, die an den Passweg anschließt. Dort finden sie ein kleines Plateau und kauern sich nahe zusammen. Es ist kühl geworden und Setong umfasst Samatha mit der Scheu seiner Jugend. Sie kuschelt sich an ihn und lässt es geschehen. Setong, sagt sie und schaut ihn an. Setong.

Er lächelt unsicher. Sie ist wunderschön im Nachtlicht und er begehrt sie mit jeder Faser seines Körpers. Und doch spürt er, dass sie nicht dafür bereit ist, sich seinem Begehren hinzugeben. Also sitzen sie lange und stumm und starren in die dunkle Landschaft vor ihnen. Nur schwach glitzert der Stein, denn der Mond ist noch nicht aufgegangen.

Du lebst hier? fragt Samantha und macht eine Handbewegung, die suchend in die Umgebung zeigt.

Hinter dem Berg, antwortet Setong in seiner Sprache und zeigt auf die Felswand hinter ihnen. Er vollzieht mit seiner Hand einen Bogen in die Höhe, um anzuzeigen, dass sein Dorf im Land vor dem Gebirge liegt.

Wo? bohrt sie weiter und hebt fragend die Schultern.

Er steht auf: Komm.

Sie gehen miteinander den Passweg hinauf. Oben in der Felsspalte angekommen, bleiben sie am Wegrand vor dem Abstieg stehen. In einiger Entfernung sieht man ein großes Feuer durch die Bäume schimmern.

Dort, sagt Setong und sie nickt. Lange schaut sie den Wald und die offenen Flächen dazwischen an. Jetzt steigt auch der volle Mond über den Felsenrand des Gebirges und leuchtet das Land sanft aus.

Schön, entfährt es ihr und Setong versteht.

Schön, sagt er ihr nach. Er umfängt sie von hinten und hält sie fest. Dankbar lehnt sie sich an seinen kräftigen, jungen Körper und betrachtet weiterhin das vor ihnen liegende Land. Die weitgehend unberührte Natur wirkt mächtig auf sie ein und sie spürt in diesem Moment das unbedingte Eingebettetsein der Menschen in dieser Welt. Noch keine Abspaltung, denkt sie. Noch ganz in der Einheit. Das ist es auch, was Setong für sie ausstrahlt. Wenn er geht. Wenn er spricht. Wenn er sich umsieht. Immer ist er ein untrennbarer Teil des Ganzen. Das versteht sie ganz tief in sich und empfindet auch ihre eigene Sehnsucht nach diesem Zustand.

Dann löst sie sich von Setong und sagt: Ich muss gehen. Plötzlich wirkt sie sehr bestimmt und klar. Setong starrt sie verwirrt an, begreift aber, dass sie wieder verschwinden wird. Nur kurz küsst sie ihn zärtlich auf den Mund und versinkt dann spurlos in die Nacht.

Nach dem Gespräch mit A.H. fühle ich mich völlig verwirrt. Meister der Zeit, was ist das?
Ich rufe Melmoth an: Ich brauche einen Tipp von Dir.
Moment, sagt er, komm in den Stadtpark.
Wir treffen einander bei Meriels Bank.
Willst Du Dich hinsetzen? fragt Melmoth grinsend.
Lieber nicht, antworte ich, das weckt unangenehme Assoziationen in mir. Michail, Messer, Tod, und so…
Dann lass uns gehen, kommt es von ihm.
Sagen Dir die Meister der Zeit etwas? frage ich ihn unsicher.
Ein bisschen, meint er, es gibt sieben auf der Welt, hörte ich.
Das weiß ich schon, aber A.H. meint, ich soll einen davon aufsuchen.
Sie haben Dir A.H. geschickt? Ehrlich? prustet Melmoth fassungslos und erheitert heraus.
Ja, was ist mit ihm?
Komischer Kerl, aber vielleicht haben sie sich etwas dabei gedacht.
Was ist denn komisch an ihm?
Ist Dir nichts aufgefallen?
Natürlich, sein Aufzug ist reif für den Zirkus.
Das meine ich nicht, äußert sich Melmoth kopfschüttelnd, A.H. ist irgendwie ein Spinner und man kann oft nicht recht verstehen, was er meint. Aber gut, er ist Dein Schutzengel.
Für mich hat er eher wie ein kosmischer Clown gewirkt, presse ich heraus.

Melmoth bleibt stehen und sieht mich ernst an: Lass Dich nicht täuschen. Wenn jemand ein Weltenhüter ist, dann muss er schon was drauf haben, sonst kann er dem Verein nicht beitreten.

Wir sind jetzt oben auf dem kleinen Hügel angelangt, den die Kinder im Winter zum Schlittenfahren nutzen. Dieses Jahr ist zu wenig Schnee gefallen und die abfallende Wiese sieht arg zerzaust aus.

Ich stochere nach: Wie kann man denn dem Weltenhüter-Verein überhaupt beitreten?

Melmoth spaziert weiter, ich tappe mit.

Er brummt: Man kann nicht beitreten. Das kommt von denen, Du wirst ausgewählt. Knapp, bevor Du Deinen vollständigen Exitus absolvierst, tritt so ein Weltenhüter in Dein Bewusstsein ein und macht Dir den Vorschlag, doch auf einer anderen Ebene ein wenig weiterzumachen. Du kannst Ja sagen oder abtreten. Das ist Deine Entscheidung. Gewählt wirst Du, weil ein außergewöhnliches Leben hinter Dir liegt, in dem Du vielleicht über die menschliche Existenz neue Erkenntnisse und Erfahrungen gesammelt hast oder für andere Menschen auf besondere Weise da gewesen bist. Stimmst Du zu, dann trittst Du ein in den erlauchten Kreis und darfst weiterwerkeln.

So wie A.H.? werfe ich ein.

So wie A.H., antwortet er. Oder wie Albert und seine Freunde bei Meriel und mir.

Schweigend gehen wir weiter. Ich muss das erst verarbeiten. Weltenhüter. Andere Ebene. Meister der Zeit. Als ich mein Buch über die Bruderschaft geschrieben habe, habe ich natürlich viel über die anderen Bewusstseinsebenen recherchiert. Aber anscheinend gibt es noch viel mehr.

Was weißt Du also über die Meister der Zeit? frage ich nach einer Weile des schweigenden Nebeneinanders.

Nicht sehr viel, versetzt Melmoth. Sie haben Raum und Zeit überwunden, hörte ich, sie sind Zeitgänger und können bis in fernste Vergangenheiten vordringen.

Aber wie geht das? stoße ich nach.

Melmoth überlegt: Naja, anfänglich gibt es die Methode, in ein anderes Wesen in einer anderen Zeit einzudringen.

Das nennt man doch Besessenheit? frage ich.

Ja, so wird es genannt, nickt Melmoth. Aber die meisten Menschen assoziieren Besessenheit mit spektakulären Fällen, Hexen, Teufel

und Exorzismus. Das gibt es nur selten, höchstens wenn es einem bösartigen Wesen aus einer anderen Dimension gelingt, sich in einem Menschen einzunisten. Aber da muss irgendein Anker da sein, dass zum Beispiel dieser Mensch Angst vor solchen Wesenheiten hat oder ganz fest an ihre Existenz glaubt. Oder sie vielleicht sogar anbetet, wie das bei den Satanskulten passiert. Da kann geschehen, dass sich ein dunkles Wesen in einem Menschen manifestiert. Doch bei den meisten Besetzungen merkt der Betroffene gar nichts davon, wenn jemand in ihm mit spazieren geht. Er ist nur ein Fahrzeug und der Eindringling will die Situation, in der der Besessene lebt, erforschen oder bestimmte Dinge erfahren. Wenn der Zweck erfüllt ist, verschwindet die Wesenheit wieder. Nichts Aufregendes.
Ich protestiere: Na, ich finde die Vorstellung, dass jemand in mir wohnt, sehr aufregend!
Melmoth beruhigt mich: Heutzutage passiert das nicht mehr sehr oft. Früher, in der archäischen Zeit, haben die Schamanen diese Technik noch gekannt und genutzt. Die Kirchen verfolgten später diejenigen, die diese Technik verwendet haben. Sie haben eigene Jäger ausgebildet, die Exorzisten, um diesen Aberglauben, wie sie es nannten, auszurotten. So ist das Wissen verloren gegangen und nur die Meister der Zeit verfügen noch darüber.
Ist das Wissen gut oder schlecht? frage ich leise.
Es ist eine mentale Technik. Ob sie gut oder schlecht wirkt, entscheidet der Charakter desjenigen, der sie einsetzt. Gut oder schlecht gibt es nicht. Es gibt nur Ziele, die dem Universum dienen und Ziele, die einzelnen Menschen dienen. Und wenn diese Menschen große Egos haben, dann passiert eben vieles zum Schaden anderer.
Ich nicke versonnen. Es beruhigt mich nicht, was Melmoth sagt, aber ich verstehe jetzt wenigstens den Mechanismus, der hinter der Besessenheit wirkt. Dann stoße ich wieder nach: Und weiter?
Was weiter? schaut mich Melmoth ein wenig erstaunt an.
Naja, Du sagtest: *anfänglich gibt es eine Methode*. Also gibt es noch andere, oder? Ich halte verwirrt inne, weil ich bemerke, dass mich A.H. mit seinem Odrrr angesteckt hat.
Klar, antwortet Melmoth, aber ich weiß nicht sehr viel davon. Das musst Du schon mit den Zeitmeistern klären. Eine Methode ist ja jetzt sogar wieder in Mode gekommen, die Rückführung in die eigene Karmalinie.

Was ist das? frage ich. Ich habe natürlich davon gehört und gelesen, aber mich nie richtig damit beschäftigt.
Dabei gehst Du zurück in Vorleben, erklärt Melmoth, in denen Du das Zeug gesammelt hast, dass Du jetzt gerade auslöffelst. Manchmal verstehst Du dann, warum passiert, was passiert. Manchmal verstehst Du nichts und alles bleibt, wie es ist.
Du meinst, es ist nicht allzu wichtig, in Vorleben zu gelangen?
Weiß nicht, sagt er. Das hängt davon ab, wie wichtig dieses Leben gewesen ist, ich meine im Sinne von gestaltend für das Jetzt. Wenn ich mein eigenes zweitausendjähriges Leben anschaue, so waren große Teile völlig belanglos, nicht nur für mich, sondern auch für das Leben anderer. Die meisten Menschen, denen ich begegnet bin, haben einfach nur ihren biologischen Auftrag erfüllt, sich fortgepflanzt und sind wieder eingegangen wie eine Blume im Herbst. Ist das wirklich der Sinn des Lebens?
Ich hab keine Ahnung, sage ich.
Doch, die hast Du, widerspricht er scharf. Du hast schon ein Buch über Meriel und mich geschrieben, in dem Du an das Geheimnis des Lebens angetippt hast. Jetzt willst Du ein Buch verfassen, in dem Du hoffentlich noch tiefer eindringst. Du wirst nichts Neues finden, denn soweit ich es überblicke, sind alle Geheimnisse des Menschen längst enthüllt worden. Aber es ist heute eine andere Zeit. Die Menschen können sich besser informieren, wenn sie möchten. Sie können sich tiefere Fragen stellen, weil es heute leichter ist, über das Leben nachzudenken. Es landen bei uns keine Menschen mehr am Scheiterhaufen, nur weil sie anders denken als die herrschende Mehrheit. Und der Anteil der Menschen, die meinen, irgendeine festgeschriebene „Wahrheit" mit Bomben, Feuer und Schwert in die Köpfe der anderen brennen zu müssen, wird immer kleiner gegenüber denen, die ein bisschen über sich selbst forschen und daran arbeiten, frei von solchem Unsinn zu werden. Also schreib Dein Buch. Und geh dafür zurück zu den Anfängen, als die Menschen begannen, sich selbst zu verlieren. Dafür musst Du zu den Zeitmeistern. Sie werden Dir helfen, dorthin zu kommen.

Es ist schwer, Mira beizubringen, dass es besser ist, wenn ich verschwinde. Hör doch auf zu schreiben, sagt sie. Nur eine Weile, dann wird die Sache schon einschlafen. Oder Du könntest schreiben, aber nicht veröffentlichen.
Zum Schreiben, antworte ich, muss ich recherchieren, ins Internet gehen, suchen, mit Leuten reden. Das hinterlässt Spuren. Und nicht veröffentlichen? Wovon soll ich leben?
Ja, schon, sagt sie, aber Du hast doch ein bisschen gespart. Das Geld von Deinem Literaturpreis ist noch da. Halt doch einfach still.
Nein, antworte ich, das kann ich nicht. Es ist mein Thema. Ich muss daran arbeiten. Ein Leben ohne Arbeit ist ein Leben ohne Sinn. Das halte ich nicht aus. Und Du hältst mich dann auch nicht aus.
So geht das eine Weile, bis sie weinend aufgibt: Du bist ein Sturschädel, sagt sie und umarmt mich.
Und ich hab Dich lieb, antworte ich.
Ich Dich auch.
Dann sitzen wir eine Weile und halten einander in Stille fest. Mein Herz ist aufgewühlt und droht zu platzen. Wie können es Organisationen wagen, so in das Leben von Menschen einzugreifen? Wie können Menschen es wagen, andere Menschen damit zu bedrohen, ihre Existenz zu vernichten, um ihnen – mit aller Macht! – ihren Willen aufzuzwingen? Aber das ist so. Das ist Realität. Und es wird schon seit Jahrtausenden so gemacht. Seit sich die Menschen in zwei Gruppen geteilt haben, in jene, die die Macht anstrebt und für eine Weile mit allen, auch kranken und kaputten Mitteln, verteidigt, und jene anderen, die unter diesen Machtspielen leidet und einfach nur ihr Leben leben möchten. Macht wird doch immer nur temporär verliehen, geht vorüber, lässt sich nicht ewig festhalten! Und Macht hat einfach nur den Zweck, Dinge zu bewegen und Probleme zu beseitigen! Sie ist einfach nur fokussierte Energie! Und doch krallen sich hochneurotisierte Menschen immer wieder an sie und vergessen, wofür sie verliehen wird. Um anderen Menschen zu dienen und Aufgaben, die viele Menschen betreffen, zu lösen. Aber nicht, um Machtzirkel zu bilden und die Energie an sich zu raffen.
Was müssen wir vorbereiten? fragt Mira in meinen Gedankenstrom hinein. Sie hat meine Abreise akzeptiert, mehr noch, sie unterstützt mich. Wie immer. Manchmal ist mir ihre Hinhabe geradezu unheimlich. Aber es ist schön, ihre Liebe darunter zu spüren.

Wir brauchen Paycard-Telefone, neue Nummern, sage ich geschäftsmäßig. Ich werde sie besorgen. Dann benötige ich eine neue Kreditkarte und muss sie mit meinem Geld aufladen. Und dann…? Mir versagt die Stimme. Wir waren noch nie länger als eine Woche getrennt. Nur wenn ich eine Leserreise irgendwo in der Provinz absolviere. Und sie keine Zeit hat, mitzukommen.
Na gut, fange ich mich nach einer Weile, ich packe einmal.
Wo willst Du denn hin? fragt Mira.
Zu Mark und Silvia, denke ich, die leben abgelegen. Da kann ich mich eine Weile verstecken. Und dann sehen wir weiter. Wenn wir skypen, sollten wir das vielleicht über Deinen Bruder machen. Unsere Computer sind vielleicht schon angezapft.
Mira schüttelt den Kopf: Ich will das nicht.
Sie umarmend sage ich: Ich weiß, mein Schatz, ich will das auch nicht. Wieder minutenlanges Schweigen, einander halten, traurig sein. Dann hole ich meinen Rucksack aus dem Kasten und lege ihn auf das Bett. Du wirst Deine Winterjacke brauchen, meint Mira, wenn Du bei den Beiden bist. Dort ist es kalt. Ich weiß, sage ich.
Nach dem Packen besorge ich die zwei Telefone in zwei verschiedenen Geschäften. Dann gehe ich zu meiner Bank und bestelle die Kreditkarte.
Aber Sie haben doch eine, sagt die Frau am Schalter.
Ja, aber ich muss meine Ausgaben trennen, antworte ich, aus steuerlichen Gründen.
So windige Freiberufler wie mich hält die Kreditwirtschaft gerne in engen Bahnen. Trotzdem kriege ich die Karte.
Ich hole sie ab, sage ich, nicht senden. Die Dame am Schalter sieht mich erstaunt an.
Drei Tage später verlasse ich die Stadt. Mark und Silvia freuen sich auf meinen Besuch. Ich sitze in der Bahn. Eben noch haben wir uns voneinander verabschiedet. Ich spüre Miras Umarmung, ihre Hände in meinem Gesicht, ihre Lippen auf meinen Lippen, und starre aus dem Fenster. Masten flitzen vorbei, graue Hallen, Stellwerke, Waggons, gelbe Verschublokomotiven. Ich nehme sie kaum wahr, sie sind nur ein Spiel auf meiner Netzhaut.
Dann ändert sich draußen die Kulisse, Häuser rücken an die Geleise heran, Parks, Einkaufszentren, Werkshallen. Ein kleiner Bahnhof eilt vorbei, ich kann seinen Namen nicht lesen. Nach einiger Zeit wird es grüner vor dem Waggonfenster, das Graugrün des Winters,

Nadelbäume, kahle Laubbäume, Wiesenflächen ohne Schnee, nasser Asphalt. Langsam wache ich aus meiner Starre auf.
Stunden später umsteigen. Weitere Stunden später wieder den zweiten Zug verlassen. Den Busbahnhof suchen, den richtigen Bus finden, einsteigen. Es geht ins Mittelgebirge, kurvige, ansteigende Straßen, Haltestellen, an denen ein, zwei Menschen aussteigen und ein, zwei Menschen einsteigen. Der Bus fährt immer wieder langsam los und nimmt sein gemütliches Tempo auf. Es regnet. Nach weiteren Haltestellen mischt sich Schnee in den Regen. Nasser, schwerer Schnee, der von entgegenkommenden Autos bis zur Scheibe heraufspritzt. Dann nur mehr Schnee, neuer, weißer Schnee, der eine Decke über das Land zieht. Meine Haltestelle. Fast hätte ich sie verpasst. Mark wartet auf mich. Wir umarmen einander. Wie geht's Dir? fragt er. Ich zucke mit den Achseln. Nehme meinen Rucksack auf. Beinahe hätte ich geweint.

In den nächsten Tagen ist Setong Nacht für Nacht beim singenden Stein. Aber Samantha erscheint nicht. Dafür wird ihm der Stein immer vertrauter. Er kann die Tonleitern klar unterscheiden, die das Sirren hinauf und hinunter klettert. Er bewegt sich in dem gelben Land vor der lichtlosen Mauer und erkundet die Landschaft. Eines Tages erreicht er eine endlose Wasserfläche. Aber auch hier verläuft die Wand quer über den Horizont. Näher als ein paar Armlängen wagt sich Setong nie an sie heran. Wie am Land löst sich das Wasser auch hier unmittelbar vor der Erscheinung auf.
Es ist still in dieser Welt. Es regt sich kein Wind und am dunklen Himmel steht keine Wolke. Es ist, als ob man direkt in den Sternenraum hinein sieht. Das Firmament ist übersät mit Lichtpunkten, die absolut ruhig glitzern. Nicht so unruhig bewegt, wie er es oft des Nachts in seinem Land beobachtet hat. Nach einem halben Monat, als auch die letzte schmale Mondsichel vom Himmel verschwunden ist, hört er auf, den singenden Stein zu besuchen.
Efel hat während seiner Lehrwanderung einen Jungen als Gehilfen angenommen. Deshalb baut sich Setong eine eigene kleine Hütte neben der des alten Pechutan und hilft ihm weiter bei den

Verrichtungen. Dann plötzlich weiß er, dass Samantha wieder erscheinen wird und läuft hinauf zum Kugelstein. Atemlos kommt er an. Es ist Abend und er setzt sich mit dem Gesicht zum Stein. Auf einmal spürt er ihre Hände auf seinen Schultern und lässt sich in ihre Berührung hinein sinken. Sie kniet nieder und umfasst ihn ganz.
Samantha, flüstert er leise.
Setong, antwortet sie zärtlich.
Sie verbringen eine wunderbare Nacht voller Liebe. Am Morgen bleibt sie da und sie wandern durch den Krater und später über den Pass hinunter in den Wald rund um das Dorf. Ins Dorf selbst möchte Samantha nicht, aber sie genießt es, mit ihm unter dem dichten Laubdach zu sitzen und den Geräuschen des Waldes zu lauschen. Später wechseln sie in eine kleine Waldlichtung, von der aus man das Gebirge sehen kann, und Setong zeigt ihr den Spalt in den Bergen, durch den sie aus dem Tal des singenden Steins heraus in seine Welt gewandert sind. Sie sitzen, gelehnt an einen warmen Felsbrocken, im weichen Gras und genießen den Blick auf die hohen Feldwände, vor denen die Adler kreisen.
Willst Du Zeitreisen lernen? fragt Samantha Setong unvermittelt. Er sieht sie verdutzt und nicht verstehend an.
Sie deutet auf ihn und zeigt mit ihren Händen, wie er auf Babygröße schrumpft. Dann wiegt sie das imaginäre Baby in ihren Armen.
Er versteht: Sie will ihn in seine Erinnerungen als Kleinkind zurückbringen.
Im nächsten Moment aber hält sie ihre Hände wieder in dem Abstand, der die Größe eines kleinen Kindes bedeutet, führt die Handflächen langsam zusammen und überkreuzt zuletzt ihre Arme. Wieder versteht er: Sie weist ihn auf die Zeit hin, als er noch gar nicht geboren war.
Danach dreht sie mit ihrem rechten Zeigefinger kleine Kreise in die Luft, die von dieser Nichtexistenz wegführen.
Angestrengt beobachtet Setong ihre Bewegungen. Als nächstes zeigt sie wieder auf ihn und führt ihre beiden Hände senkrecht auseinander, um die Größe eines Menschen anzudeuten.
Setong zieht konzentriert seine Augenbrauen zusammen. Er hat von Efel schon gehört, dass Menschen mehrmals geboren werden. Doch er maß diesen Geschichten keine weitere Bedeutung bei, denn sie hatten bisher keinen praktischen Wert für ihn. Jetzt aber

sieht ihn Samantha fragend an und bewegt ihre Hand von ihm zu der Imagination des Vormenschen, der er war.
Langsam und bedächtig nickt er. Ja, er will dorthin reisen. Plötzlich war real, was Efel ihm erzählt hat. Das war etwas, was ihn sogar sehr interessierte.
Samantha lädt ihn ein, sich auf der kleinen Lichtung, in der sie sitzen, auszustrecken und auf dem Rücken zu liegen. Sie nimmt seinen Kopf in ihren Schoß und streichelt ganz sanft sein Gesicht. Setong versinkt in ihre Weichheit und ihren Duft. Er spürte ihre Handbewegungen, doch zugleich ist ihm, als ob er immer tiefer sinkt, tiefer in den Waldboden, tiefer in die Steinschichten darunter, tiefer in das Innere der Erde. Dann taucht er plötzlich in einer anderen Gegend auf, in einem Land, das am Meer liegt, es ist Abend und er schaut in den Sonnenuntergang. Setong sieht an seinem Körper herunter und bemerkt, dass er eine Frau ist, eine junge Frau, die traurig am Strand sitzt und sehnsuchtsvoll in die im Meer versinkende Sonne blickt. Sie ist völlig nackt, denn das Land ist heiß und die Steine strahlen noch warm vom Licht des Tages. Die Frau erhebt sich und geht zu einem Platz, auf dem eine Gruppe von Menschen, die aussehen wie sie, mit dunkler Haut und dichten, wolligen Haaren, geschäftig Graslager für die Nacht vorbereiten. Er sieht durch die Augen der jungen Frau ein großes Floß, halb auf den Strand der Bucht heraufgezogen, in der sie gelandet sind. Das Ufer besteht aus Sand mit kleinen eingebetteten Steinen. Die Dünung ist sanft. Kleine Wellen kräuseln sich am Ufersaum.
Zwei Männer haben Holz gesammelt und zünden ein Feuer an. Andere haben Fische im niedrigen Wasser gefangen, und stecken sie nun auf Stöcke, um sie im Feuer zu braten. Alles wirkt geschäftig und gut eingespielt, nur die Frau steht mit ihrer Trauer allein neben der Gruppe. Ganz nahe am Strand beginnt ein Wald mit großblättrigen Bäumen und dichtem Unterholz. Als sie heute Morgen in die Nähe des Eilandes kamen, sahen sie in dessen Mitte einen rauchenden Berg, genau wie auf der Insel, von der sie kamen. Sein Anblick hat die Frau an daran erinnert, dass vor Wochen der Vulkan auf ihrer Heimatinsel plötzlich zu grollen begann und später Feuer in den Himmel schleuderte. Als das Dröhnen im Inneren des Berges anfing stärker zu werden, riefen die Alten ihres Dorfes den Rat zusammen und sagten allen, dass sie Flöße bauen und übers Meer fliehen sollten. Rasch wurden Bäume gefällt und die Frauen begannen hastig, mit den Flechthölzern viele Stricke aus

Pflanzenfasern herzustellen. Damit wurden die Bäume aneinander gebunden und zu Flößen gemacht. In der Mitte des Baumschiffes stellten sie einen Mast auf, der zur Anbringung eines Segels dienen sollte. Das Donnern im Berg rollte immer mächtiger, so dass alle Arbeiten in fliegender Hast vollzogen wurden. Als das erste Floß fertig war, stieß die Gruppe, der sie angehörte, sofort vom Ufer ab. Ihr Wasserfahrzeug überwand die Korallenbank, die vor der Insel die großen Wellen brach und die Männer ruderten angestrengt hinaus. Dann kam ihnen ein seewärts gerichteter Wind zu Hilfe und sie zogen ein aus Palmblättern geflochtenes Segel auf.

Als sie schon etliche Baumlängen vom Ufer entfernt waren, begann der Berg plötzlich noch tiefer zu grollen und gewaltige Mengen an Feuer und rotglühenden Steinen in den Himmel zu spucken. Sein Beben erzeugte eine Welle, die sie noch schneller hinaus ins Meer trieb, noch bevor die Lavabrocken aus der Höhe herabfielen. Hinter ihnen prasselten die Steine zischend ins Wasser, doch sie waren schon zu weit entfernt, um von ihnen getroffen zu werden. Ob noch ein weiteres Floß abstoßen konnte, konnten sie durch den Wasserdampf und die aufspritzenden Einschläge der glühenden Brocken nicht erkennen. Dann hörte das Grollen plötzlich auf und es war, als ob der Berg in sich zusammensinken würde.

Der Wind trieb sie immer weiter hinaus in die Einsamkeit des Meeres. Sie hatten nur wenig Wasser in hölzernen Töpfen mitnehmen können, und das Floß schwappte ständig mit Meerwasser über, weil es überladen war. Drei lange Tage, an denen zu ihrem Glück nur die Sonne schien, brauchten sie, um die andere Insel zu erreichen. Auf der konnten sie landen und nun sitzen sie hier am Strand und essen gebratene Fische. Sie waren gerettet. Auch das erkannte die Frau. Und sie wusste, dass das Kind, das sie in ihrem Bauch trägt, das erste sein würde, dass in der neuen Welt geboren wird. Doch ihre Trauer um die alte Heimat ist groß und sie denkt an all die Menschen, die sie zurück gelassen haben und die vielleicht jetzt alle tot waren.

Erschöpft öffnet Setong seine Augen. Er war also einmal eine Frau gewesen. Nun kannte er auch das Meer, obwohl er in diesem Leben noch nie am Ozean war, der hinter dem Land der untergehenden Sonne liegt. Efel hatte ihm einmal davon berichtet, so wie Efel ihm alles Wissen seines Stammes und seiner eigenen Jugendwanderung vermittelt hatte. Der alte Schamane erzählte ihm auch von den rauchenden Bergen, die Feuer spucken und viele Wesen in den Tod

reißen. Er berichtete von Überschwemmungen und Dürre, von all dem, was Menschen und Tiere und Pflanzen bedroht. Und Setong war froh, dass der Stamm in einer friedlichen, freundlichen Gegend siedelte, die sie nährte und beschützte.
Noch! sagte damals Efel, und wies darauf hin, dass es für Lebewesen keine Sicherheit gibt und sich in einem Moment alles ändern kann.
Samantha hilft ihm, sich aufzurichten, denn er ist von seiner Reise in die eigene Vergangenheit noch geschwächt und erschöpft. Er schläft mit seinem Kopf auf ihrem Schenkel ein und als die Nachtkühle ihn weckt, ist er wieder allein. Samantha hat ihm ein Kissen aus Gräsern gemacht und seinen Kopf darauf gebettet.

Das Wetter in den Wochen bei Mark und Silvia ist durchgängig bitterkalt. Meine Winterjacke ist fast zu dünn und Mark borgt mir einen dicken Pullover für meine Spaziergänge. Bei meinen Schneewanderungen lerne ich mich auch dann zu bewegen, wenn nichts in mir Lust hat, weiter zu gehen. Einfach Fuß hochziehen, nach vorne heben, abstellen. Fuß hochziehen, nach vorne heben, abstellen. Ohne *Ich will*. Oder *Ich will nicht*. Einfach gehen, *nur gehen*. Wenn Schnee von den Bäumen auf mich herabfällt, abschütteln und weiter gehen. Die Natur ist nicht böse. Sie will mich nicht ärgern. Sie ist wie sie ist. Die Bäume sind voller Schnee. Wenn die Schneelast zu groß wird, fällt sie herunter. Wenn ich zufällig da bin, auf mich. Nichts ist vorbestimmt. Nichts ist geplant. Alles passiert einfach, weil es passiert.
In der nächsten Kleinstadt habe ich mir einen gebrauchten Laptop besorgt. Wenn der irgendwo im Internet auftaucht, dann nur in einer anderen Identität. Ich schreibe Kurzgeschichten. Geschichten, die ich wahrscheinlich irgendwann wieder löschen werde, weil sie nur traurig sind. Weil ich nur traurig bin. Silvia und Mark lassen mich weitgehend in Ruhe. Ich helfe Mark beim Ausbau des Dachbodens. Sie wollen noch ein paar Zimmer dort einrichten, für ihre Bed&Breakfast-Pension. Ansonsten ist es ruhig, viele Spaziergänge, abends Fernsehen, nachts schlafen.
Einmal rufe ich A.H. Tatsächlich klingelt kurz darauf mein neues Telefon.

Er sagt nur: Wann, wo?
Und ich sage: Morgen, elf Uhr, im Café am Hauptplatz.
Und nenne ihm den Namen der Kleinstadt, in der ich den Laptop erstanden habe.
Gut, sagt er und ist wieder aus der Leitung.
Am nächsten Morgen fahre ich mit dem Bus zur Stadt. Ich bin schon gegen Neun da und schaue mich noch ein wenig um. Die Shopping-Mall ist lächerlich winzig, fünf oder sechs Geschäfte, aber ich klappere alle Schaufenster ab. Ein Modegeschäft, ein Friseur, ein Billigladen mit Ramschwaren, ein Drogeriemarkt, ein Sportgeschäft. Und ein Schuhladen, in dem ich mir hohe Schneestiefel kaufe, das letzte Paar in meiner Größe. Daneben natürlich der große Supermarkt. Ich stürze hinein und fülle meinen Schokoladenvorrat auf.
Inzwischen ist es halb elf und ich schlendere hinüber zum Hauptplatz. Das Café ist hübsch und anheimelnd. Ein großer Wintergarten ist vor das eigentliche Gebäude gesetzt. Dieser Vorraum ist lichtdurchflutet, selbst an einem grauen Tag wie heute. Ich setze mich an einen Tisch in einer der Ecken und bestelle einen warmen Punsch und ein Glas Milch. Punkt elf öffnet sich die Türe und A.H. erscheint. Wie immer schräg gekleidet, aber diesmal sogar mit Mantel. Diesen wirft er elegant über einen der Sessel, die rund um meinen Tisch stehen.
Ich hab Dich draußen gar nicht kommen sehen, sage ich, während er Platz nimmt.
Das wirst Du auch nie, grinst er. Ich manifestiere mich genau in dem Augenblick, wo ich die Türe öffne. Und so verschwinde ich auch. Draußen sieht mich keiner und drinnen bin ich da. Geht ganz einfach und ist sehr praktisch, wer will schon lange Anwege?
Ich lache: So funktioniert das also.
So funktioniert es in meiner Welt, grinst er weiterhin, und dann: Ah, Du hast schon meine Milch bestellt. Danke! Und schon führt er die Tasse genießerisch an die Lippen und leert sie in einem Zug. Ich deute der Kellnerin, dass wir Nachschub brauchen.
Irgendwie mag ich den Kerl inzwischen. Er ist wie er ist. Weder aufdringlich noch scheu. Einfach fröhlich und immer bereit, die Sache zu unterstützen.
Wie viele seid ihr denn da eigentlich in Eurem Wohltäter-Klub? frage ich.

Oh, sagt er, kann ich nicht sagen. Da hab ich keinen Überblick. Wir sind nämlich nicht so ein Klub mit regelmäßigen Treffen und so. Ja, es gibt eine Art Jahresmeeting auf irgendeinem Feld, dessen Namen ich vergessen habe. Ist auch kein echtes Feld, mehr so eine energetische Ansammlung. Da wird so etwas wie eine Bestandsaufnahme gemacht, wen gibt's noch und wer kommt. Denn natürlich verschwinden auch bei uns Klubmitglieder und wandern in ihrer Entwicklung weiter. Aber so genau ist das nicht und ob alle immer da sind weiß ich auch nicht.
Er dankt für die nächste Tasse, die vor ihn hingestellt wird.
Wohin gehen diese Weltenhüter denn? frage ich weiter, die Pause nutzend.
Weiß nicht, brummt er, ist noch keiner zurückgekommen, um zu berichten. Sie gehen einfach weiter. Wird schon passen, aber was da genau passiert entzieht sich meiner Kenntnis.
Dann entsteht eine kleine Pause, A.H. betrachtet den Henkel seiner Tasse: Warum hast Du mich denn eigentlich gerufen?
Ich blicke schelmisch: Natürlich nur, damit Du wieder einmal zu Deiner Milch kommst.
A.H. lacht und schüttelt den Kopf: Also warum?
Meine Stimmung kippt: Mir geht's nicht gut in meiner Situation. Mir fehlt Mira, obwohl wir jeden Tag Kontakt haben. Aber SMS oder Skype ist kein Ersatz für wirkliche Nähe. Und dann weiß ich nicht, zu welchem Meister der Zeit ich gehen werde. Und mir ist auch nicht klar, wo ich überhaupt zu suchen beginnen soll und warum? Ich dachte, Du kannst mir helfen, eine Entscheidung zu treffen.
Also bei Deiner Frau kann ich Dir beim besten Willen nicht helfen. Wär Dir vielleicht auch gar nicht recht, odrrr? Wieder dieses unverschämte Grinsen und das rollende RRR.
Du weißt schon, welche Meister es gibt? fragt er dann wieder ernst.
Du hast sie mir ja beim letzten Mal aufgezählt, sage ich.
Ah ja, ah ja, schnattert er verlegen. Und welcher soll es werden?
Meine Tendenz geht zu Sibirien, lautet meine Antwort. Ich weiß nicht warum, aber ich habe das Gefühl, dort muss ich hin. Nur – dort ist es jetzt noch kälter als hier.
Na, dann warte noch ein wenig, bis der Frühling kommt, lacht er.
Aber nach was suche ich eigentlich? frage ich ein wenig verzweifelt und verunsichert.

Vielleicht musst Du den Punkt finden, an dem die Menschen ihre Unschuld verloren haben, sagt A.H. leise.
Wann war denn das? bohre ich nach, doch nicht die Geschichte mit dem Apfel und Adam und Eva?
Nein, verzieht A.H. sein Gesicht zu einem Lächeln, die haben sich nur die Hirten draußen in Vorderasien am Lagerfeuer erzählt. Die Abende waren lang und kalt. Da kommt ein Engel mit Feuerschwert doch ganz gut an, oder?
Jetzt lache ich auch mit und frage dann: Wann war das dann also?
A.H. sagt: So genau kann man das nicht mehr feststellen. Und es ist wahrscheinlich auch in verschiedenen Teilen der Erde zu verschiedenen Zeitpunkten aus sich selbst heraus passiert. Das Zeitalter der Unschuld, das war, als die Menschen mit den Tieren und den Pflanzen in Übereinstimmung gelebt haben, als sie so wie andere Lebewesen auch gejagt und ihre Nahrung in den Wäldern und Flüssen oder Wiesen gesucht haben. Damals vermutlich war ihr Bewusstsein in Einklang mit allem. Doch dann entdeckten sie, dass man Pflanzen ausreißen und wieder in die Erde stecken konnte und sie wuchsen weiter. Das war natürlich bequemer als herumzulaufen und zu suchen. Also brachten sie Pflanzen zu ihren Wohnorten und pflegten sie, brachten ihnen Wasser und ernteten dann die Körner, Nüsse oder Früchte, die diese Pflanzen hervorbrachten.
Aber das war doch noch unschuldig, unterbreche ich ihn.
Natürlich, natürlich, sagt A.H.. Aber es hat trotzdem unser Bewusstsein verändert. Denn als die Menschen begannen, Pflanzen zu züchten, Äcker anzulegen und Samen zu säen, begann sich zugleich das Prinzip Hoffnung zu etablieren. Seitdem beherrscht es das menschliche Leben. Denn natürlich sät man nur, wenn man die Hoffnung hat, auch zu ernten, oder? So haben die Menschen Vergangenheit und Zukunft erfunden. Sie denken daran, ob das Wetter so wie letztes Jahr sein wird, wie die Ernte gut reifen kann, ob die Tiere, die sie in Gefangenschaft halten, auch gesund bleiben, damit sie sie schlachten und essen können und so weiter und so fort. In diesen Erwartungen zeigt sich die Schwester der Hoffnung, die Angst. Denn wo Hoffnung ist, da lebt auch die Angst, dass die Hoffnung sie täuscht. Und sie täuscht die Menschen immer wieder. Denn nicht immer ernten sie, was sie gesät haben. Der Natur ist es egal, was wir tun. Sie spielt ihr eigenes Spiel. Doch die Erdenbewohner wollen die Natur zwingen, das zu tun, was sie

wollen. Und hoffen, dass ihnen das gelingt. Das ist der ewige Kampf mit der Mutter, die uns alle hervorgebracht hat.
Wir schweigen. Nach einer Weile frage ich: Was ist da mit uns passiert?
Das veränderte Bewusstsein, fährt A.H. fort, hat die Einheit zerstört. Wir mussten in Opposition zur Erde gehen, zu unserer Umwelt, zu dem Raum, in dem wir leben. Mit Vergangenheit und Zukunft erfanden wir auch die Zeit. Das Leben war nicht mehr eingetaucht in unschuldige Jahreszeiten, die einfach ständig wiederkehrten und einander ablösten, sondern wurde zu einer Abfolge von Taten, die Ergebnisse einforderten. Damit spalteten wir uns ab von dem, was uns umgab. Und damit spalteten wir uns auch von uns selbst ab. Und dann ist etwas passiert, was wir bis heute als Wunde in unserem Herzen tragen. Wir haben eine Grenze überschritten, die wir nie hätten überschreiten dürfen. Ich weiß nicht genau, was passiert ist, aber Du wirst es herausfinden.
Der Satz erschlug mich fast. Du denkst, stammle ich, ich werde herausfinden, was unsere Welt geteilt hat?
A.H. nickt und leckt die letzte Milch aus seiner Tasse. Du hast ja Geld mit, sagt er, odrrr? schnarrt er, jetzt wieder ganz unpersönlich.
Ich nicke, mit meinen Gedanken ganz woanders seiend.
Geht sich noch eine Tasse aus?
Ich nicke wieder.
Er hebt das Gefäß in die Höhe und winkt Richtung Serviererin.
Noch immer hocke ich erschlagen auf meinem Sessel: Was hat das mit der Bruderschaft zu tun? Hat es die damals schon gegeben?
Wahrscheinlich nicht, sagt er, aber sie haben die Spaltung erkannt und noch weiter vorangetrieben, bis zur Perfektion. Und ich weiß nicht genau, was passiert, wenn Du diesen Moment der Abirrung findest, aber ich bin sicher, dass dann auch etwas mit der Bruderschaft passiert, wenn Du ihre Wurzeln freilegst.
Die Milch kommt. A.H. dankt wieder und sagt dann: Verdau das einmal. Lass Dir Zeit. Hast Du nicht einmal Meditation geübt?
Ja, murmle ich, Zazen. Aber was hat das damit zu tun?
Dein Geist muss ruhig und klar sein, antwortet er, wenn Du auf diese Reise gehst. Also setz Dich wieder einmal irgendwo hin und übe die Einspitzigkeit. Das wird Dir helfen, die Kräfte zu abzuwehren, die Dich pfählen wollen. Wieder lacht er aus voller Kehle. Wenn Du drauf sitzt, kann Dich keiner durch Deinen Allerwertesten aufspießen. Er prustet laut über seinen eigenen Witz.

Der war gut, knurre ich, nur leider kann ich darüber nicht lachen. Das ist auch viel zu ernst dafür, stoppt er mühsam sein Lachen, und doch hilft es, das alles nicht zu ernst zu nehmen und locker zu bleiben.

Den ganzen Sommer über bis in den Herbst hinein
tanzen Setong und Samantha ihre Liebe. Sie lehrt ihn die Techniken der Zeitmeister und unternimmt mit ihm Reisen in die Epochen, als der singende Stein noch nicht auf dieser Welt gelandet war. Sie sprechen viel miteinander und lernen ein wenig die jeweils andere Sprache. So wachsen sie immer mehr in eine tiefe Verbundenheit hinein, die keine Bedingungen für die gemeinsame Liebe mehr kennt und alles gibt und alles nimmt.
Samantha kommt fast jede Woche zum singenden Stein und Setong weiß immer im Voraus, wann er sie oben antreffen wird. Er ist nun schon fähig, seine Zeitgänge und Streifzüge alleine durchzuführen. Und eines Nachts eröffnet ihm Samantha, dass sie ab nun nicht mehr kommen wird.
Setong ist völlig zerstört. Sein Herz zerreißt beinahe in dem übergroßen Schmerz, den er in diesem Moment empfindet. Wieder und wieder bestürmt er sie, aber sie sieht ihn nur traurig an und verschwindet letztlich von einem Moment auf den anderen. Er bleibt allein zurück. Es ist später Herbst und in die Ruhe der fast schlafenden Natur fallen erste Schneeflocken. Setong bemerkt es nicht und hockt vor dem singenden Stein, abgetrennt von der Welt und von Samantha. Erst nachdem die Sonne schon hell durch die zarten Schneewolken schimmert, steht er auf und kehrt in seine Hütte zurück.
Sie hat Dir einen großen Schatz hinterlassen, sagt Efel, als sie eines Abends in Felle gehüllt am Feuer sitzen. Der Winter ist eingekehrt und der Schnee lastet schwer auf den Bäumen. Setong hat nichts davon mitbekommen und den Wandel der Natur in seiner Trauer nicht wahrgenommen.
Was? fragt er nun irritiert.
Sie hat Dir einen großen Schatz hinterlassen, wiederholt Efel eindringlich und richtet seinen Blick auf Setong. Du darfst diesen Schatz nicht wegwerfen. Was Dir passiert ist, geschieht fast jedem

Menschen einmal in seinem Leben. Aber das Leben geht weiter. Und es braucht Dich. Du kannst zu anderen Menschen in anderen Zeiten reisen und von ihnen lernen. Damit wirst Du ein großer Schamane, denn diese Kunst können nur wenige von uns. Du musst Dich wieder fangen und Deine Kunst ausüben. Sie ist nicht zufällig zu Dir gekommen.
Setong nickt versonnen. In den letzten Tagen hat er schon ein wenig gespürt, dass der Schmerz, der sein Herz umklammert hält, langsam loslässt. Das hat Efel offensichtlich auch bemerkt, denn bis zu diesem Abend hatte er geschwiegen und Setong sein lassen, wie er ist.
Ich werde bald gehen, sagt Efel. Das Dorf braucht einen kraftvollen Pechutan, der den Menschen beisteht. Das wirst Du sein.
Setong fährt erschrocken hoch: Du wirst bald sterben?
Efel nickt: Ja, es ist Zeit. Die Geister rufen schon. So ist es, wir werden geboren, leben unser Dasein und verabschieden uns in eine Welt, die wir noch nicht kennen. Denn sie wird mit uns geboren und begleitet uns bis zu unserem nächsten Abscheiden. Wenn wir unser Leben vollenden, dann sind wir frei für ein Nächstes, Neues. Tun wir das nicht, dann kehrt alles wieder zu uns zurück, was wir nicht erfüllt haben.
Er schließt die Augen und lehnt sich an den Baum, vor dem sie sitzen: Ich habe das Gefühl, dass ich meine Aufgaben in diesem Leben erfüllt habe, sagt er leise. Es ist nur wenig zurück geblieben und einiges werde ich noch schaffen, bevor ich gehe. Und einen kleinen Rest kann ich ja ruhig mitnehmen, das ist nicht so schlimm, lächelt er versonnen.
Setong sieht ihn an. Wie sehr liebt er diesen seinen Meister. Als letzte Tat hat Efel ihn nun von den Ketten der Trauer befreit. Durch weise Einsicht und behutsame Führung. Es war für Setong gar keine Frage, dass er in diesem Dorf bleiben wird. Das ist sein Platz, auch wenn ihm Samantha gezeigt hat, dass einem Menschen viele Orte offen stehen. Er gehört hierher. Aber das Reisen in der Zeit gehört auch zu ihm.
Er fragt Efel, ob es noch etwas gibt, was er ihm mitteilen möchte und der alte Schamane schüttelt ruhig den Kopf.
Nein, Setong, antwortet er, Du hast alles gelernt, was ich weiß und Du wirst ein guter Pechutan für das Dorf sein.

In den Frühling hinein unternimmt Setong zahlreiche Reisen in die Vorzeit des Dorfplatzes und führt sogar Efel in eines seiner Vorleben. Er selbst reist auch einmal in die Abendrichtung zum Meer in eine Zeit, als es noch keine Menschen gab und sieht dort Wesen, die halb im Wasser, halb am Land leben. Bei weiteren Reisen dorthin erlebt er, wie gefährlich es ist, solchen Wesen zu nahe zu kommen. Aber er kann sich jedes Mal rechtzeitig in seine eigene Zeit zurückziehen.

Die Sehnsucht nach Samantha begleitet ihn immer noch Tag und Nacht. Eines Abends setzt sich der Gedanke in seinem Kopf fest, dass es vielleicht auch möglich sein könnte, in die Zukunft zu reisen. Samantha hat das stets verneint.

Uns steht nur die Vergangenheit offen, sagte sie mehrmals.

Aber er kann es nicht glauben. Die Zeit, die Abfolge unseres Tuns und die Erinnerungen sind vielleicht auch nur eine Illusion, die uns gefangen hält, denkt er und bespricht seinen Gedanken mit Efel. Vielleicht, ich weiß nicht, sagt dieser, der nun schon sehr schwach ist und von seiner Frau liebevoll gepflegt wird, doch Du kannst es wahrscheinlich herausfinden.

An diesem Abend geht Setong wieder einmal hinauf zum singenden Stein. Es ist ein Sphäroid, hatte ihm Samantha einmal erklärt, der durch seine Reise durch den Weltenraum so gerundet wurde. Über den Stein hatten sie oft gesprochen, denn auch Samantha kannte sein Geheimnis nicht und hätte es gern gelöst. Doch wirklich eintreten in die Welt, aus der das Sphäroid kommt, könnten sie nicht, so erklärte sie ihm, weil dort keine Luft zum Atmen ist. Sie würden sehr schnell sterben. In ihrer Zeit, so erzählte sie damals weiter, gibt es Kleidung, in der Luft ist und mit deren Hilfe man vielleicht auch dort sein könnte, wenn es nicht zu heiß ist. Doch die dunkle Wand, die sich jedes Mal zeigt, ist sehr gefährlich und würde wahrscheinlich alles vernichten, was ihr zu nahe kommt.

An diesem Abend, allein vor der glitzernden Kugel, stellt sich Setong mit dem Gesicht zum singenden Stein. Er nimmt die Haltung ein, die ihm Samantha für die Zeitgänge gelehrt hat und blickt dabei aufmerksam auf die flimmernde Oberfläche des Sphäroids. Es ist, als ob der Stein mit ihm Kontakt aufnimmt. Sein Blick und das Leuchten der Kugel im Mondlicht beginnen sich zu vereinen und bilden eine kraftvolle Achse, über die die Kraft des Sphäroids in ihn eindringt. Plötzlich bewegen sich seine Arme von

selbst und verschränken sich vor seiner Brust. Die Veränderung war unwillkürlich passiert und er versteht: das ist die Haltung, um in die Zukunft zu reisen.
Rasch sammelt er sich in seinem Inneren, schließt die Augen und konzentriert sich auf Samantha. Ihm ist, als ob er rasend schnell durch einen aschgrauen leeren Raum fliegt. Im nächsten Moment spürt er, dass er auf einem steinigen Platz landet, öffnet die Augen und sieht aus der Höhe eines karstigen Hügels hinunter auf ein kleines Haus, das von einem ausgedorrten Garten umgeben ist. Samantha kommt schreiend aus der Türe des Hauses und läuft einem Kind nach, das wütend durch den vertrockneten Vorgarten hetzt. Sie erreicht das Kind und schüttelte es heftig. Setong kann nicht verstehen, was der Grund für den Streit ist, aber er begreift sofort, warum sie hierher gehört und deshalb nicht bei ihm bleiben konnte. Ein großer Mann mit einem karierten Hemd taucht im Türrahmen auf und beobachtet Samantha. Dahinter drängen sich zwei weitere, etwas größere Kinder durch die Türe hinaus. Samantha hat eine Familie. Samantha hat Kinder. Samantha ist nicht frei. Diese Sätze hämmern durch sein Gehirn und beginnen seine Sehnsucht nach ihr zu verdrängen.
Der Mann im Türrahmen blickt erstaunt den Hügel hinauf, auf dem Setong hockt. Setong hebt die Hand und grüßt hinunter. In diesem Moment schaut auch Samantha hoch und erschrickt zutiefst. Sie lässt ihr Kind aus und starrt ihn mit offenem Mund an.
Setong erhebt sich und grüßt noch einmal. Dann dreht er sich um und geht in seine Zeit zurück. Nie wieder besucht er Samantha. Aber auch sie kommt nie mehr zum singenden Stein. Als Efel zwei Monate später stirbt, nimmt Setong seine Aufgabe als Pechutan an und lebt ein stilles Leben. Bis der nächste Gast aus der Zukunft in Erscheinung tritt.

Im Internet suche ich nach einem Zen-Sesshin in der Osterwoche. In einem kleinen Zen-Zentrum in den Bergen werde ich fündig. Ein Yanagida-Roshi würde die Übung leiten. Da ich keine besonderen Absichten wie volle Erleuchtung oder Anerkennung als Meister habe, melde ich mich dort an. Vor Jahren habe ich eine Zeitlang eine ziemlich intensive Zen-Praxis mit

wöchentlichem Zazen und mehrmaligen Sesshins im Jahr absolviert. Aber dann tröpfelte der Alltag in meine Praxis. Die beruflichen Anforderungen stiegen. Die spirituellen Bedürfnisse klangen ab. Die Sache schlief ein. Am Tag vor dem Beginn des Sesshins packe ich frühmorgens meinen Rucksack, obenauf meine Schneestiefel und verlasse das gastliche Haus meiner Freunde. Immer noch war große Unruhe in mir, die mich auch auf der Reise begleitet.
Die Hinfahrt ist kompliziert und anstrengend. Immer wieder Umsteigen, manchmal stundenlanges Warten an einem Bahnhof und dann endlich das Erreichen des Ortes unterhalb des Zentrums. In einer Pension nehme ich ein Zimmer und stelle fest, dass es hier keinen Handy-Empfang gibt. Mira wird sich Sorgen machen, wenn ich mich nicht melde.
Kann ich Ihr Telefon benutzen, frage ich die Hauswirtin und sie nickt.
Mira meldet sich nicht und ich spreche auf die Mailbox. Sie weiß, dass ich ab morgen nicht erreichbar bin. Situationen, in denen wir einander nicht erreichen können, belasten sie sehr. Aber sie ist einverstanden mit dem Sesshin, weil sie versteht, dass ich die Ruhe brauche. Am Morgen nach dem Frühstück versuche ich es erneut. Jetzt erreiche ich sie und kann wieder einmal ausführlich mit ihr reden. Aber leider steht das Haustelefon in der Küche der Pension. Ein Ort, der nicht gerade förderlich ist für den Austausch zärtlicher Mitteilungen.
Zwei Teilnehmerinnen am Sesshin haben auch in der Pension geschlafen und wir machen uns zu dritt auf den Anstieg. Es geht etwa eine Stunde hinauf, sagt die Hauswirtin. Es liegt noch eine dicke Schneedecke auf dem Weg und ich bin froh, meine hohen Stiefel an den Füßen zu haben. Die beiden Frauen haben bald nasse Füße, weil ihre Bergschuhe immer wieder mit Schnee gefüllt werden. Der Weg ist mühsam zu gehen. Die Schneedecke ist zwar oben beinhart gefroren, aber darunter schon sehr weich. Jeder Schritt bricht ein und findet erst ein gutes Stück tiefer Stand. Deshalb braucht es länger als eine Stunde, aber dann erreichen wir die große Almhütte, die zu einer Zendo umfunktioniert wurde. Sie liegt auf einem Plateau unter einer atemberaubend imposanten Felswand und wirkt fast winzig in diesem Panorama.
Dicke Holzbalken bilden ihre Wände, das Dach ist von einer hohen Schneedecke überwölbt. Drei Stufen und eine niedrige

Eingangstüre führen in ihr Inneres. Einfachste Verhältnisse versprach die Webseite und tatsächlich wird diese Ankündigung von der Wirklichkeit noch übertroffen. Im Meditationsraum können zehn Personen üben. Es wird auf dem Platz, auf dem man sitzt, auch geschlafen und gegessen. Im Vorraum gibt es den Zugang zu urtümlichen Toiletten und Waschplätzen für Mann und Frau. An einer Wand Holzhaken, um Kleidung und Rucksäcke aufzuhängen. Darunter eine Schuhleiste, auf die ich meine Schneestiefel stelle. Nur die Leiterin der Zendo und der Roshi mit seinem Übersetzer haben eigene Räume. Eine kleine Küche und ein Vorratsraum schließen an die Wohnräume an.

Also eine Woche Ruhe, Einkehr, Innenschau. Nach und nach treffen auch die Teilnehmer ein, die mit dem Auto angereist sind. Die Frauen schlafen auf der fensterlosen Seite, die Männer unter den winzigen, vergitterten Fenstern auf der Talseite der Hütte. Wir sind sieben Übende, vier Männer und drei Frauen. Die Rucksäcke werden draußen im Vorraum verstaut, persönliche Sachen wie Schlafsack, Handtuch und Toilette-Artikel kommen in schmale Kästchen am Kopfende der Tatamis, auf denen wir sitzen und schlafen. Das ist der einzige Luxus im Zendo: Original japanische Schilfmatten als Unterlage. Unsere Sitzkissen und Sitzmatten sind mit schwarzem Stoff bespannt und liegen akkurat ausgerichtet im Vorderteil der Tatamis. Zwischen den jeweils fünf Sitzplätzen links und rechts ist ein etwa zwei Meter breiter Gang. Und am Ende des Ganges, an der Stirnwand, steht ein kleiner Buddha in einem Holzaltar mit Flügeltüren. Darunter ein Bord für Blumen, Räucherstäbchen und Kerzen. Daneben auf einem Haken: Der Kesaku, der Massagestab, mit dem müde Zen-Knochen aufgeweckt werden.

Das ist es. Mehr gibt es nicht. In diesem Raum werden wir eine siebentägige Zen-Übung abhalten. Das heißt sieben Tage sehr früh aufstehen, Tee trinken, Chanten, Sitzen, Frühstücken, Samu (Arbeit), Sitzen, Gehen, Sitzen, Gehen. Zwischen den Meditationseinheiten kurze Pausen für Toilette und Ausstrecken. Mittags einfaches Essen, dann kurze Ruhepause, dann wieder Sitzen, Gehen, Sitzen, Gehen. Wieder eine kurze Arbeitseinheit vor der nächsten Meditationsrunde. Am Nachmittag auch noch ein Zen-Vortrag, dann Abendessen, dann wieder eine Meditationseinheit, dann schlafen bis zum frühmorgendlichen

Aufstehen. Die einzelnen Abschnitte werden mit Gongs und Glöckchen angezeigt.

Gerda, die Leiterin des Zendo, erläutert jeden einzelnen Schritt im Tagesablauf. Es gibt nichts zu denken, nur zu tun. Der Roshi wird Dokusan, das Zen-Gespräch mit dem Meister, geben und wer will, kann auch ein Koan bekommen, einen Zenspruch zum Zermartern des Hirns. Ein Koan zum Beispiel heißt: Hat ein Hund Buddha-Natur? Die Antwort ist allgemein bekannt und lautet: Mu. Übersetzt mit *Nichts*. Aber so einfach ist das nicht. Man muss dieses *Nichts* sein, wenn man es als Antwort anbietet. Sonst wird das *Mu* vom Meister zurückgewiesen. All das habe ich schon öfter durchlaufen, auch mit einer Antwort auf ein anderes Koan, die angenommen wurde. Aber? Die große Befreiung steht noch aus. Ich erwarte sie auch nicht für hier. Eigentlich erwarte ich sie überhaupt nicht mehr. Ich will nur sitzen. In Ruhe. Und aus.

Ich bekomme den Platz neben dem letzten Tatami zugewiesen, auf dem möglicherweise der Roshi sitzen wird. Falls er mitmeditiert. Wir richten uns ein. Noch schnell die letzten persönlichen Dinge im Kästchen ablegen, wieder nach vorne kriechen und das Zafu, den Sitzpolster, zurechtrücken. Ich sitze in meinem Trainingsanzug, andere haben richtige Kimonos und Hakamas, die Zen-Schürze, die um den Kimono gebunden wird, damit niemand ins Innere des Kleidungsstückes lugen kann. Langsam kehrt Stille ein.

Die Schiebetüre vor dem Meditationsraum öffnet sich, der Roshi und der Übersetzer erscheinen, hinter ihnen Gerda, die sich vor der Türe im Seza, im Sitz auf den Fersen, niederlässt. Yanagida-Roshi ist ein mittelgroßer, hagerer Mann, vielleicht fünfzig Jahre alt. Aber man kann sich auch sehr täuschen, denn die Haarlosigkeit lässt viele Zen-Übende jünger aussehen, als sie sind. Sein Begleiter ist um die Dreißig, schätze ich, richte aber dann meinen Blick wieder vorschriftsmäßig auf den Boden. Der Meister zündet die Kerze an, an der Flamme ein Räucherstäbchen und beginnt dann zu rezitieren. Gerda und der Begleiter stimmen ein, auch einige von unserer Gruppe. Das dauert ein bisschen und meine Knie melden mir, dass ich schon etwas aus der Übung bin und sie jetzt schmerzen werden. Jetzt schon? denke ich. Nicht sehr ermutigend.

Der Roshi steckt das Räucherstäbchen in die Räucherschale und hockt sich, ebenfalls im Seza, unter dem Buddha auf den Boden. Eine kleine Sitzmatte erleichtert ihm das Leben. Der Begleiter, sein Übersetzer wie angekündigt, sitzt auf der Frauenseite neben ihm.

Die Begrüßungsrede des Roshi ist kurz und nicht sehr tiefgehend. Er wünscht uns eine Woche, in der wir der großen Befreiung näher kommen. Er wünscht, dass wir diszipliniert an uns arbeiten und nicht nachlassen in unserem Bemühen. Dann steht er auf und verlässt den Raum, was auch Gerda zwingt, rasch aufzuspringen, womit sie einige Probleme hat.

Als der Meister gegangen ist, erläutert Gerda noch den aktuellen weiteren Verlauf. Herr Tanaka, der Begleiter des Roshis, wird die Zazen-Übungen leiten. Bei Dokusan, wenn er übersetzen wird, wird sie dieses Amt übernehmen. Jetzt anschließend meditiert die Gruppe zwei Stunden. Für das Kinhin, das meditative Gehen zwischen den Sitzperioden, wird der Gang vor den Tatamis genutzt. Danach gibt es Mittagessen, es kommt auf den Platz. Sie und eine Helferin werden es austeilen. Nach dem Essen gibt es eine kurze Ruhepause und dann wieder Meditation. Während dieser Sitz-Periode gibt der Roshi Dokusan, das Einzelgespräch, wer also will, kann sich vor den Meisterraum setzen und kommt dann zum Gespräch dran. Wer fertig ist bzw. nicht zum Dokusan gegangen ist, hat einfach weiter zu meditieren. Nach der Sitzperiode gibt es Samu, Arbeit im Haus und um das Haus herum. Jeder findet seinen Namen auf einer Liste im Vorraum und dort auch alles, was er oder sie zur Arbeit braucht.

Dann verneigt sie sich vor dem Buddha und geht. Herr Tanaka steht auf und zündet ein neues Räucherstäbchen an. Danach nimmt er die Meditationsglocke, die neben der Blumenvase steht und setzt sich. Er ruckelt sich am Polster zurecht und holt Klanghölzer aus einem Ärmel seines Kimonos. Dreimal lässt er diese Hölzer aufeinander schlagen und dann ertönt dreimal die Glocke. Ruhe kehrt ein und es ist, als ob die Stille der Winterlandschaft draußen bis in unsere Herzen vordringt. Nur Sitzen. Der Atem kommt und geht. Frieden macht sich im Inneren breit. Wieder einmal. Endlich wieder einmal.

Setong ist nun schon viele Jahre der Pechutan seines Dorfes, das am westlichen Ende des Stammesgebietes der Adler-Berge-Menschen liegt. Er ist jetzt ein Mann im mittleren Alter, sein Körper wirkt kraftvoll und muskulös. An Armen und Beinen trägt er Lederschmuck und sein Gesicht ist mit weißen Strichen bemalt. Haar und Bart umrahmen wild ein Gesicht, aus dem zwei wache und intelligente Augen blicken.

Immer wieder streift er über die Hochebene oder durch die tiefen Wälder des Stammesgebiets, um seltene Pflanzen zu finden und seinen Vorrat an Mineralien zu ergänzen. Auch heute ist er schon früh von seiner Hütte weggewandert, um bis zum östlichen Ende des Gebirgsmassivs zu kommen, wo er seltene Steine für seine Heilgetränke finden will. Auf seinem Rücken hängt eine Wassertasche und an seiner Seite ein Sack zum Sammeln von Kräutern und Wurzeln. In seinem Lendenschurz steckt ein Steinmesser. Sein Speer ist mit seltenen Vogelfedern geschmückt, ein Zeichen, dass er Pechutan ist. Gegen Mittag erreicht er sein Ziel, die östliche die Bergflanke.

Lange Zeit beobachtet er, auf einem großen Felsblock ausruhend, mit Freuden den Liebestanz zweier Adler vor den Bergwänden, wie sie sich tollkühn in die Lüfte fallen lassen und oft erst knapp vor dem Boden abdrehen und wieder aufsteigen. Wieder und wieder umkreisen die mächtigen Vögel einander in ihrem Liebestaumel. Ein wenig Wehmut steigt in ihm auf, einerseits, weil die Frau, die er aus dem Stamm geehelicht hat, vor einem Jahr plötzlich an einer Krankheit verstorben ist. Andererseits wohnt Samantha immer noch in seinem Herzen, auch wenn ihre Begegnung nun schon lange Zeit zurück liegt.

Plötzlich hört Setong das Geräusch von losgetretenen Steinen. Auf der Geröllhalde, die von einem Bergdurchlass des Gebirges herunter bis zu den grünen Matten des Hochlandes reicht, ist eine kleine Gruppe von Menschen unterwegs. Sie stammen nicht aus den Dörfern der Adler-Berge-Menschen oder von benachbarten Stämmen. Denn sie tragen keine Zeichen ihrer Zugehörigkeit, sondern wirken ausgemergelt und grau. Doch jetzt starren sie auf das Grün der satten Wiesen unter ihnen, springen und lachen und umarmen einander. Die Jungen, kaum der Kindheit entwachsen, laufen voraus und werfen sich in das dichte halbhohe Gras, das den Boden bedeckt. Eine alte Frau wird von anderen Frauen gestützt und drängt aber doch sichtlich darauf, auch rasch hinunter zu kommen.

Setong beobachtet sie von seinem erhöhten Sitzplatz aus. Es müssen Menschen von jenseits des Gebirgsmassivs sein. Dort, so hat er gehört, ist seit vielen Jahren kein Regen mehr gefallen und alles verdorrt. Auf dieser Seite der Berge halten die hohen Gipfel die Regenwolken an und lassen sie ihre Fracht über das Land ergießen. Aber auf der anderen Seite des Berglands herrscht bitterste Not. Flüchtlinge, dachte Setong, sie haben das Gebirge durchquert. Sie haben es geschafft. Sicher sind viele von ihnen auf der Flucht umgekommen. Aber diese haben es geschafft. Und er wird ihnen helfen.

Die kleine Rotte steht beglückt in der offenen Weite des Hochlandes. Ihre Rücken und Arme sind abgemagert, ihre körperlichen Kräfte am Ende. Und doch, sie wissen, dass sie gerettet sind. Setong nähert sich ihnen langsam von der Bergflanke herunter. Sofort bildet die Rotte einen Kreis, um die Frauen und Kinder zu schützen. Die Männer sichern, mit ihren Holzspeeren in der Hand, die Gruppe ab. Vorne die drei Jungen, die vorhin in das Grün gesprungen sind, hinten zwei alte Männer und auf den Seiten zwei Jäger, wahrscheinlich die beiden letzten des Stammes. Der eine ist ein großer kräftiger Mann mit einem finsteren Gesicht, der andere kleiner und wendiger. In der Mitte der Männer befinden sich die Frauen, fünf an der Zahl und zwei kleine Kinder.

Sie alle starren auf Setong, der ober ihnen auf dem Hang stehen geblieben ist. Auch er blickt sie prüfend an. Der kleinere Jäger tritt vor die Rotte und legt seinen Speer ab. Er hebt seine Arme, die offenen Handflächen nach vorne, und bleibt so stehen. Nein, sie wollen keinen Krieg, sie wollen keinen Kampf. Sie wollen überleben. Das ist alles. Setong bleibt weiter stehen. Nach einer Weile der Musterung hebt er seinen linken Arm und winkt der Gruppe zu. Er zeigt die Richtung, in die sie gehen sollen, an der Anhöhe vorbei.

Rasch werden die beiden Kinder wieder aufgenommen. Die Gruppe formiert sich, aber nun lockerer und offener. Kraft aus den letzten Reserven ist in ihre Körper geflossen und sie bewegen sich rasch auf die gewiesene Stelle zu. Unter der Anhöhe finden sie die Setongs Wassertasche an einem Ast eines dürren Baumes hängend. Als erstes bekommt Inas, die alte Frau, einen Schluck, dann werden die Kleinkinder versorgt. Zuletzt wandert die Tasche rundum. Setong steht in einiger Entfernung vor einer Baumgruppe und beobachtet sie weiterhin. Nachdem die Tasche geleert wurde, winkt er wieder, nun aber lehnt sein Speer locker an seiner linken Armbeuge. Der kleinere Jäger nähert sich ihm mit ausholenden Schritten, aber in einer vorsichtig-devoten Haltung, mit etwas

eingezogenem Kopf. Noch bleibt die Gruppe zurück und bewegt sich nur langsam weiter. Alle Augen sind auf die beiden Männer gerichtet, die einander immer näher kommen. Setong hat seinen Speer wieder mit beiden Händen aufgerichtet, aber es ist keine Feindseligkeit in seiner Haltung, nur wachsame Aufmerksamkeit. Der Anführer der Rotte bleibt zwei Schritte vor ihm stehen und legt seinen Jagdspieß wieder vor sich auf dem Boden ab. Er steht nun aufrecht und hebt seine rechte Hand zum Zeichen des Friedens.
Setong mustert ihn lange. Dann hebt er auch seine Hand und tritt näher. Die beiden Männer umarmen einander auf vorsichtige Weise. Der Jäger tritt zurück, schaut fragend in die Augen des Mannes und weist auf die Rotte. Dieser nickt und der Anführer winkt der kleinen Gruppe, näher zu kommen. Die Menschen kommen heran, bilden einen Kreis und setzen sich mit unsicheren Bewegungen zu Boden. Einer der Jungen gibt dem Setong seine Tasche zurück und bedankt sich. Der Pechutan nickt und legt sie neben sich auf die Erde, lässt sich nieder und sieht einen nach dem anderen neugierig an. Dann herrscht eine kurze Stille in der Runde. Unsicher beäugen die Mitglieder der Rotte den fremden Mann, der offen und ohne Scheu zurück blickt.
Der Rottenführer erhebt nach einem Blick auf seine Gruppe die Stimme und nennt seinen Namen: Amro. Dabei weist er auf seine Brust. Dann wandert sein Arm hinweisend von einem Angehörigen seiner Rotte zum nächsten und er nennt jeweils dessen Rufnamen, der auf ein körperliches Kennzeichen oder ein Ereignis bei dessen Geburt hinweist. Jedes Mal nickt Setong und schaut den Betreffenden gemessen an.
Am Ende der Runde nennt auch er seinen Namen und seinen Rang als Pechutan, begrüßt die Rotte zur Überraschung aller mit ein paar Worten aus deren Sprache. Ein befreites Aufatmen und Lachen geht durch die Gruppe. Alle verneigen sich und nicken ihm zu. Der Schamane blickt jeden einzelnen freundlich an und nickt lächelnd zurück. Dann hebt er die Hand, um zu sprechen. Radebrechend und mit einigen unterstützenden Gesten erklärt er, dass er sie zu einer Quelle führen wird. Dort finden sie auch Nahrung. Er würde dann zu seinem Dorf zurückkehren und beratschlagen, was mit ihnen passieren soll. Tränen sind in den Augen der weiblichen Mitglieder der Rotte und sie bedanken sich überschwänglich für das Willkommen. Die alte Frau erhebt sich mit Unterstützung von zwei anderen Frauen, wankt auf Setong zu und faltet die Hände zum

Dankesgruß. Er springt auf und verneigt sich vor ihr ehrfürchtig. Dann zeigt er, dass sie alle aufstehen und gehen sollten, denn die Sonne steht schon in der Mitte des Nachmittagshimmels. Rasch erheben sie sich und bilden hinter Amro und dem Fremden eine Reihe. Noch einmal nähert sich die Alte dem Schamanen, legt nun schon vertraulich ihre Hand auf seinen Unterarm und bittet ihn, ihr seinen Namen noch einmal zu nennen, da sie ihn nicht verstanden hat. Setong, sagt er und nickt. Dann umarmt er die alte, bucklige Frau und küsst sie auf die Stirn, was in der Runde fröhliches Gelächter auslöst.

Noch in der letzten Pause vor dem Abschluss der Zen-Woche ziehe ich mich um. Ich will nicht in das übliche hysterische Geschwafel nach dem Ende der Übung einbezogen werden. Schon während des Sesshins war ich bei den Arbeitsmeditationen Schwatzangriffen ausgesetzt, die ich unwillig abschüttelte. Was meine Beliebtheit sicher nicht erhöht hat. Aber das ist mir egal. Ich will einfach nicht verstehen, dass man ein Schweigeseminar besucht und dann das Maul nicht halten kann!
Sofort nach dem letzten Gong stehe ich auf und ziehe im Vorraum meine Schneeschuhe und die Jacke an. Mein Rucksack ist gepackt und landet auf meinem Rücken. Von Gerda und dem Roshi, die in der Türe zum Küchentrakt stehen, verabschiede ich mich mit einer tiefen Verbeugung. Dann geht's raus in eine wunderschöne Schneelandschaft, die mich mit fröhlicher Kälte und flirrendem Sonnenschein begrüßt. Die Felswand hinter der Hütte leuchtet in den gedämpften Farben des Winters und überwältigt mich fast mit ihrer Vollkommenheit. Den Weg hinunter stapfe ich für die anderen frei und freu mich zugleich kindlich über mein Springen und Laufen in der spätwinterlichen Milchfarbigkeit.
Jetzt sitze ich im Zug und überlege meine weitere Vorgangsweise. Das Sesshin hat mir viel innere Ruhe und Kraft geschenkt. Ich kann klar denken. Meine Paranoia ist verschwunden. Als erstes habe ich mich entschlossen, wieder nach Hause zu fahren. Ich war jetzt eindeutig zu lange weg. Zweitens werde ich alle Arbeiten für das Buch auf die gute alte Art erledigen: Notizbücher und vor Ort-Recherche. Keine im Internet auffallenden Aktivitäten. Drittens

werde ich ein paar Artikel über Bienenzucht im Netz suchen und überarbeiten. Damit die Bruderschaft ein bisschen was zu tun hat und denkt, ich sei schön brav und mache wirklich, was sie will. Aber vor allem werde ich nach Sibirien reisen, um Igor, den dort wohnenden Meister der Zeit, persönlich zu treffen. Was dabei herauskommen wird, weiß ich nicht. Aber Zeitreisen haben mich schon immer am Rande interessiert. Und schlimmstenfalls entdecke ich nur eine weitere Möglichkeit, mich zu verfehlen.

Die Rückkehr ist zu herzlich, als dass ich sie hier beschreiben könnte. Mira freut sich, mich bei sich zu haben und nach kurzer Zeit stellt sich die alte Vertrautheit und Verbundenheit wieder ein. Es ist schön, wieder hier zu sein, im Park spazieren zu gehen und Freunde zu treffen. Ein paar Tage später suche ich beim russischen Konsulat um ein Halbjahres-Visum an, das mir auch bald genehmigt wird.

Mit Melmoth habe ich ein längeres Gespräch darüber, was meine Reise für einen Sinn haben könnte. Er warnt mich vor der Illusion, die Bruderschaft ernsthaft herausfordern zu können. Sie ist zu tief in der mentalen Struktur der Menschen verankert, sagt er, während wir langsam durch den Park wandern. Sie hat sich nicht selbst hervorgebracht, sondern ist daraus entstanden, dass einige Priester die Ängste und Minderwertigkeitsgefühle der Menschen erkannt und für ihre Zwecke benutzt haben. Und solange die Menschen nicht aus sich selbst heraus innerlich wachsen, wird es auch immer jene geben, die diese Defizite für sich und ihre Ziele ausnutzen.

Er hebt resignierend seine Arme: Schau Dir die Politik an, in der immer wieder die Schaumschläger erfolgreich sind und die ernsthaften Arbeiter ins Abseits geraten. In der Spiritualität, im Reich des großen Geistes, ist es noch schlimmer. Dort werden die Menschen durch Kirchen und Gemeinschaften regelrecht daran gehindert, zu sich selbst zu finden. Natürlich sind auch in diesen Organisationen ehrliche Vertreter des Großen Geistes zu finden. Doch meistens werden sie an den Rand gedrängt, mit Sprechverbot belegt oder ausgeschlossen, *exkommuniziert*, sagt er betont und ein wenig bitter und spöttisch. Früher hat man sie sogar als Ketzer verbrannt, weil sie die Machtstrukturen in den Organisationen bedrohen. Oder sie unterwarfen sich wie Franz von Assisi dem Diktat der Kirche, um ihren reinen Glauben zu bewahren. Hat es geholfen? Nicht wirklich.

Ich hab den heiligen Franz einmal getroffen, erzählt Melmoth weiter, und er war wirklich eine faszinierende Persönlichkeit. Aber selbst in seinem engsten Kreis hatte sich schon die Bruderschaft eingenistet und bewegte ihn dazu, sich dem Papst zu unterwerfen. Als ob der Große Geist irgendeine Hierarchie kennt! Er ist der Ort der wirklichen Freiheit!

Melmoth redet leidenschaftlich und scharf. Der ganze Schmerz darüber, wie die Menschen in den zweitausend Jahren seiner Lebenszeit verführt und betrogen wurden, kommt in ihm hoch. Dann aber bricht er ab und fällt in Schweigen.

Wir spazieren langsam weiter durch den Park, der sich schon mit ersten Anzeichen des Frühjahrs schmückt. Auf den Wiesen zeigt sich zartes Grün, getupft mit Leberblümchen, Narzissen und Märzenbechern. Dazwischen haben die Stadtgärtner Beete mit Hyazinthen und Tulpen angelegt. Beim Vorübergehen umfängt uns ein intensiver Duft. Doch unsere Köpfe sind noch voll mit dem, was Melmoth sagte, und so achten wir nur wenig auf das neue Leben, das uns umgibt und streifen vielmehr durch unsere inneren Welten.

Nach einer Weile spricht Melmoth leise weiter: Aber wie viele Menschen sind fähig, Freiheit, das heißt Ungeborgenheit, zu ertragen? Menschen suchen Geborgenheit, und wenn sie in ihrer Realität keine finden, dann flüchten sie in Tagträume und stellen sich einen Himmel vor, in dem eine unendlich gütige Instanz wohnt und sie behütet. Oder sie fantasieren von einem Paradies, in dem sie aufgehoben und glücklich sind. Sie wollen ein Leben wie ein Neugeborenes, das in idealen Verhältnisse geboren wurde.

Wie Euer Kind, werfe ich lachend ein.

Nichts und niemand ist vollkommen, für einen Geist, der hungrig ist, antwortet Melmoth und schüttelt verneinend seinen Kopf. Nur ein gestillter Geist sieht alles, wie es ist. Und nimmt es als Vollkommenheit in sich auf. Ob unser Kind einen gestillten Geist haben wird, wird sich zeigen. Es ist zwar ein Kind des Herzens, und insofern trägt es den stillen Geist bereits in sich, vielleicht sogar mehr als andere Menschen. Aber Abkömmlinge des Herzens sind wir schließlich alle. In der Ahnenreihe eines jeden von uns finden wir solche, die dem Herzen und dem Großen Geist sehr nahe gekommen sind und die das über ihre Gene weitergegeben haben. Doch wir sind auch wilde Tiere, stammen von Mördern und Machtmenschen ab und fürchten uns noch immer wie kleine

Säugetiere, die keine andere Waffe haben als ihre Flucht. Deswegen muss sich jeder Mensch entscheiden, ob er die Flucht des Hasen anstrebt oder die Freiheit des Herzens. Die Dominanz des Löwen oder die stille Beständigkeit der Pflanzen, die Jahr für Jahr neu erblühen, ihre Samen verstreuen und in ihnen neu geboren werden. Das alles ist in uns, aber viel zu wenigen Menschen ist es auch bewusst.
Wollen wir einen Kaffee trinken? fragt Melmoth unvermittelt.
Gern, antworte ich. Wir wechseln hinüber in die Fußgängerzone und erreichen nach wenigen Schritten das Café, in dem Meriel und Melmoth ihr erstes Rendezvous hatten. Was für eine romantische Erinnerung!
Gibt's noch immer die Nusstorte? frage ich, während wir eintreten.
Ich denke schon, entgegnet Melmoth, wir werden sehen. Letzten Sonntag hatten sie noch eine, fügt er verschmitzt lächelnd hinzu.
Wir setzen uns ans besonnte Fenster, ohne uns hinter dem Vorhang zu verstecken. Wir wollen Normalität signalisieren, zwei Freunde im Café.
Die Serviererin kommt und begrüßt Melmoth besonders freundlich: Wie geht's Ihrer Frau?
Ach, sehr gut, sie genießt ihren Bauch, sagt er. Dann weist er auf mich: Er hat unser Buch geschrieben.
Aaah, kommt ein langer, entzückter Laut aus ihren Lippen, ich liebe das Buch, hab's schon mindestens dreimal gelesen! So ergreifend! Aber sagen Sie einmal, ist das alles wahr, was da drin steht?
Jedes Wort, sage ich augenzwinkernd. Mehr könnte sie sicher nicht glauben.
Melmoth unterbricht listig lächelnd ihre Begeisterung: Deswegen muss er nun endlich einmal die Nusstorte kosten, die er beschrieben hat.
Ja, natürlich, sagt sie, kommt sofort! Und wie immer Hauskaffee dazu?
Danke, nickt Melmoth.
Wir blicken hinaus auf die Straße, auf der Menschen mit offenen Mänteln und Jacken auf dem besonnten Asphalt paradieren.
Ein neues Jahr, ein neues Kind, die Welt besteht weiter, lächelt Melmoth.
Kaffee und Torten werden serviert. Die Sahne geht aufs Haus, sagt die Serviererin. Wir nicken erfreut. Dann ist für Minuten Stille, während wir unsere Gabeln in das Backwerk versenken. Köstlich!

Ich hätte hier öfter recherchieren müssen, sage ich grinsend mit vollem Mund, aber dann hätte ich schon hundert Kilo.
Na, viel fehlt ja nicht, schmunzelt Melmoth zurück. Der hagere Melmoth, der alles essen kann, was er will, während ich gleich zunehme.
Wann willst Du fahren? fragt er zwischen zwei Bissen.
Ende April, sage ich, da ist hoffentlich in Sibirien schon der Schnee weg. Jetzt hat es in der Gegend immer noch kräftige Minusgrade. Ein weiteres Stück Torte landet in meinem Mund.
Kennst Du Igor, den Zeitmeister? frage ich ihn anschließend, immer noch kauend.
Nicht persönlich, antwortet er, aber ich habe nur Gutes von ihm gehört. Er kann Dir sicher bei Deinen Recherchen helfen.
Auf welche Zeit soll ich mich denn konzentrieren? frage ich.
Schwer zu sagen, antwortet Melmoth nachdenklich. Und dann, nach einer Pause, spricht er weiter: Irgendwann vor ein paar tausend Jahren sind die Menschen zu ihrer Macht erwacht. Bis dahin waren sie Teil der Natur, ihrer Umwelt, ohne sich dessen besonders bewusst zu sein. Aber dann wollten sie die Natur beherrschen. Macht Euch die Erde untertan, steht im Alten Testament. Das war das Programm der Bauern und Hirten. Und damit begann auch die Zeit der Kriege zwischen den Menschen, die bis heute anhält. Bauern gegen Hirten, Hirten gegen Bauern. Bauern gegen Bauern, Hirten gegen Hirten. Immer ging es um Land und Ressourcen. Später spalteten sich die Machteliten ab, die die Bauern und die Hirten in Abhängigkeit hielten und erst recht bekämpften. Ihre Handlanger, wie die Bruderschaft oder die Kriegerkasten, stiegen mit ihnen auf und spielten ihr eigenes Spielchen. Der alte Friede zwischen den menschlichen Wesen war zerbrochen.
Damals begannen die Menschen zu glauben, mehr wert zu sein als alle die anderen Wesen, mit denen sie sich die Welt teilen. Und auch mehr wert zu sein als die Natur an sich. Wir sollten uns aber immer daran erinnern, dass die beherrschende Macht auf diesem Planeten die Natur selbst ist. Würden alle Gletscher schmelzen, dann würden die Meere um sechzig Meter steigen, sagt man. Milliarden Menschen, aber auch Milliarden anderer Wesen würden dadurch untergehen. Vor hundertfünfzig Millionen Jahren genügte ein zehn Kilometer großer Stein, der auf die Erde prallte, um alle Tiere, die größer waren als zehn Zentimeter, zu töten. Was aber lernen wir Menschen aus dem Wissen, das wir selbst generiert haben? Einige

viel. Und viele nur wenig. Sie handeln, als ob alles so wäre, wie sie es sich vorstellen. Und fühlen sich gut dabei. Sind stolz auf ihr Tun, auf ihre Pyrrhussiege gegen die Natur. Irgendwann speien wieder einige Vulkane ihre heiße Fracht gleichzeitig in die Luft. Der Himmel wird sich verfinstern und die Erde wird bitterkalt. Wo bleibt dann unser Stolz?
Er schweigt. Ich schweige. Wir essen den Rest unserer Torten auf und trinken unseren Kaffee.
Was sollen wir Menschen tun? frage ich und schiebe den Kuchenteller von mir. Demütiger sein?
Es gibt keine Demut, sagt Wei Wu Wei, lautet Melmoths Antwort. Nur verschiedene Grade von Stolz. Und weniger stolz zu sein, täte uns Menschen schon einmal gut.

Am Nachmittag des übernächsten Tages kehrt Setong zurück, wie vor zwei Tagen mit einem Speer, einer Wassertasche und einem Beutel ausgerüstet. Die Rotte begrüßt ihn mit Freude, alle berühren ihn und lachen fröhlich. Auch Setong ist freundlich gestimmt und lässt alles geschehen. Eine der Frauen bringt ihm eine große Wurzel, die in einer Steinkuhle gekocht worden war. Setong nimmt sie mit einem dankbaren Kopfnicken an und setzt sich auf den Boden, um zu essen. Nahe der Quelle hat die Gruppe am Tag zuvor in einer windgeschützten Bodensenke so etwas wie ein Lager geschaffen. Gräser wurden geschnitten und zu Schlafplätzen aufgeschüttet. Holz wurde gesammelt und an einer Stelle aufgeschichtet. Die jungen Männer des Stammes, Eris, Hal und Wed, haben den Stein mit der Kuhle gefunden und zum Lager geschleppt. Der Kochstein wird rundum mit Holz beschichtet, mit Wasser befüllt und dieses erhitzt. Dann garten die Frauen darinnen Wurzeln und Körner, die sie von Pflanzen aus der Nähe geerntet hatten. Nachts gab der Stein seine Wärme an die Umgebung ab, so dass das Feuer nicht mehr so lange genährt werden muss. Ein kleines Stück ihres alten Lebens ist damit zurückgekehrt.
Nun sitzt die Rotte rund um Setong und sieht ihm beim Essen zu. Alle Augen sind neugierig auf ihn gerichtet. Kira und Xeeth, die beiden Kleinkinder der Sippe, lehnen an zwei der Frauen und sehen dem Kauen und Nicken des Fremden zu. Nachdem er die Wurzel

verspeist hat, rülpst er laut und reibt sich den Bauch als Zeichen, dass er satt ist. Aus seiner Wassertasche nimmt er einen Schluck, verschließt diese wieder mit dem Holzpfropfen und richtet sich auf. Wie am ersten Abend blickt er in die Runde und nennt aber jetzt selbst ihre Namen. Den der alten Frau, Inas, den der alten Männer, Roda und Ares, den der beiden Jäger, Amro und Diik, den der anderen Frauen, Belmas, eine reife Frau mit wilder Schönheit und einem Haarschopf, der fast ihr Gesicht verdeckt, Inga, eine kleinwüchsige energische Frau, Katt, sie ist noch jung und hat ihre beiden Kinder verloren, was ihrem schmerzerfüllten Gesicht anzusehen ist und Helmas, die älteste der jüngeren Frauen. Dann zeigt er auf die Kinder und nennt ihre Namen: Xeeth, den Jungen und Kira, das Mädchen. Er hat alle behalten, auch den der drei Halbwüchsigen, und die Mitglieder der Rotte nicken anerkennend. Mit Gesten und wenigen Worte, die er in der Sprache der Rotte kann, erklärt Setong, dass er sie morgen zu seinem Stamm bringen wird. Sie werden frühmorgens aufbrechen und gegen Abend dort sein. Das bringt Aufregung in die Gruppe und die Erwachsenen schnattern laut durcheinander. Kira und Xeeth schauen verwundert in die Runde und halten einander an den Händen. Setong lächelt belustigt und sieht einen nach dem anderen an.

Dann beruhigt sich die Rotte wieder und schaut auf ihn. Er macht das Zeichen für das Gehen, indem er seine Finger durch die Luft laufen lässt. Dann zeigt er pantomimisch, wie die Gruppe ankommt und auf seinen Stamm trifft. Mit Gesten und auch mit Worten in seiner Sprache erklärt er, dass sich die beiden Gruppen gegenüber sitzen und von seinen Leuten beratschlagt wird, ob man sie in den Stamm aufnimmt oder ob sie in der Nähe wohnen sollen. Alle nicken verstehend und nachdenklich. Es ist ihnen klar, dass ihre Flucht nun zu Ende ist. Aber es ist auch klar, dass sie nicht so ohne weiteres in einen fremden Stamm aufgenommen werden. Die Unsicherheit macht Angst, denn sie waren bis vor ihrer Flucht noch nie aus dem Gebiet ihres Volkes herausgekommen.

Ihr Stamm hatte in einem Tal inmitten von halbhohen Bergen gelebt. Das Gebiet war reich an Wasser, Wald, an jagdbaren Tieren, Wurzeln, Früchten, Nüssen und Körnern, die an Pflanzen, Büschen und Bäumen reiften. Bis die große Trockenheit kam und durch sie die Tiere verschwanden, die Gewächse verdorrten und der Wald starb. Die Menschen wurden schwach und elend und Krankheiten breiteten sich aus. Der Hunger trieb die Jäger immer weiter hinaus

und viele kamen nicht mehr zurück. Kinder starben früh und die meisten Alten zogen sich in den verdorrten Wald zurück und wurden nicht mehr gesehen. Immer kleiner wurde ihr Stamm und zuletzt waren sie, die Kräftigsten der Wenigen, die noch lebten, losgezogen, um ein neues Land mit Wasser und Nahrung zu finden. Die meisten von ihrem Stamm waren zurückgeblieben, weil sie zu kraftlos zum Gehen waren, und verabschiedeten sie in der schwachen Hoffnung, dass sie zurückkehren und sie holen würden. Doch den Zurückgebliebenen war in ihrem Inneren klar, dass sie nun nur mehr dem Tod entgegendämmern werden.
Bei ihrer Wanderung mussten sie ein hohes Gebirge durchqueren, etwas, was sie noch nie in ihrem Leben betreten hatten. Dort lernten sie Schnee kennen und viele Pflanzen, die sie oft nicht essen konnten. Nachts war es so kalt, dass sie in Felsspalten im Sitzen und eng aneinander geklammert schliefen, um nicht zu erfrieren. Sie erzählten Setong, so gut es ging, von ihrer Flucht und er nickte verstehend. Denn er kannte das Gebirge und wusste, wie gefährlich eine Durchquerung der hohen Berge für Menschen ist. Sie zeigten ihm ihre Blessuren und Wunden, die sie bei dieser Durchquerung erlitten hatten. Manche von den Wunden schwärten, denn sie konnten sie unterwegs nicht mit Wasser reinigen und einige Schnitte waren tief und heilten nicht zusammen.
Setong nimmt ihre Verwundungen in Augenschein, holt aus seiner Tasche trockene Kräuter und kaut sie längere Zeit. Die dunkelgrüne Paste schmiert er auf die offenen Wunden und legt Blätter drüber, die er oben am Rande der Senke pflückt. Dann bedeutet er den Behandelten, dass sie die Blätter halten sollten, bis die Sonne versunken ist. Kira, das kleine Mädchen, kommt auch und will behandelt werden, obwohl sie keine Wunde hat. Setong schmiert auch ihr mit ernstem Gesicht die Paste auf den Oberarm und legt ein Blatt darüber. Stolz wackelt Kira zu Xeeth, der scheu das ganze Geschehen verfolgt hat. Er betrachtet erst neugierig das Blatt, stößt aber Kira dann zurück, weil er weiß, dass sie nicht verwundet ist.
Das Lachen über die kleine Szene zwischen Kira und Xeeth verklingt wieder. Die Erwachsenen setzen sich rund um den Herdstein, holen sich Wurzeln und Körner aus der Kuhle und stillen ihren Hunger. Roda, der alte Mann, facht die Glut wieder an, während ein Junge, Hal, Holz vom gesammelten Haufen bringt und es ihm reicht. Kauend sehen die anderen dem Tun von Roda zu und die Kuhle im Stein ist rasch geleert. Als das Feuer lodert und

sich die Dämmerung über dem Lager breit macht, beginnen die Frauen zu singen. Ein trauriges Lied steigt hinauf in den rot-violett gefärbten Abendhimmel. Aus der Ferne antworten Hyänen den Frauenstimmen mit ihrem eigenen Gesang. Die Gruppe rückt näher zusammen, um die nun herankriechende Nachtkälte abzuwehren. Das Lied der Frauen verklingt. Ares, der andere Alte, springt plötzlich auf und holt sich zwei kurze Äste vom Vorratsstoß. Er tanzt grinsend und mit wackelndem Gesäß in die Fläche zwischen den Umsitzenden und dem Feuer, springt und singt ein fröhliches Lied. Während des Tanzes schlägt der alte Mann die beiden Hölzer rhythmisch aneinander und begleitet sich so selbst. Die anderen fallen mit Händeklatschen in den Takt der Hölzer ein. Roda, der andere Alte, erhebt sich nun schwungvoll auf der gegenüber liegenden Seite des Feuers und singt die nächste Strophe zum Takt von Ares. Die beiden steigern sich in einen Gesangswettbewerb, der die anderen belustigt und sogar Setong zum Lachen bringt, allein wegen der komischen Verrenkungen, die die beiden alten Männer vollführen. Erschöpft fallen beide nach einiger Zeit auf den Boden und alle rundum kreischen vor Lachen und patschen in die Hände.

Als nächster steht Setong auf und beginnt zu singen. Sein Bass klingt tief in die Nacht hinaus, die inzwischen den ganzen Himmel eingenommen hat. Es ist ein langsames, nachdenkliches Lied, eine epische Erzählung, die die Mitglieder der Rotte nicht verstehen, die aber in ihren Herzen ankommt. Setong steigt auf den Rand der Grube. Er breitet seine Arme aus und singt hinauf zum Himmel, aus seiner Brust steigen kraftvolle und weit in den Sternenhimmel ausufernde Töne voller Warmherzigkeit und Sehnsucht. Selbst die Schakale schweigen, so sehr beglückt sein Singen das Rundum, erfüllt den Nachthimmel und durchwebt das Dunkel, in dem die zarten Lichter der Gestirne zitternd lauschen. So verbringt die Gruppe den Abend im Wechselgesang, bis sich langsam einer nach dem anderen zurückzieht und einschläft. Kira und Xeeth kuscheln sich an die alte Iras, die ihnen im Einschlafen noch über den Kopf streichelt.

Nur noch Belmas, die trotz ihres Alters, das schon erste Spuren in ihrem Gesicht hinterlassen hat, große Sinnlichkeit ausstrahlt, und Setong, der Fremde, der nun schon so vertraut ist, sitzen noch am Feuer und starren in die Glut. Das Herz von Belmas ist voller Trauer, weil sie alle Kinder, die sie geboren hat, durch das Unglück des Stammes verlor. Davon erzählt sie Setong und weint. Er umfasst sie tröstend an der Schulter und sie lehnt sich dankbar an ihn. So bleiben sie noch lange schweigend und mit gesenkten Köpfen am Feuer sitzen, bis es allmählich zusammenfällt. Dann schaut Setong auf und Belmas weist ihm den Weg zu ihrem Lager.

Nachdem ich meinen Rucksack eingecheckt habe, sehe ich ihn am Kaffeeautomaten stehen. A.H. fährt mit dem Finger die Bestellbuttons hinauf und hinunter und jubelt dann kurz auf. Ich weiß schon, was er gefunden hat: Die Taste Trinkschokolade. Als Ersatz für seine geliebte Milch. Suchend blickt er sich um: Ah, das bist Du ja. Bitte! Kannst Du…?
Ich ziehe mein Kleingeld aus der Jackentasche und bezahle. Der Becher wird gefüllt und A.H. patscht während des Füllvorgangs freudvoll und ungeduldig in seine Hände.
Das ist gut, das ist gut! sagt er, nicht so gut wie Milch abrrr…Wieder das rollende RRR.
Ich maule: Ich will ja gar nicht so genau wissen, was da alles an Chemie drinnen ist.
Er zuckt mit den Achseln und lächelt weiterhin selig: Trotzdem gefällt mir die Welt, in der Du wohnst.
Aber nur, wenn Du jemanden hast, der Geld im Sack hat, knurre ich gespielt beleidigt zurück.
Wie wahr, wie wahr, sagt A.H. während er am heißen Kakao schlürft, lass uns da rüber gehen, da ist es ruhig.
Wir setzen uns auf eine Bank im Schalterbereich. A.H. ist wie immer sehr schräg gekleidet. Nur der Hut ist neu.
Gefällt er Dir? fragt er kokett.
Schon wieder diese Gedankenleserei und ich presse meine Lippen zusammen. Aus Ärger darüber, dass ich das vergessen habe. Fliegen macht mich immer nervös. Und dann werde ich leicht reizbar.
Warum bist Du hier? frage ich, um ein neues Thema anzuschneiden.
Oh, meine Kollegen meinten, Du brauchst ein wenig Aufmunterung. Die Kolleginnen übrigens auch. Du siehst so depressiv aus, sagen sie.

Ist es ein Wunder? kontere ich, ich war wochenlang unterwegs, war jetzt für ein paar kurze Tage mit Mira zusammen und muss schon wieder fort nach Sibirien, um einen mir völlig unbekannten Zeitmeister zu treffen. Alles ein wenig viel, odrrr? äffe ich ihn ein wenig nach. Außerdem ist mir völlig unklar, was ich jetzt in Sibirien mache und wie ich das in ein Buch packen soll, von dem ich noch keine vernünftige Zeile geschrieben habe.
Ich weiß, ich weiß, sagt A.H., ich verstehe ja auch nicht, was Du eigentlich willst mit diesem Buch!
Ich starre ihn fassungslos an. Er kennt sogar meine innere Verwirrtheit in Bezug auf das neue Buch.
Was willst Du also wirklich mit Deinem neuen Werk? hakt er nach einer Weile nach.
Wenn ich das wüsste? murmle ich, natürlich möchte ich, dass mein Buch wieder erscheint und dass mich die Bruderschaft in Ruhe lässt.
A.H. lacht: Du bist ihnen mit dem letzten Buch ziemlich auf die Zehen getreten. Im Mittelalter wärst Du schon ein Fall für die Inquisition.
Aber wir sind nicht im Mittelalter! schreie ich kurz auf, so dass die patrouillierenden Polizisten in unsere Richtung schauen.
Ich weiß, ich weiß, sagt A.H. erneut, kein Grund zur Aufregung. Die ich weiß, ich weiß- Nummer scheint eine neue Lieblingsmasche von ihm zu sein.
Sie machen das heute dezenter, fährt er fort, meine Gedanken überhörend, mit Profikiller und so.
Ich schüttle abwehrend den Kopf: Du bist sehr beruhigend, A.H., danke!
Aber er redet ungerührt weiter: Hast Du schon eine Idee, wo in der Vergangenheit die Wurzeln der Bruderschaft sein können?
Nein, verkünde ich meine Ahnungslosigkeit, sie müssen jedenfalls älter als das Christentum sein.
Im Judentum? Bei Zoroasther? Baal? In Indien oder in China? zählt er fragend auf.
Keine Ahnung, presse ich gequält hervor. Irgendwo tief in unserer Vergangenheit als Menschen. Irgendwo dort, wo jemand begriff, wie leicht man Menschen mit Religion manipulieren kann. Genau dort.
Good luck, sagt er darauf. Ich wünsch Dir, dass Du dort hintriffst.

Was denkst Du, womit soll ich anfangen? frage ich ein wenig verzweifelt.
Wenn Du mich fragst, bei Dir selber, ist seine unbestimmte Antwort, die er mit listig glitzernden Augen verkündet.
Was heißt das schon wieder? frage ich ärgerlich, war ich denn damals schon dabei?
Vielleicht, sagt A.H., wer weiß? Denn was bringt Dich auf die Idee, dass es so etwas wie einen Anfang der Bruderschaft gibt? Die meisten Menschen würden sagen, dass es die Knaben immer schon gegeben hat und nicht weiter darüber nachdenken. Aber Du hast eine Idee: Das muss doch einmal angefangen haben. Und vielleicht findest Du dort den Schlüssel. Aber wenn Du ihn gefunden hast, was fängst Du damit an? Welche Türe willst Du damit öffnen?
A.H. hat Recht. Welche Türe will ich öffnen? Ich weiß es nicht. Es ist mehr ein dunkles Ahnen in mir als eine Gewissheit oder gar ein Schlachtplan für den Kampf gegen die Bruderschaft.
Glaubst Du an die Wiedergeburt? frage ich A.H.
Du etwa nicht? gibt er erstaunt zurück. Nur weil ein paar überdrehte Kirchenväter im 3. Jahrhundert beschlossen haben, dass es sie nicht gibt? Das ist doch lächerlich. Sogar im christlichen Evangelium steht, dass Jesus Johannes den Täufer für den wiedergeborenen Elias hielt. Aus irgendwelchen Gründen hielten das ein paar Konzilsheinis für nicht kompatibel mit der Kirchenpolitik. Origenes wurde sogar noch 300 Jahre nach seinem Tod unter anderem dafür exkommuniziert, dass er die Wiedergeburt für keinen Widerspruch zur christlichen Lehre hielt. Aber im Judentum, in der Ostkirche, von Indien, China und dem ganzen ostasiatischen Raum ganz zu schweigen, überall gibt es das Wissen von der Reinkarnation. Sogar Voltaire, der Denker, sagte dazu einmal: Es ist nicht erstaunlicher, zweimal wie einmal geboren zu werden.
Ich lausche staunend seinem Vortrag. Der Mensch (oder was immer er ist) weiß alles!
Weiß ich nicht, knurrt er kurz und redet weiter: Ich glaube also nicht an die Wiedergeburt, das ist für mich eine einfache Tatsache, die sich leicht beweisen lässt. Frag einmal ein kleines Kind, wie es früher gewesen ist und die meisten von ihnen werden Dir von ihrem vorherigen Leben erzählen. Später verliert sich dieses Wissen, weil es ja meist nicht so wichtig ist, wie wir einmal waren, sondern,

was wir heute sind. Aber Igor, der Meister der Zeit, wird Dir das alles noch viel näher bringen.
Er nimmt einen letzten Schluck aus seinem Plastikbecher und wischt sich den Mund ab.
Also, nimm einmal an, dass Du vielleicht sogar dabei gewesen bist. Stell die Frage: Wann warst Du selber wo, und was ist dort geschehen? Dann wirst Du viel mehr verstehen. Ob es Dir etwas bringt, wird sich zeigen.
Mein Flug wird aufgerufen. Ich bin A.H. sehr dankbar für seine lange Rede. Er hat mich wieder aufgerichtet und ich verabschiede mich von ihm mit einer Umarmung, die ihn völlig überfordert.
Bis bald einmal wieder, murmelt er, immer noch perplex über so viel spontane Nähe, Du weißt, ich kann überall auftauchen, Du musst mich nur rufen.
Danke, danke vielmals, entgegne ich, drehe mich um und schlendere jetzt viel fröhlicher zur Passkontrolle, von der aus ich ihm noch einmal zum Abschied zuwinke. Zumindest habe ich jetzt eine Richtung. Ob es der richtige Weg ist, wird sich zeigen.

Die Sonne steht schon tief im Westen, als die kleine Gruppe von einer kleinen Anhöhe herab den Dorfteich erblickt. Die Menschen brechen in Jubel aus, umarmen Setong, tanzen vor Freude. Teich, das ist Wasser, Wasser, das sichert ihr Leben. Dort, wo sie herkommen, sind alle Seen, Teiche, Flüsse und Bäche im Lauf der letzten Jahre ausgetrocknet. Hier stehen rund um das Wasser kraftvoll wuchernde Weiden, saftige Sträucher, Grasmatten, und Stauden, die über und über voll mit Blüten sind. Im Gewässer strecken Schilfpflanzen ihre dunklen Kolben in den Himmel und in der Mitte sehen die Ankömmlinge eine kleine Insel, auf der mitten in langstieligen Gräsern einige schlanke Birken wachsen. Das alles bedeutet Nahrung und Sicherheit.
Amro blickt überrascht, als er am gegenüberliegenden Ufer zwischen den Bäumen schilfgedeckte Holzhäuser erkennen kann. So etwas hat er noch nie gesehen. Auch die anderen Mitglieder seiner Rotte starren das Dorf an, als Amro mit seiner Hand darauf hinweist. Setong versteht und versucht ihnen klarzumachen, dass in diesen Hütten die Menschen seines Stammes wohnen. Dort, wo die

Rotte her kommt, haben die Menschen im Sommer auf blankem Boden unter Bäumen geschlafen und im Winter Höhlen bewohnt, die sie notdürftig windfest machten. Sie wanderten auf der Suche nach jagdbarem Wild und essbaren Wurzeln, Nüssen und Körnern im Land herum. Feste Wohnplätze kamen ihnen daher nie in den Sinn.

Die Gruppe wird vom anderen Ufer aus entdeckt. Viele Bewohner kommen auf Grund der Unruhe, die ihr Anblick im Dorf hervorruft, aus den Rundbauten zum Ufer. Ein paar neugierige Jungen staksen ihnen scheu entgegen, als die Flüchtlinge auf Setongs Handbewegung hin weitergehen. Die Neuankömmlinge umrunden das Gewässer, scharen sich aber eng aneinander und blicken erschreckt jedes Detail an, das ihnen neu ist. Setong geht voran und verjagt mit einer Handbewegung die Jungen, die versuchen, die Menschen zu berühren. Langsam erreichen die Flüchtlinge die ersten Hütten und bleiben zögerlich stehen, als ob sie in ein gefährliches Gelände gekommen wären. Setong dreht sich um und zeigt ihnen lächelnd, dass sie ruhig weitergehen können.

Die Dorfbewohner bilden eine Gasse, die zum Dorfplatz führt. Sie starren ihrerseits neugierig oder auch kritisch die ausgemergelten Gestalten an. Am Hauptplatz steht ein auffällig mit Kopffedern geschmückter Mann, gestützt auf einen langen, kunstvoll geschnitzten Stock, der oben mit einer Biegung in ein kleines, herausgeschnittenes Gesicht ausläuft. Er zeigt in die Runde und deutet ihnen damit an, dass sie in die Dorfmitte kommen und sich im Kreis niedersetzen sollen. Auch Setong spricht beruhigend mit ihnen, so dass sie ganz vorsichtig den freien Raum betreten und sich niedersetzen. Setong hockt sich neben den Dorfältesten, der stehend wartet, bis sich die Unruhe legt.

Die Dörfler verteilen sich in etwas Entfernung hinter den Kreis der Angekommenen, die noch scheu ihre Köpfe einziehen. Jetzt lässt das Dorfoberhaupt einen langen, melodiösen Ruf ertönen, den die Dorfbewohner mit einem kurzen Singsang beantworten. Er weist mit seinem Stock in den Himmel, dreht einen Kreis und verneigt sich gegen die fast schon untergehende Sonne. Dann begrüßt er die Gruppe freundlich mit einer Geste, in dem er sich mit der Hand auf die Brust schlägt und sie dann mit einer offenen, einladenden Bewegung zu den Neuankömmlingen hin bewegt. Setong übersetzt mit Gesten und Worten, dass sie in diesem Dorf willkommen sind und die Bewohner Respekt vor ihrem Schicksal haben. Die Leute

des Adler-Berge-Stammes bestätigen seine Worte mit einem bemitleidenden und auch freundlichen Gemurmel. Jetzt drehen sich die Flüchtlinge schon etwas weniger scheu um und blicken in viele offene Gesichter. Einige allerdings haben sich abgewendet und sehen sie gar nicht an.
In der Mitte des Dorfplatzes liegt in einer Grube Holz für ein Feuer. Das Dorfoberhaupt blickt sich suchend um und aus dem Hintergrund kommt ein Junge mit einer Fackel gelaufen. Der Älteste nimmt sie entgegen, segnet sie mit einer Handbewegung durch die Flamme und reicht sie an Setong weiter. Dieser steht auf, dreht vor sich einen Kreis mit der Fackel und geht, unverständliche Laute murmelnd, mit ihr zur Feuergrube, wo er die Fackel in das aufgeschichtete Holz stößt. Rasch wirbeln zuerst kleine und dann größere Flammen auf und beleuchten den Platz, der, nachdem die Sonne bereits untergegangen ist, schon in mildem Abendlicht liegt. Frauen bringen gebratene Fleischstücke auf Blättern, gekochte Wurzeln, Früchte, Nüsse, die die Ankömmlinge nicht kennen und in der Asche geröstete Knollen. In großen Tongefäßen werden schwache Biere gereicht und der alte Mann, der die Zeremonie leitet, lädt ein, mit dem Essen zu beginnen.
Die Neuankömmlinge betrachten neugierig die Tonbecher, die eine Frau unter sie verteilt und aus einem bauchigen Gefäß befüllt. Sie selbst hatten auch Tongefäße in ihrem Stamm benutzt, aber die waren groß und wurden meist nur zur Fleischpökelung für die Winterzeit verwendet. Ihre irdenen Töpfe stammten von anderen Völkern, da sie weder Tonerde noch die Herstellung von Gefäßen kannten. In diesem Stamm jedoch wurde selbst Ton gegraben, mit Beimengungen versetzt und gebrannt, wie Setong kurz erklärt. Die Vielzahl an Werkzeugen und Gebrauchsartikeln ist für die Neuankömmlinge ein kleiner Schock, denn sie erkennen auch, wie viel Neues und Unbekanntes ihre Gastgeber entwickelt haben. Aber das schwache Bier tut schön langsam seine Wirkung und so überwinden sie ihre Scheu, kosten die Speisen und blicken sich auch mehr und mehr furchtlos um. Die ursprüngliche Ordnung löst sich langsam auf. Es bilden sich um einzelne Ankömmlinge Trauben von Menschen, die sie betrachten, mit ihnen zu reden versuchen und sie auch berühren.
Der Himmel ist schon ganz schwarz geworden und immer noch brennt das Feuer hoch auf und wird von den Dorfjungen unterhalten. Belmas hat sich wie selbstverständlich zu Setong

gesetzt und wird von den Dorfbewohnern neugierig beäugt. Diese erinnern sich, dass Setongs Frau vor einem Jahr an einer schweren Krankheit verstorben ist. Dass er sich jetzt eine Fremde zur Frau nimmt, erstaunt sie, macht sie aber auch auf Belmas besonders neugierig. Setong zeigt nicht viele Gesten ihrer Zusammengehörigkeit, aber dass er die wilde, fremde Schöne einfach an seiner Seite sitzen lässt, bedeutet schon genug, um das Interesse, besonders der Dorfschwatzen, zu wecken.

Ganz langsam kriecht die Müdigkeit in die Gesichter der Umsitzenden. Die Älteren ziehen sich zurück und überlassen den Dorfplatz den Nachkommen. Aber auch die einen oder anderen jüngeren Bewohner wanken schon, vom Bier berauscht, zu ihren Hütten. Die Ankömmlinge gähnen des Öfteren und die beiden Kleinkinder sind schon lange im Schoß von Katt, der ruhigen, selbstbewussten Frau aus der Rotte, eingeschlafen. Jetzt werden die müden Ankömmlinge eingeladen, in der einen oder anderen Hütte zu ruhen und nehmen diese Einladungen auch an. Es ist für sie ungewohnt, in einem geschlossenen Raum zu liegen. Einige suchen sich deshalb einen Schlafplatz in der Nähe der Türöffnung. Im Dorf ist nach der Ankunft der Flüchtlinge wieder Ruhe und Frieden eingekehrt. Auch Belmas und Setong ziehen sich zurück. Allerdings steht Setongs Hütte etwas außerhalb des Dorfes in einer Baumgruppe, und so wandern sie Hand in Hand durch das Dunkel der Nacht, jetzt schon als Mann und Frau.

Der Bus fährt in die Kleinstadt ein, die mein Ziel ist. Sie liegt im mittleren Sibirien in einer dünn besiedelten, flachen Gegend. Niedrige, farblos-graue Häuser säumen die Straße. Es ist frühmorgens und kaum noch jemand unterwegs. Hier gibt es nur eine Busstation, sagte man mir und ich warte darauf, dass der Bus hält. Ein Markt tut sich auf der linken Seite auf. Händler oder Bauern entladen ihre kleinen Lastwagen und stapeln Gemüsekisten in ihre Stände. Ein Restaurant und ein Hotel erkenne ich, dann wird das Fahrzeug langsamer. Ich bin der einzige Passagier, der nach der Nachtfahrt durch Dörfer und einige andere kleine Städte noch übrig ist.

Der Fahrer lenkt das Gefährt an die rechte Seite, biegt in einen freien Platz ein und hält an der hinteren Seite vor einem kleinen Gebäude, anscheinend so etwas wie der Busbahnhof. Die Fahrbahn umläuft auf allen Seiten eine kleine Grünfläche, in deren Mitte ein Denkmal aus Sowjetzeiten steht. Ein Roter Stern prangt auf einem steinernen Obelisken, kyrillische Inschriften sind in die Vorderseite eingraviert.

Beim Einfahren habe ich gesehen, dass ein junger Mann vor dem Gebäude steht, hoffentlich der vereinbarte Begleiter, der mich zum Meister der Zeit führen wird. Vereinbarung ist Zuviel gesagt, mir wurde nur mitgeteilt, dass mich jemand abholen wird. Der Bus steht und öffnet seine Türen, der Fahrer dreht sich mit müden, roten Augen auffordernd zu mir um. Ich packe meinen Rucksack und gehe mit steifen Beinen durch den Mittelgang nach vorne. Vor dem Ausstieg wartet der junge Mann von vorhin und hebt grüßend seine Hand. Ich verabschiede mich vom Fahrer und steige aus, der junge Mann lächelt mich an. Er begrüßt mich auf Russisch und bringt mich zu einem alten Lada, der hinter dem Haus auf einem kleinen Parkplatz auf uns wartet. Ich packe meinen Rucksack auf die hintere Sitzbank, zu der der Mann die Türe geöffnet hat und falle dann auf den vorderen Sitz. Verfassung? Bin saumüde und möchte nur schlafen. Trotzdem versuche ich während der Fahrt etwas von der Stadt zu erkennen. Die holprige Fahrt über Schlaglöcher und Querspalten hält mich sowieso wach. Ein paar höhere Häuser, anscheinend Verwaltungsgebäude oder so, wechseln mit niedrigen Häusern links und rechts der Straße ab. Es gibt Verkehrsampeln, und obwohl es noch keinen Verkehr gibt, hält sich mein Fahrer daran und fährt erst bei Grün los.

Die Häuserzeile wird ausgedünnt. Gärten und freie Flächen schieben sich zwischen die Bauten. Viele dieser Häuser sind aus Holz und haben ein eigenartig geformtes Dach, das in einem mittleren Winkel von allen vier Seiten auf einen oberen, oft nur kurzen First zuläuft. Die Farbe der Hauswände ist rötlich bis braun, manche sind aus Baumstämmen geformt, andere aus Brettern. Hervorstechend wirkt das kräftige Hellblau der Fensterumrahmungen, das sich auch auf den hohen hölzernen Gartentoren fortsetzt. Wir fahren anscheinend an die Peripherie der Stadt. Plötzlich bremst der Lada heftig ruckelnd und wir biegen in eine schmale, nicht asphaltierte Gasse ein, die links und rechts mit Grasstreifen umsäumt ist und mehr an einen Feldweg erinnert als an eine Straße in einer Stadt. In der Gasse liegen alle Häuser in kleine Gärten. Vom Fahrweg weg führen Hauseinfahrten zu Gartentüren. In den Grasstreifen vor den Häusern fließt jeweils in einem niedrigen Graben ein winziges, wild überwuchertes Bachgeläuf. Unter den Einfahrten wird es durch Betonröhren weitergeführt. Schon Ende April, denke ich, aber da und dort leuchten noch große Flecken Schnee abseits der Straße.

Ein Gartentor steht offen und der junge Mann setzt den Lada über die Einfahrt in den bekiesten Teil eines Gartens. Wieder ruckelt die Bremse heftig, dann steht der Wagen vor einem hölzernen Anbau. Rechts davon ein niedriges, langgezogenes Gebäude im örtlichen Stil. Der Unterbau besteht aus roten Klinkersteinen, der Dachaufbau aus Holz. Ein Haus, das von seinem langen Dasein durch unzählige Flecken und Risse erzählt. Die Fensterrahmen und Türen sind aber erst vor kurzer Zeit gestrichen worden und strahlen neues, blaufarbenes Leben aus. Ich zerre meinen Rucksack vom hinteren Sitz und folge dem jungen Mann in die Datscha. Zumindest nenne ich das Haus so, keine Ahnung, ob das stimmt. Es ist eines der wenigen russischen Wörter, die in meinem Kopf parken. Ein kurzer dunkler Gang, voller Schuhe und Kleidungsstücke, nimmt uns hinter der Eingangstüre auf. Der junge Mann bedeutet mir, meine Jacke und den Rucksack irgendwo abzulegen und auch meine Schuhe auszuziehen. Er tut es mir gleich und öffnet dann vorsichtig eine Türe zu einem Zimmer voller Leute. Vor dem Eintreten weist er mich darauf hin, leise zu sein, indem er einen Finger an den Mund legt. Dann schleichen wir auf Zehenspitzen in den Raum. Etwa zwanzig Leute sind auf unterschiedlichste Art auf unterschiedlichsten Möbelstücken verteilt. Sie lümmeln, manche schlafen oder hocken zwischen den Möbeln am Boden. Ich trete vorsichtig ein und nicke in die Runde. Ein Sessel wird für mich freigemacht und ich setze mich zögernd und dankend nieder.

Langsam kann ich mehr erkennen. In der Mitte der Gruppe ist auf einem dicken Teppich ein Raum freigehalten, in dem ein dicklicher Mitdreissiger mit geschlossenen Augen am Boden liegt. An seinem Kopfende hockt im Schneidersitz ein älterer, gedrungener Mann mit längeren grauen Haaren und hält seine Hände in einigen Zentimetern Abstand links und rechts vom Kopf in der Luft. Er nickt mir kurz zu und schließt wieder konzentriert die Augen. Der am Boden Liegende beginnt nach einiger Zeit zu sprechen, etwas,

was er wahrscheinlich schon vor meinem Eintreten tat. Es scheint mir, als ob er berichten würde, was er sieht, doch plötzlich ist mir, als ob ich selbst mittendrin in seinen Bildern bin. Es ist ein Kampf von Kriegern auf Pferden, wilden Kriegern mit asiatischen Gesichtern, mit Helmen, deren Spitzen mit langen Haarbüscheln geschmückt sind, mit krummen Schwertern und runden Schildern, die Festigkeit ausstrahlen. Es ist kein echter Kampf, sondern anscheinend eine Art Turnier, die Schwerter werden nicht wirklich eingesetzt, sondern suchen nur den Körper des Gegners zu berühren. Gelingt dies, so lenkt der Geschlagene sein Pferd an den Rand und wird dort von Zuschauern und anderen Kriegern johlend begrüßt. Der Kampf geht jeder gegen jeden, die Pferde werden kunstvoll geführt und bei jedem Ausscheiden eines Streiters jubelt die Menge dem Sieger zu. Zuletzt stehen einander nur mehr zwei Kämpfer gegenüber. Sie haben ihre Pferde an den jeweils gegenüberliegenden Rand des Turnierplatzes geführt. Die Tiere atmen schon schwer und schütteln schnaufend ihre Köpfe. Die beiden Krieger messen einander konzentriert. Jeder von ihnen hat ein farbiges Tuch an seinen Brustpanzer geheftet, einer ein weißes und der andere ein gelbrotes. Derjenige mit dem weißen Tuch, ist, so scheint mir, der Mann, der vor dem Meister auf dem Boden liegt. Aus dem Nichts heraus preschen die beiden Pferde aufeinander los. Die Krieger strecken ihre Waffen weit vor sich hin und in Sekundenbruchteilen gelingt es dem weißen Krieger dem Schwert seines Gegners auszuweichen und selbst einen Hieb auf dem Rücken des anderen anzubringen. Er hebt im tosenden Jubel der Menschen rundum triumphierend sein Schwert und reitet dann langsam auf ein Podest zu, das ich erst jetzt wahrnehme. Es ist vor einem prachtvollen Zelt errichtet und auf ihm sitzt auf einer Art Thron ein alter, prächtig ausgestatteter Krieger. Der Anführer? König? Fürst? steht auf und hält eine schwere goldene Kette in seinen Händen. Langsam führt der siegreiche Krieger sein Pferd vor das Podest und senkt seinen Kopf, um die Kette entgegen zu nehmen. In diesem Moment jagt ein Speer über seinen gekrümmten Rücken, prallt auf den Brustteil der Prunkrüstung des Adeligen, gleitet von dort kreischend nach oben und durchbohrt den Hals des alten Kriegers. Ein heftiger Tumult bricht los. Der alte Krieger fällt lautlos nach hinten und rutscht vom Podest herunter. Der weiße Reiter springt vom Pferd auf das Brettergerüst und von dort hinunter zu dem leblos daliegenden Körper. Er entfernt den Helm vom Kopf des schwer Verletzten und beginnt dann vorsichtig, den Speer aus dem Hals zu ziehen. Blut fließt aus der Wunde und er bettet den alten Mann auf die Seite, damit es nicht in die Wunde hinein fließt. Aus dem Zelt läuft eine junge Frau und kniet weinend neben dem alten Mann nieder. Sie versorgt die Wunde mit frischem Wasser und umarmt immer wieder den Schwerverletzten, vielleicht sogar Sterbenden. Der Krieger steht respektvoll auf und lässt sie gewähren.

Vor der Tribüne ist ein heftiger Kampf zugange und wieder, so scheint es, kämpft jeder gegen jeden. Doch mit der Zeit bildet sich so etwas wie eine Kampfordnung und zwei Gruppen stehen gegenüber. Der Krieger mit dem weißen Tuch tritt in die Mitte zwischen die beiden Lager und spricht in einer Sprache, die ich nicht kenne, aber verstehe. Er spricht davon, dass der Fürst schwer verwundet ist und möglicherweise stirbt. Er spricht davon, dass der Speer ihm und nicht dem Fürsten gegolten hat und dass er sich jederzeit demjenigen, der ihn feige und hinterhältig im Augenblick des Triumphes töten wollte, in einem Kampf stellen würde. Er sagt weiter, dass aber durch die Verwundung des Fürsten für alle eine schwierige Situation eingetreten ist, die sie gemeinsam beraten müssen. Und er bittet jetzt die Älteren, in die Mitte zu kommen und miteinander zu reden. Dann setzt er sich auf den Boden und wartet. Nach einer kurzen Weile tritt ein älterer Krieger in den freien Raum in der Mitte und setzt sich ihm gegenüber. Ein Grauhaarigerer nach dem anderen folgt und zuletzt sind zwölf Krieger in der Mitte versammelt. Der weiße Krieger will aufstehen, da er nicht zur Gruppe der Älteren gehört und damit auf dem Platz des Fürsten sitzt, aber die beiden Männer links und rechts von ihm hindern ihn daran und bedeuten, dass er im Kreis bleiben soll. Dann schweigt die Runde. Auch die Menschen rundum hocken sich auf die Erde. Weiter hinten werden die Verletzten des Gemetzels von Frauen versorgt, ihre Wunden gesäubert, genäht und verbunden.

Stille legt sich über den Versammlungsraum. Der älteste Krieger spricht in die Stille hinein: Wer den Speer geworfen hat, der soll vortreten! Ich folge dem Geschehen schon seit einiger Zeit nur mehr sehr eingeschränkt. Meine Müdigkeit kommt immer wieder hoch und hindert mich daran, das Ereignis zu verfolgen, obwohl es mich am Anfang und über weite Strecken gebannt hat. Aber jetzt merke ich, wie mein Körper immer schlaffer wird und ich rutsche vom Sessel zu Boden. Hände fangen mich auf, jemand zieht den

Sessel weg und ich lege mich erlöst ausgestreckt hin. Undeutlich nehme ich noch wahr, dass sich in der Vision von vorhin ein junger Krieger aus dem Kreis der Umsitzenden löst und aufsteht. Dann schlafe ich weg und bekomme nichts mehr mit.

Anfänglich ist es für die Neuankömmlinge schwer, sich mit den sozialen Gepflogenheiten der Dörfler anzufreunden. Als Inga, die quirlige, kleine Frau aus der Flüchtlingsgruppe, einmal einem Dorfmann eindeutige Angebote in Bezug auf Sex macht, lauert ihr eine Frauengruppe auf und macht ihr mit viel Geschrei und auch handgreiflich klar, dass dieser Mann eine Frau, Kinder und eine Hütte hat und daher nicht verfügbar ist. Das Ereignis löst zwar viel Gelächter im Dorf aus, aber die Lektion wird von Inga rasch gelernt. In ihrem Herkunftsstamm gab es keine stabilen Zweierbeziehungen. Wenn eine Frau den Wunsch nach einem Mann hatte, dann wählte sie einen und verschwand mit ihm im Wald oder auf einem sonstigen uneinsichtigen Platz. War das nicht genug, dann kam noch ein weiterer zum Zug. Gebar sie ein Kind, dann verlor sie für einige Zeit das Interesse an Sex. Meist solange, bis das Kind selbst laufen und die Gruppe begleiten konnte. Wer Vater des Kindes war, wurde zwar oft gerätselt, hatte aber nicht wirklich Bedeutung, denn die Kinder wurden gemeinsam von allen Mitgliedern des Stammes aufgezogen. Die leibliche Mutter begleitete das Kind die erste Zeit intensiver, aber sobald ein Kind zum Krabbeln anfing, gehörte es allen. Auch davor schon kamen immer wieder größere Mädchen oder auch Jungen, holten den Säugling zum Spielen ab und brachten ihn nur zurück, wenn er vor Hunger weinte.

Im Dorf ist alles geregelter. Die Hütten gehören jeweils einer Familie, die gemeinsam darin wohnt und schläft. Die Behausungen werden, wenn die Eltern alt sind, an den ältesten Sohn übergeben, der dann die Pflicht hat, für Vater und Mutter zu sorgen. Die anderen Kinder bauen ihre eigenen Unterkünfte. Wenn das Dorf zu groß wird, dann werden Junge mit allem ausgerüstet, was sie zum Leben brauchen, ziehen weg und gründen in der Nähe eine neue Ansiedlung. Die Dorfgemeinschaft hilft beim Bau der Hütten und bleibt der neuen Siedlung weiter verbunden.

Auch für die Neuankömmlinge werden gemeinsam mit den Dörflern zwei Häuser gebaut. Die Häuser bedeuten aber auch, dass die Rotte sich teilen muss. Amro und Dük stehen zwei Haushalten vor. Die Frauen allerdings wechselten weiterhin nach ihrem Belieben Haus und Mann, allerdings nur zwischen den beiden Männern, die zur alten Gemeinschaft gehören. Rasch lernen alle die Sprache des Adler-Berge-Stamms, die ein entfernter Dialekt ihrer Muttersprache ist. Sie hören zu und können schon bald einzelne Sätze verstehen, vor allem, weil das Lernen immer mit praktischem Tun und konkreten Handlungen verbunden ist.

Eris, Hal und Wed, die Jungen der Rotte, wachsen heran und werden mit der Zeit begehrte Heiratsobjekte. Alle drei finden Partnerinnen und ziehen mit einem Treck, der zwei Jahre später ausgerüstet wird, in ein neues Dorf weiter. Der Kontakt zu ihnen bleibt lose bestehen, aber die enge Verbundenheit, die früher in der Rotte herrschte, löst sich allmählich auf. Inas, die Alte und die beiden älteren Männer sterben in Laufe von drei Jahren hintereinander. Sie werden auf einem offenen Feld in der Nähe des Dorfes begraben, was neu für die Rottenmitglieder war. Denn in ihrem Stamm wurden die Toten einfach aufgebahrt und den Tieren als Gabe dargebracht. So lernen die Flüchtlinge neue Techniken und Gebräuche und wachsen immer mehr in die Dorfgemeinschaft hinein.

Völlig neu für sie ist anfangs das Anlegen von Beeten mit Pflanzen, die im Wald oder auf einer Wiese ausgegraben werden und rund ums Dorf ihren neuen Platz finden. Jede Familie hat ihr eigenes Feld, dass sie bearbeitet. Schon die Kinder helfen beim pflanzen, wässern und ernten mit. Die Felder sind oft Ursache von kleinen Konflikten zwischen Nachbarn, die vor dem Dorfältesten ausgetragen werden. Doch in der Regel überwiegt die gegenseitige Hilfsbereitschaft. Sind in einer Familie Kranke oder Sterbende, dann besorgen die Nachbarn notwendige Feldarbeiten, damit die Betroffenen nicht Hunger leiden müssen. Die Früchte der Arbeit werden je nach Pflanzenart getrocknet oder in Gruben eingelegt, damit im Winter Nahrung vorhanden ist. Die Frauen der Rotte machen anfangs noch viele Fehler, aber im Laufe der Zeit gedeihen ihre Beete ebenso schön wie die der Nachbarn.

Irgendwann am Nachmittag wache ich wieder auf.

Freundliche Hände haben mir einen Kopfpolster unter den Nacken geschoben und mich zugedeckt. Da ich keine Ahnung habe, in welcher russischen Zeitzone ich mich befinde und mir Flug und Nachtbus noch in den Knochen steckt, versuche ich relativ lange vergeblich, meine Lebenskraft zu aktivieren. Meine Augen wollen einfach das graue Licht nicht akzeptieren, dass durch die Fenster in den Raum fließt, und beschließen hartnäckig zuzubleiben. Erst nach einer ziemlichen Weile gelingt es mir, mich zur Seite zu drehen und mich langsam aufzurichten. Hilfreich dabei ist eine benachbarte, gepolsterte Bank, an der sich meine Arme hochstützen können. Geht ja, denke ich, als ich wackelig stehe, mache einen Ausfallschritt und sacke in das Möbel ab. Es gibt weich und altersschwach nach. Die Sprungfedern sind deutlich spürbar und singen mit jeder Bewegung ihr Lied.

Durch eine Türe, die vermutlich in die Küche führt, da ich mit dem Öffnen Kohl und Zwiebelgeruch wahrnehme, schaut fragend ein Frauenkopf.

Erfreut sagt eine Stimme: dobro pozhalovat, was ich nicht verstehe und begreife.

Hallo, antworte ich.

Worauf das Gesicht freundlich lächelt und eine Hand mich einlädt, aufzustehen und in die Küche zu kommen. Es gelingt mir sogar, der stahlweichen Bank zu entkommen und auf meinen Füßen stehen zu bleiben, obwohl sich der Raum ein wenig in einem nicht spürbaren Starkwind bewegt. Ich schnaufe durch und schmecke die Reste eines Aschengerichts im Mund, von dem ich keine Ahnung habe, wann ich es zu mir genommen habe.

Egal, ich tappe der Küche zu und versuche, die Öffnung nicht zu verfehlen. Was mir einigermaßen gelingt. Die Frau lacht mich fröhlich an (anscheinend erheitert sie meine Zerknautschtheit) und weist auf den Küchentisch. Weiße, vor längerer Zeit gestrichene Sessel stehen im Halbrund um einen mittelgroßen Tisch, der vor dem Fenster parkt. Ein buntes Plastiktischtuch umhüllt ihn, eine Garnitur mit Gewürzen, Zahnstochern und dünnen Servietten ziert auf der Fensterseite des Tisches das obere Ende. Ich plumpse in einen Sessel. Meine Beine zittern nach. Die Frau, ein wenig pummelig und vielleicht um die fünfzig, mit schwarzen mittellangen Haaren, darin schon einige graue Strähnen, reicht mir eine Tasse mit ziemlich starkem Tee.

Dann zeigt sie auf ihre Brust, die wie ihre ganze Figur in einem buntgemusterten Hauskleid steckt, und sagt: Katharina.
Ich nicke freundlich, nenne auch meinen Namen und danke für den Tee.
Zwei dicke Scheiben Brot folgen, bestückt mit Butter und Käse, dazu gerafeltes, eingelegtes Gemüse, ziemlich scharf. Katharina legt ihre Hände zusammen und hebt sie neben ihren schiefgelegten Kopf. Mit einer Dreh-Bewegung zur Wanduhr zeigt ihre Choreographie, dass ich ziemlich lange geschlafen habe. Ich sehe, dass es schon fünf Uhr Nachmittag ist, presse meine Lippen verstehend zusammen und wackle mit dem Kopf. Dann gebe ich mich den Brotscheiben hin, denn plötzlich verspüre ich starken Hunger. Brot, Tee, Tee, Brot, so sieht mein Programm für die nächsten Minuten aus, während sich Katharina am Herd zu schaffen macht und Töpfe auf ihre Plätze in den Küchenschränken verweist.
Mit vollem Mund frage ich: Maestro?
Das habe ich irgendwo in einem Russischwörterbuch als eine Übersetzung für das Wort *Meister* gefunden, die ich mir merken und vor allem aussprechen kann. Es gibt einige mögliche Übersetzungen, aber die kyrillische Schrift und die russische Aussprache erwiesen sich als zu schwierig für mich.
Katharina wiederholt das Wort, diesmal russisch in korrekter Aussprache und sagt dann: Rabota, und auf mein angestrengtes Gesicht hin: Roboti.
Das verstehe ich, der Meister ist in der Arbeit. Und wann kommt er wieder? deute ich mit der Hand.
Sie klopft mit dem Zeigefinder auf die Sechs. Aha, sechs Uhr.
Dann nimmt sie den einzigen Topf, der auf dem Herd stehen geblieben ist, füllt ihn mit Wasser und stellt ihn auf eine der Gasflammen, die sie mit einem altmodischen Gasanzünder entflammt hat. Das Knistern der Zündfunken ist mir noch vertraut, obwohl ich schon lange keinen Gasherd mehr benutze. Was ich aber oft bereut habe. Ich finde, ein Gasherd lässt sich beim Kochen in seiner Temperatur viel besser regeln als die lange nachwärmenden Elektroherd-Platten.
A.H. hat mir erzählt, dass der russische Meister der Zeit hier in diesem Ort irgendwo in einer Traktoren-Werkstätte arbeitet. Mehr weiß ich nicht über ihn und selbst wenn Katharina es mir erzählen würde, ich würde kein Wort verstehen. Nach dem Essen und dem

Tee zeige ich, dass ich mich gerne duschen und umziehen würde. Sofort läuft Katharina durch den Nachbarraum, ich hinterher, und sie zeigt mir im Vorzimmer den Eingang zum Bad. Ich nicke dankbar und krame ein paar Sachen aus meinem Rucksack, der noch immer im Vorraum steht.

Nach dem Duschen komme ich ein wenig erfrischt wieder in die Küche. Katharina stellt mir erneut ein Tasse Tee hin, dazu ein paar krümelige Kekse, die würzig-süß nach Ingwer und Fenchel schmecken. Sie kocht eine dicke Suppe und ich sehe ihr von meinem Sessel aus zu. Zwischendurch checke ich, ob mein Handy funktioniert und sehe: kein Empfang. Sie bemerkt meine Bemühungen und macht eine unbestimmte Handbewegung, die vielleicht sagen will: es geht, mal so, mal nicht. Draußen fährt ein Auto knirschend in den Garten und ich springe auf. Der Lada von heute Morgen. Maestro, sagt Katharina mit theatralisch erhobener Stimme, und ich weiß nicht, ob sie es ironisch meint oder ob es die korrekte Anrede ist. Schwere Schuhe werden draußen abgetreten, dann werkelt jemand im Vorzimmer herum und schließlich betritt der Meister der Zeit in Hausschuhen die Küche. Er lächelt mich freundlich an und begrüßt dann seine Frau.

Hast Du gut geschlafen? fragt er auf Deutsch mit einem leichten russischen Akzent.

Ich nicke und bedanke mich dafür, hier sein zu dürfen. Das beachtet er nicht weiter und zeigt mir, dass ich mich wieder setzen soll.

Katharina bedeutet mir fragend, ob ich auch Suppe haben will und ich nicke: Ja.

Dann stellt sie drei volle Teller und ein Körbchen mit dick geschnittenen Brotscheiben auf den Tisch, holt aus der Tischlade Löffel und setzt sich zu uns. Der Meister spricht einen Tischgruß und dann essen wir. Jeder nimmt sich eine Schnitte und ich sehe, wie sie das Brot in die Suppe bröckeln und tue dasselbe. Es ist eine würzige Gemüsesuppe mit Fleischstücken darin.

Katharina sagt: iz sada und der Meister meint: vom Garten, will sie sagen, das Gemüse ist aus unserem Garten.

Ich nicke zufrieden und antworte: gut! und meine es auch so. Es ist wirklich eine köstliche Suppe.

Nach dem Essen räumt Katharina die Schalen weg und wir Männer gehen in den großen Raum nebenan. Jetzt sehe ich erst richtig, dass er mit mehreren dick gepolsterten Bänken und Fauteuils

ausgestattet ist, die in einer Runde aufgestellt sind. Zwischendurch stehen noch einige zierlichere Sessel und kleine Tischchen, alles rotlackierte Möbel in einer alten Machart. An einer Wand hängt ein großer Teppich mit einer Waldszene voll Tieren und Menschen. An den anderen Wänden Bilder unterschiedlichster Art ohne rechten Zusammenhang. Die Mauern dahinter sind mit einer dunklen Stofftapete bespannt und in einer Ecke steht ein großer, gusseiserner Ofen, dessen dickes Rohr ober dem Teppich quer über die Wand läuft, um in der anderen Ecke im Gemäuer zu verschwinden. Der Raum wirkt warm und einladend.
Der Meister setzt sich in einen der Polstersessel und weist mir einen Platz neben sich zu. Maestro! beginne ich.
Aber er winkt sofort ab: Mein Name ist Igor, Igor Pawlowitsch. Hör sofort mit dem Meisterblödsinn auf. Ich kann, was ich kann, und ich höre, Du willst ein bisschen was davon lernen, damit Du zu den Wurzeln der Bruderschaft kommen kannst.
Gibt es die Bruderschaft auch hier in Russland? frage ich erstaunt.
In den Ostkirchen ist sie vielleicht am stärksten, lacht er bitter auf, hier hat sie die längste Tradition und ist auch am besten verankert. Noch, sagt er nach einer kleinen Weile, denn auch hier schwindet die Macht der Kirche allmählich und damit auch die Macht der Bruderschaft. Aber die Sowjets haben ja in der UdSSR-Zeit paradoxerweise der Kirche beim Überleben sehr geholfen, zumindest bis jetzt, weil sich viele Menschen ihr aus Verzweiflung oder aus Ablehnung der Kommunistischen Partei zugewandt haben. Aber das wird nicht lange halten. Trotzdem ist die Macht der Bruderschaft nicht zu unterschätzen, weil sie wie der KGB oder der FSB im Geheimen operiert und nicht offenbar ist.
Katharina bringt uns wieder Tee und setzt sich zu uns.
Meine Frau hört mich gerne deutsch reden, weil sie es immer schon lernen wollte, sagt Igor und schaut Katharina freundlich an.
Wie sind Sie dazu gekommen? frage ich.
Igor fächelt sofort mit der Hand: Wir sind hier alle per Du.
Ich nicke und wiederhole meine Frage: Wie bist Du dazu gekommen, so gut deutsch zu können?
Igor erzählt, dass er im Sowjet-System einfach eingeteilt wurde, Maschinenbau zu studieren, weil sie hier bei der Industrialisierung von Sibirien solche Menschen brauchten. Und dann hat er eines Tages auf der Hochschule einen Zettel gefunden, der Studierende einlud, einen Teil der Ausbildung in der DDR zu machen. Dafür

musste man neben dem Studium ein Jahr einen Deutschkurs machen. Während des Lehrgangs habe er sein Sprachentalent entdeckt. Allerdings gibt es auch hier in der Nähe Dörfer, in denen ein altertümliches Deutsch gesprochen wird. Seine Mutter stammte aus einem dieser Dörfer und wenn sie ihre Eltern besuchte, dann sprachen sie in diesem Dialekt. So hat er schon als Kind ein wenig Deutsch gelernt.
Nach dem erfolgreichen Abschluss des Kurses durfte er wirklich nach Deutschland fahren und dort zwei Jahre lang studieren. Allerdings hat er dort auch sein anderes Talent entdeckt, nämlich die Illusion von Zeit und Raum zu überwinden, und wurde in diesen zwei Jahren von einem in Deutschland lebenden Meister der Zeit entdeckt und ausgebildet. Das war sehr gefährlich, denn man sah in der DDR solche „spiritistischen" Aktivitäten, wie es genannt wurde, nicht gerne. Eines Tages war sein Lehrer verschwunden und er weiß bis heute nicht, was aus ihm geworden ist. Daraufhin hat er sein Studium abgebrochen und ist in die Sowjetunion zurückgekehrt. Seither ist er ein einfacher Arbeiter in einer Traktorenwerkstatt und das passt gut, weil man ihn in den Sowjetzeiten in Ruhe gelassen hat. Nach dem Zerfall der UdSSR konnte er einfach dort weitermachen, wo er schon vorher war. Arbeit gibt es genug, ergänzt er lachend, denn die russischen Traktoren halten zwar lange, brauchen aber so viel Zuwendung wie ein kleines Kind.
Wie ist die Geschichte heute Morgen ausgegangen? frage ich.
Ich habe bemerkt, dass Du alles gesehen hast, sagt Igor, das ist gut, das ist eine gute Voraussetzung für unsere Arbeit. Die Decke der Illusion zwischen Dir und der Realität ist sehr dünn, Du kannst sie leicht durchbrechen. Sehr gut! sagt er noch einmal mit einem bejahenden Kopfnicken. Dann schweigt Igor nachdenklich.
Ah, ja, beginnt er nach einer Weile, die Geschichte! Sie war ziemlich bald zu Ende. Wie weit hast Du sie mitbekommen?
Bis der Speerwerfer aufgestanden ist, sage ich. Ja, ja, redet Igor weiter, der Andere beschuldigte den Krieger mit dem weißen Tuch, ihn immer wieder sehr ungerecht behandelt zu haben. Als er dann im Turnier von genau ihm geschlagen wurde, war er so zornig, dass er ihn umbringen wollte. Er holte seinen Speer und warf ihn in blinder Wut. Du hast ja noch mitbekommen, dass die Verbeugung des Mannes vor dem Fürsten diesem das Leben gekostet hat. Jedenfalls haben die beiden dann noch richtig gekämpft und der

Speerwerfer hat gesiegt. Unser Mann sagte, dass er damals als der siegreiche Krieger tief bestürzt war, als er erkannte, dass seine Fehlverhalten dem anderen gegenüber dem Fürsten an seiner Stelle den Tod gebracht hat. Er konnte deswegen nicht richtig kämpfen und wurde besiegt. So war sein eigenes Sterben ein Stück weit Gerechtigkeit, auch wenn es den Tod des Fürsten nicht ungeschehen machen konnte.

Wir schweigen wieder, während Katharina an einem Wollstück strickt und manchmal nachdenklich zu uns herüber schaut.

Waren die Leute heute Morgen alle Deine Schüler? frage ich.

Igor nickt, ja ich biete solche Seminare an, das ist jetzt eine Mode bei uns und bringt ein bisschen Geld ins Haus, was Katharina ganz gern sieht. Er lacht zu ihr, die ihn fragend ansieht, als sie ihren Namen hört.

Aber ihr beginnt so früh am Morgen? staune ich.

Nein, schüttelt Igor belustigt den Kopf, wir beginnen am Abend, aber manchmal dauern diese Zeitfahrten eben so lange wie gestern. Und dann gehe ich halt ohne Schlaf in die Arbeit und ruhe mich dort aus. Wieder lacht er fröhlich. Ein kindliches Lachen, ein fröhlicher Mensch.

Aber jetzt bin ich müde und muss schlafen, sagt Igor plötzlich, und Du bist es sicher auch. Er steht auf: Komm, ich zeige Dir Dein Zimmer, Du wohnst natürlich bei uns.

Ich danke herzlich, nehme im Vorraum meinen Rucksack auf und folge Igor, der mich zu einem wolkenweichen Bett in einer hinteren Kammer führt, in dem ich bis weit in den Vormittag hinein traumlos versinke.

Wenn die Vorräte an Fleisch abnehmen, organisieren die Männer des Dorfes einen Jagdzug. Je nach Jahreszeit wandern Wildherden in der Nähe des Dorfes vorbei. Späher erkunden ihre Wege und berichten über die Art der Tiere und die Größe der Herden. Dann rücken die Jäger mit den Jungen des Dorfes als Helfer aus, um Tiere zu erjagen. Sie verfolgen ein Rudel oft tagelang, um ein älteres Tier oder ein Junges aus der Gruppe herauszubrechen. Es wird dann bis zur totalen Erschöpfung gehetzt. Erst dann wird es mit einem Pfeil oder einem Messerstich getötet.

Amro und Diik müssen diese neuen Techniken lernen, wobei sich Diik mit den Bogen, die von den Dörfler für die Jagd verwendet werden, sehr schwer tut. Bei den Schießübungen passiert es öfter, dass er einen Bogen so überspannt, dass dieser zerbricht, was bei den anderen Jägern großes Gelächter auslöst. Weil er aber einen Speer sehr weit und zielgenau schleudern kann, wird er trotzdem gerne zur Jagd eingeladen. Seine Fähigkeit wird als Ergänzung der angewandten Techniken akzeptiert und bei den Festen muss er immer wieder, wie die anderen Jäger ihre Bogenkünste, das Schleudern des Speeres vorführen.

Amro tut sich als erfahrener Spurenleser leichter bei der Integration in die Jägergruppe. Zwar ist er kein Künstler mit dem Bogen, aber für die Gruppe trotzdem sehr wertvoll, weil er die Zeit, die seit dem Vorüberziehen eines Tieres oder einer Tierherde vergangen ist, sehr genau schätzen kann.

Die Menschen dieser Zeit sind mit den Tieren und der ganzen Natur so verbunden, dass sie sich auch bei diesen Jagden dankbar für ihre Umgebung zeigen. Es wird nicht mehr Wild gejagt und getötet, als das Dorf braucht. Und jedes Stück des erlegten Tieres wird sorgfältig genutzt und findet auf unterschiedlichste Art Verwendung. Die getrockneten oder geräucherten Stücke sind in der Fleischhütte für die tägliche Ernährung oder die Winterzeit aufbewahrt. Die Fleischvorräte werden von allen gemeinsam verwaltet, weil auch ihre Herstellung eine gemeinschaftliche Tätigkeit ist. Kommen die Jäger mit reicher Beute zurück, dann gibt es am Tag danach ein großes Festmahl, zu dem auch Nachbarn aus anderen Dörfern eingeladen werden. Felle und Leder der Tiere werden gegerbt und dienen den Menschen als Kleidung und Kälteschutz, wobei besonders aufwendig bearbeitete Tierhäute für ein Festgewand oder als Kleidung einer höhergestellten Person genutzt wird.

Das Dorf ist eine eigene kleine Welt. Es ist lose verbunden mit den anderen Dörfern des Stammes, mit denen Austausch und auch durch Heirat Durchmischung der Bewohnerschaft stattfindet. Mit dem Dorfältesten, dem Schamanen, den Jägern und den Frauen, die das Wissen um die Nutzung der Nahrungsmittel und der Heilkräuter hüten, hat die Gemeinschaft alles, was ihren Fortbestand sichert. Stirbt der Dorfälteste, so steht sein Nachfolger bereits fest. Der Schamane zieht einen geeigneten Jungen als seinen Nachfolger heran. Die Jäger lehren den Jungen die Jagdtechniken und das Spurenlesen. Und die Frauen sorgen mit ihrer Tätigkeit und ihrem Wissen dafür, dass der innere Wohlstand der Gemeinschaft aufrecht bleibt. So hat alles seinen Platz in der Dorfgesellschaft und allmählich, aber nicht vollständig, werden die Mitglieder der Rotte ein Teil des Ganzen.

Igor führt mich in die Welt der Zeitgänge ein. Es gibt verschiedene Formen, in eine andere Zeitdimension zu gelangen, sagt er. Die einfachste und bekannteste ist die Rückführung, die entlang der karmischen Linie eines Menschen führt. Über eine simple Technik gelingt es meistens, sogenannte Vorleben zu betreten und sich in ihnen selbst in einer anderen Gestalt wieder zu erleben. Wobei Igor auch sagt, dass die wirkliche Gestalt der Zeit kein Vorher/Nachher kennt. Das ist eine erdachte Sichtweise. Alles geschieht gleichzeitig, nur unsere Erinnerung mache daraus eine Vergangenheit und Gegenwart. Mit der Technik der Rückführung – oder besser Hinführung – will mich Igor jetzt vertraut machen. Eine erste Bekanntschaft hatte ich ja schon am Morgen meiner Ankunft gemacht. Nun sollte ich selbst eines meiner anderen Leben besuchen.

Im Vorgespräch hatten wir vereinbart, dass ich mich auf meine Verbindung mit der Bruderschaft konzentrieren soll. Woher stammt mein Wissen über sie? Hatte ich schon mit ihr direkt zu tun? Das sollten die Fragen sein, die mich zu einem der Leben führen werden, das in einer engen Verbindung zu meinem jetzigen Tun ist. Wir wählen einen Abend, an dem keine seiner Gruppen stattfindet und bereiten uns sorgfältig vor. Katharina kocht eine leichte Suppe, damit mein Magen während des Zeitganges nicht belastet ist. Langsam und bedächtig löffeln wir die Teller leer, Katharina räumt danach ab und verschwindet in einem anderen Teil des Hauses.

Jetzt ist es still im Haus und ich baue mir den Platz für meine Reise. Eine dicke Matte am Boden, einen kleinen Polster unter dem Nacken und Igor deckt mich mit einer Decke zu. Langsam fühle ich Entspannung und Wärme im Körper und Igor begleitet mich in

diesen Zustand mit seiner sanften Stimme. Vor meinem inneren Auge sehe ich eine schmale Türe, die sich öffnen lässt. Igor führt mich durch die kleine Pforte in einen tiefen Keller, aus dem ich in ein anderes Leben hervortreten würde. Der Keller ist halbdunkel. Ich kann Einzelheiten erkennen, so dass ich mich darin bewegen kann. Was ich suche, ist eine Öffnung, durch die ich hinaustreten kann in eine andere Wirklichkeit meiner Existenz.
Plötzlich sehe ich unmittelbar vor mir im Halbdunkel drei Stufen, die hinauf zu einer kostbar gestalteten Türe aus edlem Holz führen. Eingelegte Intarsien und innere Rahmen aus hellem Holz schmücken das Türblatt. Eine aufwendig gestaltete Klinke lässt sich öffnen und ich trete hinaus in einen Gang. Es ist offensichtlich ein schlossähnliches Gebäude, in dem ich mich befinde. Rechts von mir verläuft eine Fensterfront, durch die helles Licht eindringt. Der Gang ist breit und hoch. Auf der linken Seite sind nebeneinander einige Gemälde an der Wand so angebracht, dass man auf sie hinauf blicken muss. Es sind Männer in kirchlichen Gewändern, offensichtlich Bischöfe, Kardinäle oder andere Würdenträger.
Ich schaue an mir selbst herunter und sehe, dass ich offensichtlich ein kostbar gekleideter Geistlicher bin. Eine lange, mit Edelsteinen geschmückte Soutane bedeckt meinen Körper. Auf meinem Kopf sitzt eine kleine Kappe aus Seide, ich habe geschmückte Schuhe an und bewege mich schnell durch den Gang. Hinter mir laufen einige schwarz gekleidete Männer mit Büchern in ihren Händen. Einer eilt neben mir und erzählt etwas über einen Mann. Ich verstehe kaum, was er sagt, aber ich weiß, dass ich nun zu diesem Mann gehen werde. Das alles erzähle ich Igor, der hinter meinem Kopf sitzt und mich durch dieses Leben führt.
Wohin gehst Du jetzt? fragt er.
Wir gehen in die Katakomben unter dem Palast, sage ich. Die Gruppe hat das Ende des Ganges erreicht und einer der Lakaien, die mich begleiten, stürzt nach vor und öffnet eine doppelflügelige Türe. Wir treten hinaus auf die breite Empore eines Stiegenhauses. Breite, machtvolle Stufen aus Marmor führen auf beiden Seiten in das Untergeschoß. Ich haste die Treppe hinunter, die Gruppe hinter und neben mir. Wir erreichen einen großen Vorraum, dessen hohe Türe hinaus in einen Park führt. Links und rechts der Türe befinden sich große Fenster, durch die das Morgenlicht strahlt und Bäume, Sträucher und Rasenflächen sichtbar sind. Aber wir treten nicht hinaus, sondern steuern auf eine kleine Türe zu, die sich in

den Tapeten unter dem Rund der weit ausschwingenden Treppe verbirgt. Wieder öffnet einer der Lakaien den Eingang, aus dem feuchte, stinkende Luft herausweht. Kurz halte ich inne und fühle mich angeekelt von dem Geruch, der mir entgegenschlägt. Hinter der Türe ist ein kleiner Raum, in dem ein Bewaffneter von seinem Hocker aufspringt, als wir eintreten. Er verteilt dienstfertig einige Laternen an die Männer rund um mich und wir steigen eine weitere Stiege, die allerdings schmäler und gar nicht prächtig ist, hinunter. Unten befindet sich ein größerer Raum, fast ein Saal, ohne Fenster, mit unverputzten Wänden, in dem weitere Wachen auf uns warten. Auf einem holprigen Pflaster geht es mit schnellen Schritten weiter. Wir hören das Weinen und Stöhnen eines Mannes und treten durch eine Gittertüre in einen Raum, in dem sich verschiedene Gerätschaften befinden. Ich weiß, dies ist eine Folterkammer, und heute Nacht wurde ein Mann hier von drei Folterknechten *peinlich* befragt. So heißt das in der Sprache, in der ich mich und mir Gleichgestellte sich ausdrücken. Er ist nun bereit zu gestehen, hat man mir zum Frühstück ausgerichtet, und ich bin sofort hierher geeilt, weil man sagte, dass er vielleicht nicht mehr lange leben wird. Erkennst Du Deine Schuld gegenüber unserem Herrn Jesu Christi? herrsche ich ihn an.

Der Mann, auf einer Folterbank festgeschnallt und von unzähligen Wunden gezeichnet, nickt schweratmend.

Aber dann hebt er seinen Kopf: Lass uns dieses grausame Spiel beenden, Kardinal, sagt er plötzlich kraftvoll. Du weißt und ich weiß, dass ich nichts gemacht habe, was unseren Herrn befleckt. Es passt Euch nicht, was ich den Menschen über unseren Herrn erzähle, ich, ein kleiner Mönch! Weil es nicht das ist, was ihr dem Volk vorschreibt zu glauben. Ich verwirre die Leute, sagt ihr, ich beschmutze die reine Lehre der Kirche. Aber Du bist es, Stefan, der mit seinem Lebenswandel unseren Herrn beschmutzt!

Ich blicke zu einem der Folterknechte, der seinen Knüppel hebt und ihn brutal auf den Kopf des Delinquenten niedersausen lässt. Dieser fällt in Ohnmacht.

Schreiber, sage ich, notiere, dass der Mann meine Frage nach seiner Schuld mit einem Kopfnicken bejaht hat. Heute Nachmittag halte ich Gericht über ihn und morgen früh findet vor der Kirche der Heiligen Jungfrau Maria die Verbrennung statt, um seine Seele zu reinigen. Bereitet alles vor. Ich verlasse mit schnellen Schritten angewidert den Keller.

Was passiert als nächstes? Mit dieser Frage führt mich Igor weiter.
Ein Mann mit dunkler, einfacher Kleidung wartet auf mich in meinem Arbeitszimmer. Es ist ein großer Raum mit vielen Büchern und einem großen Arbeitstisch. Der Mann steht am Fenster und weist mir den Rücken zu.
Hat er gestanden? fragt er über die Schulter.
Ja, er hat zu meiner Frage genickt.
Ich höre noch die Anklage, die er mir danach entgegen geschleudert hat, doch erzähle ich dem Mann am Fenster nichts davon.
Heute Nachmittag ist der Prozess und morgen findet die Verbrennung statt, sage ich stattdessen.
Sehr gut, stellt der dunkle Mann fest und wird dann heftiger in seiner Stimme: Er ist uns gefährlich geworden mit seinem Geschwätz! Es ist in den Dörfern zu Aufständen gekommen, er hat die Autorität der Kirche in Frage gestellt. Das können wir nicht dulden.
Nein, sage ich devot.
Der Mann am Fenster ist jemand, dem ich untertan bin, aber ich weiß nicht, wer er ist.
Du warst zu nachlässig, Bruder Stefan, redet er weiter, das ist gefährlich. Das Volk hat zu gehorchen. Wir sind die Kirche, die wahre Kirche, die, die den Menschen den Weg weist, den sie zu gehen haben. Er dreht sich mir zu und stampft wütend auf: Hast Du das verstanden, Bruder?
Ich nicke.
Der Mann blickt mir kalt und verächtlich ins Gesicht. Als wir Dich zum Kardinal gemacht haben, zischt er leise, habe ich mir mehr von Dir erwartet. Dann wird er lauter: Also mach Deine Sache diesmal gut!
Er dreht sich um und lässt mich verwirrt zurück. Ich weiß, dass ich völlig abhängig bin von ihm. Ich weiß, dass ich nur mit Mühe meine Rolle in diesem grausamen Spiel spiele. Ich weiß, dass ich mich dafür selbst verachte und voller Mitleid für den Mönch da unten auf der Folterbank bin und ihn trotzdem zum Tode verurteilen werde. Dieses Wissen, das in mir verzweifelt schreit, übertöne ich jeden Abend mit einer oder zwei Flaschen Wein, bis ich völlig betrunken in mein Bett wanke.
Geh ein Stück weiter in diesem Leben, meldet sich Igor. Was passiert dann?

Ich bin krank, sage ich und liege im Bett. Ich fühle mich schwach und weiß auch, warum. Ich wurde vergiftet.
Wer hat Dich vergiftet?
Ich glaube einer meiner Diener, von dem ich schon lange den Verdacht habe, dass er ein Spion des Obersten der Bruderschaft ist.
War der Mann am Fenster der Oberste der Bruderschaft? bohrt Igor sanft nach.
Jetzt fällt mir wieder ein, dieser Oberste heißt Großmeister. Nein, sage ich, er war nur ein Abgesandter des Großmeisters. Aber als das ist er viel mächtiger als ich. Vielleicht hat er den Befehl bekommen, mich umbringen zu lassen.
Ich war voller Zweifel, als die Bruderschaft an mich herantrat, um mich zu einem ihrer Mitglieder zu machen. Aber als Bischof habe ich den Zweifel gut verbergen können und sogar manchmal Ketzern oder anderen Gefährdeten geholfen. Aber als sie mich zum Kardinal machten, stand ich natürlich viel mehr im Licht. Man hat mich mehr kontrolliert und ich wurde auch schon vorher einmal zum Großmeister bestellt, weil ich nicht so funktioniert habe, wie es die Bruderschaft wollte.
Ist der Großmeister der Papst? fragt Igor weiter.
Nein, der Papst ist auch nur eine Marionette der Bruderschaft. Er weiß vielleicht gar nichts von uns, denn er hat wenig Macht und ist mehr mit seinem Prunk beschäftigt. Die Macht haben einige Kardinäle und Erzbischöfe im Vatikan, vor allem die, die in der Bruderschaft sind oder für sie arbeiten. Auf dieser Ebene fallen die Entscheidungen. Und wenn jemand der Bruderschaft nicht passt, dann verschwindet er bald. So wie ich in diesem Leben.
Geh noch ein Stück weiter, fordert Igor mich jetzt auf, in die Zeit vor Deinem Ableben. Was passiert da?
Ich liege sterbend in irgendeinem Zimmer in dem Palais. Aber niemand fragt mich mehr, niemand beachtet mich. Eine alte Nonne bedient mich, aber auch sie schweigt und erzählt mir nichts davon, was draußen passiert. Diese Isolation ist fast schlimmer als meine Vergiftung, obwohl diese mir von innen her meine Eingeweide zerfrisst.
Geh noch einmal weiter, sagt Igor, bis knapp vor Deinen Tod.
Der Mann vom Fenster ist wieder da, sehe ich. Er steht im Zimmer und beobachtet mich. Ein Arzt kümmert sich um mich und ich habe große Schmerzen. Die Nonne wischt mir den Schweiß von der Stirne, aber auch sie wirkt kühl und distanziert. Ich glaube, der

Arzt ist nur deswegen da, um meinen Tod festzustellen, denn er misst immer wieder meinen Puls, tut aber sonst nichts. Dann nickt er, weil mein Atem schwerer wird. Die Nonne zündet eine Kerze neben meinem Bett an und verlässt das Zimmer. Der dunkle Mann beobachtet mich weiter. Sein Blick ist kalt und ohne Mitgefühl. Ich falle ins Koma. Ich spüre einen Stich ins Herz. Ich sterbe und löse mich von meinem Körper. Über dem Bett schwebend sehe ich alles, was weiter passiert. Der Arzt zieht eine lange Nadel aus meinem Körper und verschließt die Wunde mit einem Finger. Mit der anderen Hand misst er wieder meinen Puls, schaut nach einer Weile auf den Mann und macht eine Kopfbewegung, die bedeutet, dass kein Leben mehr in meinem Körper ist.
Der Arzt prüft meine Stichwunde und stellt fest, dass kein Blut mehr austritt. Die wenigen Blutspuren wischt er mit dem nassen Tuch der Nonne weg. Dann zieht er die Bettdecke über meinen Kopf. Ich schwebe immer mehr nach oben. Ich sehe noch, wie beide das Zimmer verlassen. Leicht wie eine Feder durchdringe ich die Zimmerdecke und den Dachstuhl und steige hinauf in den offenen Himmel. Ich sehe den prächtigen Palast unter mir. Er liegt, von einer großen Stadt umgeben, auf einem niedrigen Hügel inmitten eines großen Parks. Eine Mauer umschließt das Areal, das wie eine grüne, friedvolle Insel wirkt. Ich sehe auch noch ein paar weitere Gebäude innerhalb des Parks, schwebe aber immer schneller empor und drehe mich schließlich vom Anblick des Prunkbaus ab. Ein weißes Licht kommt auf mich zu und ich bewege mich in einem tunnelartigen Bereich, der aber kein Tunnel ist, sondern nur aus Licht und Energie besteht. Dort löse ich mich immer mehr auf. Ich bin erlöst. Ich bin von einem Leben erlöst, für das ich mich schäme. Für meine Schwachheit, für meine Verführbarkeit, für meine Verbrechen. Der Verurteilte schwebt neben mir. Ich vergebe Dir, sagt er wortlos. Andere, von mir verurteilte Menschen tauchen neben ihm auf, Männer, Frauen, sie umringen mich und sagen ebenso: Wir vergeben Dir. Dort, wo mein Herz sein könnte, spüre ich tiefe Trauer und große Scham. Was für ein Leben! Wie sehr habe ich es missbraucht, um einem bösartigen Traum zu dienen. Dem Traum der Bruderschaft, die Welt zu beherrschen.
Komm langsam in diesen Körper zurück, höre ich Igors Stimme.
Ich bin wieder in dem Keller vom Anfang meiner Reise und schwebe langsam auf die Pforte zu, durch die ich hereingekommen

bin. Sie öffnet sich und Igor führt mich durch meinen Körper, damit ich wieder der bin, der ich war. Wie erschlagen liege ich auf meiner Decke. Igor sitzt neben mir und hält meine Schulter und eine Hand.
Lass Dir Zeit, sagt er, Du hast eine schlimme Erfahrung hinter Dir. Aber jetzt weißt Du, was Dich mit der Bruderschaft verbindet.
Ich drehe mich zur Seite. Ja, das weiß ich nun. Und ich weiß auch, wie gefährlich und heimtückisch der Traum der Bruderschaft ist.

Kira und Xeeth wachsen in der Fürsorge des Dorfes

auf. Sie gehören bald zum Dorfalltag wie die anderen Kinder, die durch die Dorfplätze und das nahe Umland toben. Wenn sie Hunger haben, gibt es immer jemanden, der ihnen einen Kornfladen, eine Frucht oder ein Stück Trockenfleisch anbietet. Wenn sie müde sind, dann schlafen sie irgendwo hinter einer Hütte oder unter einem Baum. Sie sind unzertrennlich. Alles machen sie gemeinsam: Spielen, Zuhören, Ausprobieren, Laufen. Kira ist immer die Mutigere, Waghalsigere, Xeeth der Vorsichtige, der sich erst auf etwas einlässt, wenn Kira es ausprobiert hat. Andere Kinder bringen ihnen das Schwimmen bei und bald wagen sie sich auch ins tiefere Wasser und plantschen dort herum. Doch zu der Insel inmitten des Dorfteiches hinüber zu schwimmen, wie es viele andere Kinder tun, dazu fehlt ihnen noch längere Zeit der Mut.
Einer ihrer Lieblingsspielplätze ist der schlammige Bereich am Ufer des Gewässers. Dort können sie in der feuchten Erde graben, um aus dem Schlamm kleine Hütten zu bauen und daraus ein Dorf zu formen. Aus Zweigen werden Bäume oder Menschen, die zwischen den Häusern herumlaufen. Rindenstücke werden zu Hüttendächern. Aus Blättern entstehen Felle oder Lederstücke, die die Menschen an ihrem Körper tragen und aus runden Nüssen ihre Köpfe. Es ist ihre kleine Welt, die die beiden Kinder hier nachspielen und in denen sie kleine Dramen veranstalten, etwa die Heimkunft der Jäger mit frischem Wild oder die Frauen, die bei einer Hütte sitzen und Kleidung ausbessern.
Eines Tages spielen Kira und Xeeth wieder an ihrem Lieblingsplatz. Da tritt plötzlich ein fremder Mann aus dem Unterholz des nahen Waldes und grüßt sie freundlich, indem er die Hand hebt und sie

anlächelt. Er ist ganz anders gekleidet als die Menschen im Dorf, von denen niemand etwas mitbekommt von dieser Erscheinung. Nur die beiden Kinder starren mit offenem Mund den Unbekannten an und grüßen scheu zurück. Einen Augenblick später ist der Mann wieder verschwunden und Xeeth und Kira kehren, noch ein wenig über den Fremden verwundert, zu ihrem Spiel zurück.

Eine Frau aus dem Dorf nimmt sie und andere Kinder zu einem Töpfer im Nachbardorf mit, der vor Tagen begonnen hat, verschiedene irdene Schalen, Töpfe und Becher in einer Grube zu brennen. Der Töpfer zeigt ihnen stolz, wie man das helle Erdreich aus einer Höhlung in einem Abbruch abgräbt und bearbeitet. Er formt die Masse zu einer Kugel, schlägt diese wiederum flach und formt anschließend wieder eine Kugel und das viele Male. Die Kinder dürfen es selbst probieren und er führt ihnen vor, wie man aus dem Ton flache Tassen oder kleine Gefäße formt. Dann zeigt er ihnen Schalen und Töpfe, die auf Rindenstücken zum Trocknen aufgestellt sind. Und zuletzt holt er mit Hilfe von langen Ästen einzelne Stücke aus der glosenden Asche der Brenngrube.

Jedes Stück wird vorsichtig an den Rand der Grube gestellt, um langsam auszukühlen. Der Töpfer warnt die Kinder, sie anzugreifen, weil sie immer noch brennend heiß sind. Die Frau sucht sich aus den Stücken diejenigen aus, die sie haben will und lässt sie sich zur Seite stellen. Am Ende des Besuches holt der Töpfer kleine gebrannte Becher aus seiner Hütte und verteilt sie an die Kinder, die damit glückselig nach Hause laufen.

Einmal bringen die Jäger des Dorfes einen großen Hirsch von einem Jagdzug mit. Sie haben das Tier schon unterwegs zerlegt und taumeln, mit schweren Stücken vollgepackt, ins Dorf zurück. Der auf einem Holzgestell aufgebockte Schädel mit dem Geweih fasziniert Kira und Xeeth. Beide stehen lange vor dem Kopf des Hirschen, der sie immer noch anzusehen scheint. Das Geweih wird später auf der Hütte des Jägers, der den Todespfeil abschoss, aufgebracht und Xeeth und Kira schaudert es immer wieder, wenn sie daran vorbei laufen.

Nachdem das Fleisch in den nächsten Tagen aus dem Fell gelöst, aufgeteilt und der Großteil in die Räucherhütte gebracht wurde, um haltbar gemacht zu werden, findet ein Festschmaus statt. Große Fleischstücke werden auf dem offenen Feuer gebraten und schmatzend vertilgt. Bier wird ausgeschenkt und bis in die Nacht hinein gesungen und gelacht. Da schlafen Kira und Xeeth längst schon umschlungen in der Hütte von Amro, die ihr bevorzugter Rückzugsort ist.

In einem anderen Dorf des Adler-Berge-Stamms

taucht ein seltsamer Mann auf. Er ist groß, hat kurzgeschnittene Haare, helle Haut und ist seltsam gekleidet. Um seine Lenden befindet sich ein Schurz, der in zwei kurze Ausläufer mündet, aus denen seine nackten Beine hervorkommen. Der Schurz ist aus einem ganz anderen Material, nicht aus dem Leder, das die Stammesleute für ihre Kleidung benutzen. Sein Oberkörper ist von einem Überwurf aus ähnlichem Stoff bedeckt, der allerding schon sehr zerrissen ist. Sein Antlitz ist schmal und seine Augen stehen eng nebeneinander. Eine spitze, hakenförmige Nase prangt in seinem Gesicht. Die Augen nehmen alles in seiner Umgebung stechend wahr und fixieren die Menschen mit einschüchternder Kraft.

Begleitet wird der Fremde von einer Frau, die vor vielen Jahren in einen benachbarten Stamm geheiratet hat. Die Dorfleute erfahren von ihr, dass ihr Mann vor kurzem gestorben ist und ihre Kinder schon groß sind. Also ist sie mit Petko, so heißt der Fremde, zurück zu ihrem früheren Dorf gewandert, weil dieser den Stamm ihrer Herkunft kennen lernen wollte.

Der Fremde spricht ein wenig die Sprache des Adler-Berge-Stammes, die der des anderen Volkes sehr ähnlich ist. In der ersten Zeit seines Daseins im Dorf lebt er in einem selbst gebauten Unterstand am Rande des Waldes. Er benimmt sich wie ein Schamane, singt und verbrennt Räucherwerk, und spricht Gebete in einer fremden Sprache. Die Frau erklärt, dass er aus einer anderen Zeit zu ihnen gekommen ist und sich selbst einen *Oranju,* einen Priester nennt. Das versteht anfänglich niemand. Weil Petko einfach aber nur still am Waldesrand in einem kargen Unterstand lebt und die Frau ihn mit Essen versorgt, wird er nicht weiter beachtet.

Mit Arak, dem Dorfschamanen, hält er keinen Kontakt. Dieser versucht am Anfang, herauszufinden, was Petko denn in der Dorfgemeinschaft möchte, aber dieser verweigert das Gespräch.

Arak hört ihm aufmerksam zu, wenn er seine Gesänge und Gebete deklamiert. Doch er wird nicht recht klug aus dem Verhalten des Fremden. Nur mit der Frau führt Petko immer wieder lange Gespräche. Sie dienen ihm hauptsächlich dazu, die Sprache der Adler-Berge-Menschen zu lernen und sich darin immer besser auszudrücken.

Eines Tages verschwindet Petko und niemand weiß, wo er hingegangen ist. Anfänglich sind die Dorfleute verwirrt, aber dann nehmen sie seine Abwesenheit hin. Setong besucht eines Tages Arak und fragt ihn nach dem Fremden aus. Er hat ihn am Vortag oben am singenden Stein beobachtet, wie er die Kugel laut rezitierend umkreiste. Die beiden Schamanen besprechen die Anwesenheit des Fremden bis spät in die Nacht hinein. Sie spüren in Petko etwas Bedrohliches, das weit mehr ist als nur die Fremdartigkeit, das er repräsentiert. Aber sie werden nicht klug aus der Situation. Den Begriff Priester gibt es in ihrer Sprache nicht und deswegen verstehen sie auch nicht, was Petko ist und vorhat. Auch seinen Besuch beim singenden Stein können sie nicht deuten. Aber da Petko sehr ähnlich handelt wie sie als Schamanen, denken sie, dass er von einem fernen Stamm kommt und vielleicht nur den singenden Stein besuchen will. Dazu passt aber nicht, dass er mit den Pechutans des Stammes nichts zu tun haben will. Denn alle Schamanen rundum kennen einander und pflegen einen losen Kontakt, in dem sie Wissen austauschen und einander helfen. Petko aber grenzt sich ab und nennt sich eben auch nicht Pechutan. Arak erzählt Setong, dass die Frau, die ihn begleitete, anfänglich erzählt hat, dass er aus einer anderen Zeit kommt. Das versteht Setong und macht ihn hellhörig. Aber er redet nicht mit Arak darüber, weil er seine Fähigkeit zu Zeitreisen nicht offenbaren möchte. Arak und er beschließen, den Fremden eingehend zu befragen.

Einige Tage später kommt Petko frühmorgens in das Dorf zurück und sitzt wieder vor seinem Unterschlupf. Arak schickt einen Boten zu Setong, der am Nachmittag auftaucht. Die beiden Schamanen nähern sich dem in Meditation versunkenen Fremden und setzen sich vor ihn hin. Er bemerkt ihre Ankunft nicht. Setong wird in einen Geisteswirbel hinein gezogen, der in Petkos Geist gewittert. Er sieht einen großen Raum, in dem dunkel angezogene Gestalten stehen, die in einer fremden Sprache miteinander sprechen. Er bemerkt, dass er mit Petkos Augen schaut, der vor einem offensichtlich höher gestellten Mann steht und sehr zornig ist. Der andere Mann sitzt auf einem erhöhten Stuhl auf einer Art Plattform und redet eindringlich auf Petko ein. Dieser schüttelt heftig den Kopf und wird auf einen Wink des anderen Mannes von zwei dunkel gekleideten Gestalten weggeführt. Sie gehen mit ihm in einen langen Gang, in dem links und rechts fensterlose Räume abzweigen. Im Schein des Lichts, dass oben an der Decke leuchtet, werden darin Menschen sichtbar, die auf dem Boden liegen oder angelehnt an steinernen Wänden lehnen. Vor den Höhlungen befindet sich ein Gitter mit Längs- und Querstäben aus einem Material, das Setong nicht kennt. Petko wird in eine dieser Höhlungen hinein gestoßen und das Gitter hinter ihm verschlossen. Die beiden anderen Männer gehen fort und das Licht verlischt. In der Dunkelheit hört man Stimmen. Sie klagen und schreien, flüstern Botschaften und Warnungen. Petko rüttelt an den Stäben und wartet ein wenig. Dann stampft er auf und befindet sich plötzlich in einer freien Landschaft mit sanft ansteigenden Hügeln und kleinen Baumgruppen. Er läuft zu einem der Hügel und klettert zu einem kleinen Plateau in mittlerer Höhe hinauf. Dort stampft er wieder auf und befindet sich jetzt in einem Unterstand mit steinernen Säulen und einem hölzernen Dach, von dem man auf ein riesiges Haus mit unterschiedlichen Dächern und steinernen Aufstiegen hinab sehen kann. Das Haus liegt inmitten einer Landschaft, die nicht natürlich, sondern von Menschenhand geschaffen aussieht. All das versteht Setong nicht, aber er erkennt, dass Petko geflohen ist.

Dieser öffnet plötzlich seine Augen und springt auf, als er die beiden Schamanen vor sich sieht. What do you want? schreit Petko erschreckt.

Setong erkennt, aus welcher Zeit dieser Mann zu ihnen gekommen ist. Er legt Arak seine Hand auf die Schulter und deutet ihm, dass sie sich zurückziehen sollen.

An einem Morgen stehen drei Männer aus dem Dorf vor Diiks Hütte. Sie sind erregt und springen von einem Fuß auf den anderen. Diik tritt vor seine Hütte und schaute sie fragend an. Ein Mann ist tot, sagte einer von ihnen, von einem schrecklich großen Tier getötet.

Was für ein Tier? fragt Diik.
Es ist groß und behaart. Und es hat lange Zähne in seinem Gesicht und so etwas wie eine Schlange baumelt von seiner Nase.
Ein Mammut? fragt Amro, der sich zu der Gruppe gesellt hat.
Die Männer zucken mit den Achseln, sie kennen es nicht, haben es noch nie gesehen. Amro und Diik holen ihre Speere.
Habt ihr auch Speere? fragt Diik die Männer.
Sie nicken.
Dann holt sie, sagt er kurz. Er schaut Amro fragend an: Ein Mammut, so weit im Süden? Vielleicht hat die Trockenheit es vertrieben, sagt dieser, ebenso unsicher. Oder es ist ein Jungbulle, die wandern manchmal weit herum und verirren sich.
Sie gehen ins Dorf. Dort stehen Frauen und Männer in kleinen Gruppen zusammen und tuscheln. Die drei Jäger des Dorfes kommen mit ihren deutlich kleineren Speeren, die Diik verächtlich ansieht: Die könnt ihr hier lassen. Der Dorfälteste erscheint und fragt Amro und Diik, was das für ein Tier sei.
Ein Mammut, sagt Diik kurz angebunden.
Wie kommt es zu uns? fragt der alte Mann weiter.
Manchmal verirren sich die Tiere und wandern weite Strecken, antwortet nun Amro, der die Wortkargheit von Diik kennt.
Was wollt ihr tun? bohrt das Dorfoberhaupt besorgt nach.
Wir werden es jagen und töten, knurrt Diik.
Die drei Männer schrecken zurück. Das ist unmöglich, stößt einer hervor.
Es ist möglich, antwortet Amro, wir haben es getan und wir werden es wieder tun. Denn wir müssen verhindern, dass es in ein Dorf stürmt und alles zu Tode stampft.
Er wendet sich an die Männer: Was habt ihr getan?
Das Ungeheuer ist ganz plötzlich auf uns zu gerannt, sagt einer, immer noch zitternd, und Kento hat dem Tier einen Pfeil ins Auge geschossen. Daraufhin ist es noch wütender geworden und hat ihn tot getrampelt.
Geht ihr mit? fragt nun Diik ungeduldig. Sie nicken.
Wir brauchen noch mehr, wirft Amro ein, wer kommt noch mit?
Zögernd heben zwei weitere Männer ihre Arme.
Wer noch? fragt Amro noch einmal. Weitere drei Dörfler melden sich.
Nehmt Beile mit und kommt, sagt Amro jetzt. Diik und er gehen voran. Sie nehmen den Weg, den die drei Männer gekommen sind

und den einer von ihnen den beiden Voranschreitenden zeigt. Der schmale Pfad durchläuft die Talsohle zwischen den niedrigen Hügeln, die am östlichen Ende des Dorfes beginnen und führt tiefer in die Wälder hinein. Er erlaubt den Männern nur hintereinander zu gehen.

Unterwegs stoppt Diik auf einer Lichtung und bedeutet den Jägern, junge Bäume umzuschlagen und von den Ästen zu befreien. Er zeigt ihnen auch, in welcher Höhe sie die Stämme kappen sollen. Dann entzündet er ein kleines Feuer. Die Männer kommen erstaunt mit ihren Stangen an und Amro zeigt ihnen, wie sie die dickeren Enden zuspitzen. Fertige Speere übernimmt Diik und dreht die Spitzen im Feuer. So werden sie gehärtet. Jeder Mann hat nun drei oder vier Speere. Diik lässt sich die Richtung zeigen, in der das Mammut war und schlägt einen Seitenpfad ein, der vom Hauptweg hinauf auf den rechten Hügel führt. Alle schweigen und bewegen sich lautlos durch das Dickicht.

Oben am Hügelkamm können sie durch eine Schneise im Wald das Mammut erspähen. Es steht noch am alten Platz neben Kentos Leiche, hat sich den Pfeil heraus gerissen und blutet stark aus dem linken Auge. Wütend lässt es seinen Rüssel hin und her pendeln. Immer wieder schnauft es heftig und versucht, das Auge vom Blut zu reinigen, indem es den Kopf schüttelt.

Diik bedeutet, dass eine Gruppe mit Amro auf die andere Seite des Tales wechseln soll. Amro wählt die Männer durch Handzeichen aus und geht in die Richtung zurück, die sie gekommen waren. In sicherer Entfernung wechseln sie die Talseite und tauchen etwas später auf dem gegenüberliegenden Kamm auf. Diik wartet und beobachtet das Tier. Es hebt plötzlich den Kopf und saugt Luft ein. Möglicherweise hat es etwas gehört oder gerochen. Das Mammut stampft wütend auf und starrt mit seinem intakten Auge in den Wald vor sich. Dann startet es los und läuft einige Schritte, bleibt aber dann wieder stehen und führt seinen Rüssel zu seinem zerschossenen Auge.

Die andere Gruppe verteilt sich auf der gegenüberliegenden Seite zwischen den Bäumen. Diik zeigt ihnen, dass er nun hinunter gehen wird, um das Tier genauer in Augenschein zu nehmen. Er bewegt sich für seine Größe erstaunlich gewandt zwischen den Baumstämmen und dem niedrigen Gehölz. Die Männer sehen ihn nur verschwinden und dann auf einem übermannshohen Stein auftauchen, der nahe dem Mammut am Wegesrand aus dem Hang heraus ragt. Das Mammut wirft wieder den Kopf in die Höhe und schnauft heftig. Aber es hat Diik nicht wahrnehmen können. Dieser liegt eng angepresst auf der Oberseite des Steins und beobachtet die Bewegungen des großen Tieres. Es ist, wie schon vorher vermutet, ein Jungbulle, also die gefährlichste, zornigste Kreatur. Eingehend betrachtet Diik die Verletzung und die Beweglichkeit des Mammuts. Es kann nur mehr auf seinem rechten Auge sehen und dreht sich daher immer wieder mit dieser Körperseite den Dingen zu, die es wahrnehmen will. In Diiks Kopf entsteht ein Jagdplan. Er zieht sich zurück und wechselt hinüber zu Amro. Sie besprechen flüsternd die Vorgangsweise und Amro nickt.

Diik war in ihrem Stamm der erfahrenste Großwildjäger, der jedes Jahr mit den anderen Jägern im Herbst hinauf in den Norden gegangen ist, um ein Mammut zu jagen. Das getötete Tier wurde zerlegt und in Körben zu ihrem Winterlager gebracht, wo es geräuchert wurde und den Stamm mit seinem Fett und Fleisch über den Winter brachte.

Jetzt schleicht er wieder zurück zur ersten Gruppe und bedeutet den Männern, dass er wieder zum Mammut hinunter gehen und versuchen wird, seinen Speer in den Körper des Tieres zu rammen. Dann wird die andere Gruppe vom Hügel herab laufen und ihrerseits möglichst viele Speere in das Tier stoßen. Wenn es sich danach der zweiten Gruppe zuwendet, dann sollen sie den Hügel herunter laufen und ebenfalls ihre Speere in den Körper des Tieres jagen.

Die Männer nicken. Sie haben große Angst vor dem ungeheuren Tier, aber sie sind bereit, es zu erlegen. Normalerweise jagen sie nur kleinere Tiere, Rehe, Hirschen, Hasen, Waschbären. Dafür sind ihre Bögen natürlich viel besser geeignet. Aber für diesen Giganten wären sie nutzlos. Da halfen nur lange, starke Speere, so wie sie sie jetzt angefertigt hatten.

Diik lässt seine Jäger zurück und klettert wieder vorsichtig hinunter in das kleine Tal. Er prüft den Wind und passt seine Gehrichtung dem leisen Strom der Luft an. Das Tier darf ihn nicht bemerken, damit er ganz nahe herankommen kann. Das letzte Stück robbt er ganz vorsichtig durch das Unterholz, den Speer neben sich herschiebend. Er riecht das Tier und das Blut und bleibt etwas mehr als eine Speerlänge vor dem Mammut im Gesträuch liegen. Das Tier schüttelt wieder und wieder seinen Kopf. Es kann auf der Seite, auf der sich Diik nähert, nichts sehen.

Mit einem Schrei springt er auf und rammt seinen Speer hinter dem Gelenk des Vorderfußes tief in den massigen Körper. Das Mammut dreht sich blitzschnell um und schmettert Diik mit einem Schlag seines Rüssels zurück ins Unterholz. In diesem Moment springen die Männer der anderen Gruppe den Hügelhang herab und schleudern ihre Speere in das Tier. Es brüllt auf, dreht sich den Angreifern zu und steigt mit den Vorderbeinen in die Höhe. Das nützen die Männer der ersten Gruppe und hetzen den gegenüberliegenden Hang herunter. Auch sie rammen ihre Speere in den Leib des Riesen. Im nächsten Augenblick ziehen sich alle wieder auf die sichere Höhe zurück. Auch Diik kriecht nach oben, was ihm schwer fällt, weil der Schlag des Mammuts ihm einige Rippen gebrochen hat.

Von den Hügelkämmen herunter beobachten die Männer das Tier. Es blutet am ganzen Körper. Einige Speere stecken noch im Leib und es versucht, diese herauszuziehen. Immer wieder stößt es einen verzweifelten Ton aus, vielleicht im Bestreben, andere Tiere seiner Herde herbeizurufen. Noch steht es und schnauft heftig. Ein paar der Männer wollen es erneut angreifen, aber Diik hebt die Hand: Wir warten. Es ist zu gefährlich.

Die Sonne nähert sich dem Horizont auf der Seite des Hügels, auf dem Diiks Gruppe steht. Amros Männer haben sich schon unter einem Baum gelagert, nur einer hält Wache und behält das Mammut im Auge. Es steht immer noch, aber es schwankt heftig. Immer wieder schließt es das gesunde Auge und schnauft leise durch den Rüssel. Diik sitzt auf einem umgefallenen Baumstamm und beobachtet trotz seiner Schmerzen auch das Tier. Er hat Mitleid mit ihm und fühlt keinen Triumph. Es ist das Gesetz des Lebens und er ist nicht einverstanden damit. Aber weil es nicht nur um sein Leben geht, sondern um viele Leben, um das Leben des Stammes, dem sie nun angehören, akzeptiert er seine Aufgabe. Er ist ein guter Jäger, aber er ist kein begeisterter Jäger wie manche andere, die dann am Lagerfeuer ihre Abenteuer zählen und dabei immer mehr in ihre Heldensagen hineinwachsen.

Es ist dunkel geworden und das Mammut steht immer noch. Diik wünscht sich, dem Leiden des Tieres ein Ende zu machen, aber im Dunkeln würde ein Speer wahrscheinlich nicht die richtige Stelle dafür finden. Außerdem ist er selbst verletzt und könnte seine große Kraft gar nicht richtig einsetzen. Die meisten Männer dösen im Gras, nur einige schauen noch hinunter in das nun schwarze Tal, in dem man den Riesen kaum mehr erkennen kann.

Dann plötzlich ertönt das Krachen des fallenden Tieres. Rasch entzünden beide Gruppen Feuer und daran Fackeln. Vorsichtig steigen sie von den Hügeln herab, Diik auf einen Speer gestützt. Das Tier lebt noch und schaut sie mit seinem intakten Auge angstvoll an. Es liegt auf der linken Seite und atmet schwer. Diik setzt sich vor den Kopf des Riesen und verneigt sich. Er bittet das Tier um Verzeihung und es scheint, als ob das Mammut sein gesundes Auge zustimmend schließt. Ganz sanft legt Diik seine Hand auf den Rüssel, während die anderen Männer einen Respektabstand um das riesenhafte Tier halten.

Diik schließt seine Augen und verbindet sich mit dem Geist des Mammuts. Er hilft ihm, sich vom Körper zu lösen und aufzusteigen. Das dauert sehr lange, weil sich noch vieles in dem Giganten an den sterbenden Körper klammert. Erst als der Morgen den Himmel mit einem rötlichen Grau färbt, steigt der Geist des Tieres aus dem Körper und verschwindet über den Hügeln.

Diik stützt sich auf den Speer und steht auf. Er nickt. Amro beginnt die Arbeiten zu organisieren. Zwei Männer bergen den Toten und bauen mit Speeren und Schilfgras eine Bahre, auf der er nach Hause getragen werden kann. Sie legen seinen zerbrochenen Bogen, den das Tier zertrampelt hat, und den Köcher mit den restlichen Pfeilen auf seine Brust. Damit ziehen sie ab.

Die anderen Männer beginnen mit ihren Messern die Haut zu öffnen und das Fell von Bauch und Rücken abzulösen. Amro zeigt ihnen, wie sie schneiden sollen und dann im zweiten Arbeitsgang Fett und Fleischstücke aus Rücken und Brustkorn herauslösen.

Später kommen Frauen und Kinder mit großen Körben und erschrecken angesichts der riesigen Masse des toten Tieres. Diik erhebt sich und geht, auf seinen Speer gestützt, langsam zum Dorf zurück. Am abendlichen Festschmaus nimmt er nicht teil. Immer noch steht das Auge des sterbenden Tieres in sich. Er könnte nicht ein Stück von seinem Fleisch essen. Aber zugleich weiß er, dass dieses Töten unumgänglich ist, wenn die Menschen leben wollen.

Zwischen zwei halbwüchsigen Burschen aus verschiedenen Dörfern entwickelt sich ein Streit, der für einen der beiden tödlich ausgeht. Sein Gegner rammt ihm im rasenden Zorn einen zufällig herumliegenden zugespitzten Holzpflock mit voller Wucht in den Bauch. Der Junge stirbt in den Armen seiner herbeigeeilten Eltern, die seinen qualvollen Tod mit ansehen müssen.

Der ganze Stamm ist durch die Bluttat bestürzt und zutiefst betroffen. Niemand kann sich an etwas Ähnliches erinnern, auch nicht in den Auseinandersetzungen mit fremden nomadisierenden Gruppen, die manchmal bei einem Streit über die Nutzung eines Landstückes entstehen. Instinktiv wissen alle Streitparteien, dass das Töten eines Menschen ein Tabu ist, das nicht gebrochen werden darf.

Für den nächsten Vollmondtag ruft der Stammesälteste den großen Rat auf dem Heiligen Platz zusammen. Es ist ein regnerischer Tag, der die Versammlung umrahmt. Die Dorfvorsteher des Stammes sitzen in einem Halbkreis zusammen. Auf der eine Seite des Ältestenrates haben sich die Eltern des getöteten Jungen niedergelassen, auf der anderen die Eltern des Mörders. Der schuldige Junge hockt mit gesenktem Kopf allein in der Mitte des Halbkreises. Vor dem großen Rat versammeln sich trotz des kühlen Wetters viele Angehörige des Stammes. Alle dürfen und sollen zuhören, wie sich der Urteilsspruch des Stammes entwickelt.

Als erstes treten Fürsprecher des Gewalttäters auf. Seine Freunde erzählen, was er alles für sie getan hat, welche Abenteuer sie gemeinsam erlebten, wo er selbstlos geholfen hat.

Andere Mitglieder seines Dorfes erzählen, womit er sich nützlich machte und für die Gemeinschaft tätig war.

Dann sprechen seine Geschwister. Da allerdings kommt auch sein Hang zur Gewalt zur Sprache, aber auch die Tatsache, dass er als Ältester oft für seine kleineren Schwestern und Brüder gesorgt hat.

Danach sprechen die Eltern des Übeltäters. Sie entschuldigen sich bei den Eltern des Getöteten und weinen über deren Sohn. Ihren eigenen Sohn sehen sie mit schmerzvollen Augen an und können kaum ein Wort herausbringen. Immer noch sind sie fassungslos darüber, was er getan hat.

Zuletzt spricht der Älteste des Dorfes, in dem die Familie wohnt. Er erzählt die Geschichte des Jungen, seinen Eifer und seine Hilfsbereitschaft, aber auch seinen Jähzorn. Und darüber, dass der

Dorfrat bereits zweimal nach Schlägereien, die der Jungen angezettelt hatte, zusammentreten musste.
Der Totschläger hört alles stumm an. Zuletzt fordert ihn der Stammesälteste auf, über den Hergang seiner Tat zu berichten. Aber er schweigt. Auch seine Mutter drängt ihn, etwas zu sagen. Er schüttelt nur seinen Kopf und verweigert sich.
Nach einer Zeit der Stille beginnt der Rat der Ältesten mit seiner Verhandlung. Jeder der Männer, die da im Rund sitzen, spricht von seinem Eindruck und seinen Gedanken zu dem Fall. Es kann auch jeder im Publikum aufstehen und etwas zur Sache sagen, was auch manche nutzen.
Nachdem alle Ältesten und einige aus dem Publikum gesprochen haben, tritt wieder eine längere Pause des Schweigens ein. Der Junge sitzt immer noch mit hängendem Kopf an seinem Platz.
Dann steht plötzlich sein Vater auf und spricht zu den Menschen: Ich weiß, mein Junge hat etwas getan, was unverzeihlich ist. Ich weiß, dass er schon als Kind gewalttätig war und oft auch Tiere gequält und umgebracht hat. Ich weiß, dass er seine Geschwister gut behandelte, aber niemand ihm widersprechen durfte. Ich habe sein Verhalten lange beobachtet und auch versucht, ihn zu ändern. Dabei habe ich ihn manchmal geschlagen, was seine Wut vielleicht noch mehr angestachelt hat. Aber ich wusste es nicht besser.
Der Junge blickt seinen Vater zornig an: Du hast mich oft geschlagen, oft und oft! Und Du warst viele Male ungerecht zu mir, hast mich für Verfehlungen gezüchtigt, die meine Geschwister gemacht haben. Das hast Du! Und deswegen wurde ich, wie ich bin. Eine Schwester steht auf: Nein, das stimmt nicht, Bruder! Es ist wahr, unser Vater hat Dich oft geschlagen, aber ich habe Dich schon von klein auf gefürchtet, weil Du uns andere immer wieder drangsaliert und gepeinigt hast. Ich glaube, dass Du Deinen Hass auf alles schon in dieses Leben mitgebracht hast!
Wieder schweigt der Junge mit verbissenem Gesicht.
Die Mutter meldet sich. Sie spricht sehr leise, und das, was sie sagt, wird in der Versammlung durch andere weiter erzählt:
Es ist wahr. Du warst schon als Kind oft wütend und ich wusste nicht, wie ich Deine Wutausbrüche stoppen kann. Ich habe viele Male über Dich geweint und gehofft, dass Du Dich änderst. Wir haben Dich sogar zu Arak, unserem Schamanen gebracht, aber er fand in der Anderwelt nur schwarze, grimmige Gestalten, die Dein

Leben begleiten, und konnte diese nicht bewegen, von Dir abzulassen.

Sie beginnt zu weinen und ihre Rede wird durch ihr Schluchzen unterbrochen. Alle schweigen betroffen. Leiser Regen setzt ein. Die Menschen hüllen sich in ihre Überhänge und versinken in Nachdenklichkeit. Die schwerste Strafe steht im Raum: Die Verbannung. Dabei wird ein Mensch von seinem Stamm verstoßen und muss allein hinaus in die Welt. Es ist ihm verboten, das Land des Stammes zu betreten. Und auch andere Stämme nehmen solche Menschen nicht auf. Sie leben fortan allein im Wald und vegetieren in Einsamkeit dahin.

Tatsächlich steht nach einer langen Zeit des Schweigens der Stammesälteste auf und verkündet diesen Spruch. Die Familienmitglieder des Jungen weinen auf und umarmen einander. Der Junge selbst sitzt unbewegt mit verschlossener Miene und zeigt keine Reaktion. Nur der Hass in seinen Augen flackert wild und zügellos.

Ein paar Frauen kommen zu ihm und nötigen ihn aufzustehen. Er lässt es willenlos geschehen. Sie waschen die Zeichen des Stammes von seinem Gesicht und den Armen und schneiden seine Haare ganz kurz. Während dieser Zeremonie verändert sich nach und nach sein Gesichtsausdruck und er schaut ängstlich und verloren in die Menge.

Es öffnet sich eine Gasse in der Versammlung. Der Junge setzt sich zögernd in Bewegung. Seine Eltern und Geschwister stehen auf und begleiten ihn bis zum Rand des Heiligen Platzes. Erst dort dreht sich der Junge weinend um und schreit: Er hat mich provoziert! Er wusste, dass ich leicht wütend wurde und er wollte mich reizen!

Er hält kurz inne und fährt mit seinem Unterarm über seine rinnende Nase: Ich bereue, was ich getan habe, ich bereue es zutiefst! Es tut mir so leid, was ich seinen Eltern und seinen Freunden, seinen Geschwistern angetan habe.

Immer heftiger wird sein Weinen und er schluchzt hemmungslos: Ich kann es nicht wieder gut machen. Aber wenn ihr mich wegschickt, so ist das meine Verdammnis! Es ist schlimmer, als wenn ihr mich gleich umbringt. Tötet mich doch, wenn es den Schmerz heilt, den ich verursacht habe. Tötet mich, bitte. Aber verbannt mich nicht.

Er sinkt zu Boden. Seine Eltern und Geschwister knien nieder und weinen mit ihm. Ein Murmeln geht durch die Menschenmenge.

Auch der Stammesrat und die Eltern des Getöteten schauen betroffen drein. Wieder legt sich Schweigen über die Versammlung. Nur das nun leise Weinen der Familie am Rande es Heiligen Platzes ist zu hören. Nach einer Weile steht der Stammesälteste auf und ruft: Komm her!
Der Junge schaut erst ungläubig und erhebt sich dann. Er geht nach vor in den Rat des Stammes und steht mit verquollenem Gesicht und hängendem Kopf vor den Dorfältesten. Der alte Mann, der dem Rat vorsitzt, sagt mit fester Stimme: Du hast das Schlimmste getan, was wir einander antun können: Du hast einen anderen Menschen getötet! Dafür gibt es keine Entschuldigung, auch nicht die, dass Dich der andere provoziert hat. Aber wir sehen, dass Du Deine Tat bereust und wir glauben Dir das auch.
Deswegen schlage ich vor, dass wir die Strafe mildern, wenn die Eltern Deines Opfers einverstanden sind. Ja, Du sollst in die Verbannung und alleine im Wald leben. Aber Deine Familie darf Dich besuchen und Dich mit dem Nötigsten versorgen. Und in einem Jahr zur selben Zeit sitzen wir wieder hier und halten Rat, ob Du zurückkommen darfst. Und das darfst Du nur, wenn Du alle Gewaltbereitschaft abgelegt hast. Hast Du verstanden?
Der Junge nickt verstehend und wischt seine Tränen ab.
Und ihr, die Eltern des Getöteten, seid ihr einverstanden?
Beide stehen spontan auf und umarmen den Jungen. Sie nicken und weinen. Ja, das ist gerecht, sagt der Vater.
Ich bitte Euch um Verzeihung, ich bitte Euch um Verzeihung, stammelt der Junge und die Tränen schießen ihm erneut aus den Augen.
Wir werden Dir verzeihen, antwortet der Vater, aber es wird Zeit brauchen. Drum geh jetzt und denk über Dein Leben nach. Es ist genau so kostbar wie das unseres Sohnes.
Der Junge löst sich und geht unsicher staksend wieder durch die Gasse zum Waldrand hin. Seine Familie steht noch dort und umarmt ihn. Dann dreht er sich um und verneigt sich vor der Versammlung: Ich bitte Euch alle um Verzeihung. Und wenn ich wiederkomme, bin ich ein anderer. Das verspreche ich Euch. Ich bin jetzt schon ein anderer. Und ich werde die Zeit im Wald nutzen. Er dreht sich um und verschwindet im Wald. Seine Schwester läuft ihm nach, um ihn zu begleiten. Die Menschen am Heiligen Platz stehen langsam auf und besprechen untereinander, was sie gesehen und erlebt haben. Das dauert, und plötzlich zeigt sich über der

Versammlung die Sonne in einer Wolkenritze und taucht alles in ein mildes, warmes Licht.

Petko lebt nun schon einige Jahre in der Gemeinschaft des Stammes. Er hat die Zeit genutzt, um die Stammessprache auch in Feinheiten zu erlernen, aber vor allem, um den Menschen seine Geschichte zu erzählen. Immer wieder erklärt er den Menschen, dass über den Geistern Götter, *Manis*, thronen, die die verschiedenen Geister beherrschen. Ganz langsam verstehen die Menschen diese Geschichte und denken sich die Geister- und Götterwelt wie ein Dorf, in dem der Dorfälteste die Dorfgeschicke lenkt und ihnen sagt, was die Dorfbewohner zu tun haben. Das ist die Welt der Geister. Und darüber wiederum waltet der Stammesälteste seines Amtes, in dem er die Geschicke des ganzen Stammes leitet. Das wäre so wie die Götterwelt. Genauso, sagt Petko, ist es mit den Geistern und Göttern in deren Welt.
Petko erzählt, dass ein Gott namens Barabaal den Adler-Berge-Stamm erwählt hat, um ihn zu seinem persönlichen Volk zu machen. Er, Petko, ist der Vermittler zu dieser höheren Macht. Er behauptet, dass der Gott Barabaal im singenden Stein wohnt, der sich oben im Gebirge befindet. Durch ihn erst wird die Existenz des singenden Steins allgemein in den Dörfern bekannt. Trotzdem wagen es die Menschen nicht, ins Gebirge zu ziehen und ihn anzusehen.
Die Schamanen haben die Sprache von Barabaal nicht verstanden, wenn sie dem Stein gelauscht haben, erklärt Petko weiter. Aber er kann mit dem Gott reden und überbringt dessen Botschaften dem Stamm. In seinen Erzählungen beschreibt er Barabaal als einen eifersüchtigen Gott, einen, der neben sich keine anderen Götter oder Geister duldet. Und wie ein Oberer teile er den Menschen mit, was sie zu tun und zu lassen hätten. Und dafür schützt er sie und sorgt für Regen, Fleisch und Fruchtbarkeit. Mit dieser Geschichte wandert Petko in allen Dörfern des Stammes herum und gewinnt immer mehr Menschen für sich.
Barabaal, so predigt Petko, fordert für seinen Schutz Opfer ein, die ihm vom Stamm erbracht werden. Immer wenn Petko in einem Dorf auftaucht, wird ein Tier, das gerade erlegt wurde, zuerst auf

einen großen Stein gelegt und Petko stimmt Gesänge an und verbrennt stark duftende Kräuter, um dem neuen Gott zu huldigen. Erst dann darf das Tier gebraten und von den Dörflern verspeist werden. Aber Petko fordert, dass sie das im Bewusstsein tun, dass Barabaal ihnen dieses Tier zugeführt hat. Das beste Fleisch wird in einem Korb auf den Altar gelegt und später von Petko zum singenden Stein gebracht.

Von Anfang an, als Petko mit der Geschichte von Barabaal auftaucht, erzeugt das in den Gemeinschaften viel böses Blut. Die Dorfschamanen wie Setong schütteln den Kopf über Barabaal, denn sie glauben nicht an Götter, die über die Menschen herrschen. Für sie sind die Menschen ein Teil der Erde, die sie hervorbringt und nährt. Eingebunden in den großen Zyklus des Werdens und Vergehens ist ihr Leben und Sterben so wie das Leben und Sterben der anderen Wesen ein Teil des Ganzen. Nur den Geistern, die an bestimmten Stellen des Waldes wohnen, bringt man kleine Gaben wie Körner oder glitzernde Steine, wenn man etwas von ihnen will. Aber etwas zu opfern, das zum großen Kreislauf des Lebens dazu gehört, erscheint den Schamanen absolut unsinnig und erzeugt, sagen sie, nur ein Gefühl von Getrenntheit.

Aber Petko ist ein brillanter Redner und er kann die Dorfleute mit seinen Worten so faszinieren, dass sie am Ende seiner Predigten nicht mehr wissen, was sie nun glauben sollen. Die Gegenreden der alten Schamanen sind viel zu unbestimmt, lassen zu vieles unbeantwortet, als dass sie den Erzählungen von Petko etwas entgegen setzen könnten. Die Dörfler hören den Pechutan nicht mehr zu. Petko gewinnt immer mehr Einfluss und zuletzt nimmt er fast alle Dorfoberhäupter und Stammesmitglieder für sich ein.

Er holt sich fünf junge, kräftige Männer als seine Jünger und zieht mit ihnen von Dorf zu Dorf. Auf dem jeweiligen Dorfplatz schlagen seine Schüler Trommeln und rufen die Bewohner zusammen. Anfänglich kommen fast alle freiwillig, weil sie neugierig auf seine Worte sind. Aber dann wird es für einige immer mehr zum Zwang, weil sie doch nicht recht glauben können, was er erzählt. Doch andere Dörfler holen jene, die sich Petko verweigern, mit Schimpfworten oder auch Schlägen zum Zusammentreffen. So tritt in den Dorfgemeinschaften eine tiefe Spaltung zutage, in jene, die Barabaal anbeten und jene, die das nicht können, aber aus Angst nicht offen rebellieren.

Die Schamanen resignieren und weichen in die Wälder aus. Schon früher bauten sie ihre Hütten am Dorfrand oder an einem schönen Platz in der Nähe des Dorfes, um mehr Ruhe für ihre Kontemplationen und Verrichtungen zu haben. Aber jetzt ziehen sich einige völlig in die Einsamkeit zurück und werden dort nur von Renegaten besucht, die noch in dem alten Bewusstsein leben.

Streit, Misstrauen und gegenseitige Abwertung herrschen unter den Stammesleuten. Die heilkundigen Frauen, die die Kräuter, Wurzeln, Rinden, Steine und Erden kennen, die zur Linderung alltäglicher Blessuren und Erkrankungen dienen, geraten auch bald in das Visier von Petko und seinen Leuten. Denn ihre Kunst beruht auf dem Wissen der Einheit und führt sich nicht auf die Macht eines Gottes zurück. Aber die Frauen sind stark in die Dorfgemeinschaften eingebettet und reagieren mit oberflächlicher Anpassung, unter der sie weiterhin den Menschen helfen können, wenn es notwendig ist. Petko beobachtet sie argwöhnisch und immer wieder baut er in seine Reden Spitzen gegen diese Frauen ein. Doch ist er klug genug, ihre Position in den Dörfern nicht grundsätzlich in Frage zu stellen, weil er weiß, dass sie gebraucht werden.

So bildet sich ein neues, unsichtbares Machtgefüge innerhalb des Stammes. Natürlich kann niemand Barabaal sehen, aber immer mehr Menschen glauben an ihn und bringen viele alltägliche Dinge mit ihm in Verbindung. Wenn es an den Tagen regnet, an dem die Dorfleute zur Eichel- oder Nussernte in den Wald ziehen wollen, dann fragen sich die Dörfler, ob sie Barabaal mit irgendetwas erzürnt haben. Wenn Jäger kein Wild erjagen, dann sagt sicher eine Stimme, dass sie eben nicht genug geopfert hätten oder ihre Gedanken nicht fest auf Barabaal gerichtet sind. Es gab immer Gründe, für ein kleines oder größeres Unglück irgendjemanden verantwortlich zu machen und so ist bald der ganze Stamm damit beschäftigt, Schuld abzuwehren und andere zu beschuldigen.

Als dann die große Dürre im Land des Adler-Berge-Stammes ausbricht, wird die gegenseitige Schuldzuweisung noch schlimmer. Denn für ein so großes Unglück musste das Vergehen, das es ausgelöst hat, von wirklich schwerer Art sein.

Kira wächst zu einem Mädchen von außerordentlicher Schönheit heran. Ihre Figur wird fraulicher, ihre Brüste drängen durch den dünnen Überhang aus feinem Leder, den sie nun gerne trägt. Sie lebt bei Katt, die einem Mann namens Eris in seine Hütte gefolgt ist und nun schon drei Kinder mit ihm hat. Kira und Katt sind wie Schwestern, auch wenn der Altersunterschied groß ist. Eris hingegen benimmt sich in Anwesenheit von Kira gehemmt, weil er ihr Aussehen bewundert und sich zugleich gegenüber ihrer Intelligenz und Schlagfertigkeit unterlegen fühlt. Deshalb ist sie lieber mit ihren Freundinnen im Dorf oder im Wald unterwegs, um die peinlichen Begegnungen mit ihm zu vermeiden. Xeeth wechselt sehr oft die Hütte, in der er schläft. Seit Kira und er nicht mehr so eng verbunden sind, weil sie jetzt lieber mit den Mädchen unterwegs ist, fühlt er sich völlig verlassen und einsam. Er sieht sie oft nur mehr aus der Ferne und trauert abends der Zeit nach, in der er und sie auf einem gemeinsamen Lager engumschlungen eingeschlafen sind. Zu den Burschen und Buben des Dorfes findet er keinen rechten Zugang. Er ist für sie immer noch der Fremde, der eine etwas andere Klangfarbe in seiner Sprache hat und tagträumerisch unterwegs ist. Manchmal darf er bei einem Ballspiel mitmachen, doch ist er ungeübt und ungeschickt und die anderen lachen ihn aus, wenn er den geflochtenen Korbball nicht fangen kann. Darum zieht er oft lieber alleine durch den Wald, steigt auf einen hohen Baum und starrt in die Landschaft hinaus. Oder er liegt irgendwo auf einer Lichtung und betrachtet Käfer und Ameisen, die am Boden durch das Gras krabbeln. Nützlich macht er sich, in dem er in den Bächen oder aus dem Dorfteich Fische fängt und zu seinen jeweiligen Gastgebern bringt. Manchmal schwimmt er auch zur Insel im Teich hinaus und beobachtet Frösche und Lurche, die im Uferschlamm wohnen. In Kira steigert sich eine innere Unzufriedenheit mit ihrer Lebenssituation. Ihre Schönheit wird ihr zur Last, weil ältere Männer sie immer offener angaffen und mit dummen Sprüchen bedenken. Sie geht nie allein fort, sondern sucht immer den Schutz ihrer Mädchengruppe, auch weil sie große Angst hat, vergewaltigt zu werden. Denn immer noch wird sie als Flüchtlingsmädchen angesehen, das nicht ganz zum Stamm gehört. Und diese Stellung, so warnte sie einmal Inga, weckt bei vielen Männern Gelüste, weil sie eine Frau aus dem eigenen Stamm nie vergewaltigen dürften, ohne ausgestoßen zu werden. Ob dieses Stammesgesetz auch Kira schützt, ist nicht klar. Deshalb ist sie, wenn sie einmal allein im Dorf unterwegs ist, abweisend und sehr ängstlich. Zugleich ärgert sie sich ständig über die deftigen Wortspiele, die die Männer ihr zurufen. Sie verachtet die Männer wegen ihres triebhaften Verlangens. Und zugleich fürchtet sie aus tiefstem Herzen, dass das drängende Begehren, das sie umgibt, eins Tages über ihr zusammenschlagen wird. So wagt sie es schon einige Zeit nicht mehr, das Dorf allein zu verlassen und fühlt sich immer mehr eingesperrt. Die anderen Mädchen bewundern sie und manchmal kommt es ihr vor, als ob ihre Freundinnen in sie verliebt wären. Dieser Gedanke erschreckt sie zusätzlich, weil sie mit den sexuellen Gefühlen, die mit ihrem Frausein erwachen, überhaupt nicht umgehen kann.

Eines Tages trifft Xeeth bei einer seiner Wanderungen Belmas und ihre Tochter Ama im Wald und Belmas lädt ihn ein, doch zu ihnen zu ziehen. Anfänglich kommt er einfach nur öfter zu Besuch und spielt mit Ama. Doch mit der Zeit werden die Besuche immer länger, bis er ganz dort bleibt und Setongs Lehrling wird. Die Stellung als Gehilfe des Schamanen hat für ihn den Vorteil, dass die gleichaltrigen Jungen ihn nun mehr respektieren, weil er zu Setong gehört, der ein wichtiger Mann im Dorf ist.

Xeeth begleitet den Pechutan bei dessen Streifzügen im Wald und lernt dadurch immer mehr Pflanzen kennen, die für Heiltrunke oder als Räucherwerk Verwendung finden. Manchmal führt Setong auch Rituale an heiligen Plätzen durch und Xeeth lernt die Lieder, die dabei gesungen werden. Sie bauen da und dort kleine Altäre für die Waldgeister und spenden ihnen Mehl, das Xeeth vorher am Mahlstein aus getrockneten Körnern herstellt. Setong achtet sehr darauf, dass Xeeth bei diesen Tätigkeiten mit sich selbst in Kontakt ist und einen besonderen Bewusstseinszustand einnimmt. Das gelingt diesem ganz natürlich und er fühlt in solchen Momenten, wie sich sein ganzer Körper und sein Geist verändert und zu einem Werkzeug wird, um die heilige Handlung zu vollbringen.

Einmal treffen einander Xeeth und Kira zufällig am Waldrand ober dem Dorf. Wie in früheren Zeiten sitzen sie nebeneinander, aber die die Vertrautheit aus vergangenen Tagen will sich nicht mehr einstellen. Sie schweigen lange und starren hinunter auf das Treiben im Dorf. Plötzlich steht Kira mit einem Ruck auf und läuft ohne zurückzublicken zu den Hütten. Xeeths Herz krampft sich zusammen, denn er begreift, dass er sie nun endgültig als Vertraute verloren hat. Und mit ihr die Geborgenheit ihrer gemeinsamen Kindheit, in der er jeden Moment mit Kira teilen durfte. Er weint lange und still. Aber als er aufsteht, ist die kindliche Verbundenheit in ihm gelöst und er fühlt sich in Bezug auf Kira wie ein Bruder, der das Leben seiner erwachsen werdenden Schwester aus der Ferne beobachtet. Und zugleich weiß, dass er kaum mehr Einfluss darauf haben wird. Xeeth geht still zu Setongs Hütte zurück und ordnet die Pflanzen, die an dünnen Lederstreifen unter den Bäumen zum Trocknen aufgehängt sind.

Igor macht mit mir eine weitere Rückführung in eines meiner Vorleben. Wir suchen den Anker, der mich an den Platz bindet, an dem ich der Bruderschaft das erste Mal begegnet bin. Igor führt mich durch die Entspannung und dann hinüber in das andere Leben. Ich finde mich in einem sehr traurigen Jungen wieder. Er sitzt unter einem Baum und seine Trauer ist so groß, dass er nicht einmal mehr weinen kann.
Wie alt bist Du? fragt Igor.
Ich weiß es nicht genau, sage ich, vielleicht zwölf?
Kennst Du Deinen Namen, führt Igor weiter.
Xeeth, ich höre Xeeth, antworte ich.
Gut, Xeeth. Schau weiter, sagt Igor, was passiert da mit Dir unter dem Baum.
Nichts, sage ich.
Der Junge, der ich bin, sitzt einfach nur da. Es ist Nachmittag, die Sonne scheint. Ein heller, freundlicher Wald. Vor dem Jungen ist ein kleiner Tümpel. Er wirft Steine in den Tümpel. Ich werfe Steine in den Tümpel. Meine Kehle ist zugeschnürt. Meine Trauer verdunkelt sogar das Sonnenlicht. Ich bin wie gespalten. Gespalten. Ich habe etwas verloren.
Was hast Du verloren? fragt Igor weiter.
Etwas Wichtiges. Etwas, das bis jetzt zu mir gehört hat. Etwas, das wie ich ist. Ich habe es schon vor längerer Zeit verloren. Meine Trauer ist schon älter. Aber jetzt ist es endgültig weg. Es ist weg.
Was ist weg? bohrt Igor leise weiter, erzähle es mir.
Mein Herz krampft zusammen. Ich will es nicht sehen. Es schmerzt zu sehr. Ich will es nicht sehen.

Es ist ein Mensch, stammle ich.
Ist es Deine Mutter? fragt Igor sanft.
Nein, nein, meine Mutter ist schon lange tot. Ich habe keine Erinnerung mehr an sie. Es ist meine…. Ich kann es nicht sagen. Es ist wie meine zweite Seite, etwas, das ich auch bin. Es ist gestorben.
Was ist gestorben? stößt Igor sanft nach.
Mein zweites Ich, sage ich. Etwas in mir wehrt sich heftig, hinzusehen.
Geh ein Stück weiter, schlägt Igor vor.
Das geht nicht, widerspreche ich. Ich muss hier bleiben, hier unter diesem Baum.
Gut, meint er, dann sage mir, wenn etwas da unter dem Baum passiert.
Eine Frauenstimme ruft mich, erzähle ich. Ich muss helfen und stehe auf. Nicht weit von dem Tümpel ist eine Hütte, eine runde Holzhütte mit einem Schilfdach. Die Hütte steht vor einem Baumriesen, uralt und mit breiten, ausladenden Ästen. Vor der Hütte sehe ich eine Frau, hochgewachsen, mit dichten Haaren. Und ein kleines Mädchen.
Ist das Deine Schwester? fragt Igor.
Nein, nein, sage ich, ich wohne dort nur.
Wie heißt das Mädchen?
Ama, sie heißt Ama. Ich schnaufe durch.
Igor fragt nach einer kleinen Pause: Passiert ihr irgendwas?
Nein, …ja… aber später.
Hat sie etwas mit Deinem Schmerz zu tun?
Nein, nein, sie ist einfach da.
Und die Frau, hat sie etwas mit Deinem Schmerz zu tun?
Nein, ich kenne sie nur, schon seit meiner Geburt. Wir sind zusammen gewandert. Aber da war ich noch ganz klein. Jetzt lebe ich bei ihr. Und bei ihrem Mann. Aber er ist nicht zu Hause.
Wo ist er? fragt Igor.
Im Wald. Er sucht etwas im Wald.
Und wobei sollst Du der Frau helfen?
Ich soll Holz sammeln, für das Feuer. Ich nehme einen Korb und wandere durch den Wald. Abgebrochene Zweige hebe ich auf und gebe sie in den Korb. Der Korb ist voll. Ich bringe ihn zur Hütte zurück. Die Frau sieht meine Traurigkeit und umarmt mich. Sie hat ein Feuer entzündet. Jetzt kocht sie, ich glaube, eine Suppe. Ich

sitze in einiger Entfernung und beobachte das kleine Mädchen, das mit der Erde spielt. Es hat ebenso dichte Haare wie ihre Mutter. Jetzt läuft es zu mir und will mit mir spielen. Das tröstet mich. Die Frau sagt, dass ich mit dem Kind in den Wald gehen soll, um eine bestimmte Wurzel zu suchen. Ich nehme das Mädchen an der Hand und wir ziehen los. Ich bin beruhigt und freue mich über das Plappern des Kindes. Wir finden die Pflanze, die die Frau haben will und ich grabe ein wenig mit einem Stock um den Strunk herum und ziehe dann an der Pflanze, bis sich die Wurzeln aus der Erde lösen. Ama sieht mir zu und freut sich, als die Pflanze bloßgelegt ist. Wir wandern zurück. In der einen Hand habe ich die Pflanze und an der anderen Hand das Mädchen. Es springt munter herum, ohne meine Hand loszulassen. Wir kommen zum Tümpel und ich wasche die Erde vom Wurzelballen. Ama steigt mit ihren kleinen Füßen ins Wasser und plantscht darin herum. Ich deute ihr, dass wir weitergehen und sie kommt mit. Die Frau dankt mir und schabt ein Stück von der Wurzel in die Suppe. Ich gehe wieder zu meinem Baum und sitze dort. Die Traurigkeit kommt wieder. Ich weine.

Geh ein Stück zurück in diesem Leben und schau, was da passiert, sagt Igor.

Sofort sehe ich ein Mädchen mit einem hellen Lendenschurz. Wie alt ist sie? fragt er. Genauso alt wie ich, antworte ich.

Wann ist diese Szene? fragt er weiter.

Im selben Jahr, vielleicht im Frühjahr?

Was tut dieses Mädchen? kommt seine nächste Frage.

Es spielt mit anderen Mädchen. In einem Dorf.

Und was tust Du?

Ich stehe abseits und verstecke mich ein wenig hinter einer Hütte. Aber ich beobachte das Mädchen. Und ich bin traurig.

So wie vorhin? kommt es von Igor. Nein, es ist weniger. Ich bin traurig, weil sie nicht mehr mit mir spielt. Früher haben wir sehr viel miteinander gemacht. Aber jetzt nicht mehr. Jetzt spielt sie nur mehr mit anderen Mädchen. Sie hat sich verändert. Sie hat Brüste bekommen. Sie ist so schön geworden. Ich liebe sie.

Igor stellt vorsichtig seine nächste Frage: Ist das das Mädchen, um das Du unter dem Baum traurig warst?

Ja, sage ich.

Was ist in der Zeit zwischen den beiden Ereignissen passiert?

Ich weiß nicht, berichte ich weiter, sie war einfach weg.

Dann sage ich plötzlich atemlos: Etwas zeigt sich. Es ist bedrohlich. Es hat mit meinem Schmerz zu tun.
Ich schlucke und spreche völlig angespannt weiter: Ich sehe ein Kleid, ein weißes Kleid. Es ist blutig. In der Herzgegend.
Ist sie gestorben? fragt Igor.
Ich glaube, ja, ich weiß es nicht oder ich will es nicht wissen, es tut so weh. Ein Mann hebt das Kleid hoch und zeigt es. Er zeigt es stolz, kommt mir vor. Es sind viele Leute herum und sie freuen sich, wenn sie das blutige Kleid sehen. Manche berühren es sogar. Ich laufe weg, ich laufe tief in den Wald, ich stoße mit dem Kopf heftig gegen einen Ast und werde bewusstlos. Später wache ich auf und hoffe, dass es nur ein Traum war, nur ein böser Traum. Aber es war kein Traum. Ich kehre weinend zur Hütte zurück. Der Mann ist jetzt auch da und die Frau und der Mann trösten mich. Ich schlafe, ich schlafe. Der Schmerz ist zu groß. Es ist, als ob ein Stück von mir gestorben ist. Ich schlafe.
Was ist dann weiter passiert, da in der Hütte? fragt Igor.
Ich weiß nicht, ich kann nicht viel sehen. Es ist Sommer und es ist heiß. Alles ist trocken, verdorrt. Die Menschen leiden.
Was passiert mit Dir? stößt Igor leise nach.
Ich kann mich nicht erinnern, es ist, als ob etwas in mir gestorben ist, sage ich.
Dann werde ich aufgeregt: Ich bin in der Hütte, stoße ich atemlos hervor, und schlafe. Die Frau ist da, und Ama ist da. Plötzlich ist alles hell, die Hütte brennt. Ich springe auf und will aus der Hütte laufen. Draußen erhalte ich einen fürchterlichen Schlag. Ich taumle und falle. Dann weiß ich nichts mehr. Ich sterbe. Mein Geist hebt sich aus meinem Körper. Ich schwebe über der Hütte. Sie brennt lichterloh. Menschen stehen außen um die Hütte herum. Ich kann nicht erkennen, warum. Dann wendet sich mein Geist ab. Ich fliege weg. Ich bin in einem Zwischenzustand in einem Nirgendwo. Ich kann nichts mehr erkennen. Es ist dunkel. Aber ich fliege.
Gut, sagt Igor leise. Lassen wir es da. Komm bitte zurück in Dein jetziges Leben.
Er führt mich zurück und lässt mich meinen Körper wieder einnehmen. Ich bin völlig zerschlagen und fühle mich leer und verlassen, nicht einmal traurig. Igor legt seine Hand auf meinen Kopf und streichelt mich. Du kannst mir später mehr erzählen, sagt er, aber jetzt schlaf wirklich einmal. Ich nicke. Er legt eine Decke über mich und löscht die Kerze, die die ganze Zeit gebrannt hat.

Ich drehe mich zur Seite und falle sofort in einen erschöpften, traumlosen Schlaf. Ich bin wieder zurück. Aber ein Stück meines Wesens ist immer noch dort, in dieser ganz anderen Zeit.

Seit Petko der Priester des Stammes ist, hat sich auch das Sommerfest verändert. Petko hat den Wunsch von Barabaal, dem Stammesgott, nach Opferungen von Anfang an den Stammesmitgliedern nahegebracht. Zum gemeinsamen Fest des Sommers hat Petko darüber hinaus einen Wettbewerb angeregt, den die Jäger der verschiedenen Dörfer austragen. Es geht darum, den Festhirsch zu erlegen, um ihn dem Gott Barabaal zu opfern. Welche Jäger den größten Hirsch zur Strecke bringen, deren Dorf wird im kommenden Jahr besonders viel Glück haben, behauptet er.

Gegen Spätnachmittag des dritten Tages wird die Jagdstrecke begutachtet, die Größe der erlegten Tiere verglichen und dann eröffnet Petko das Sommerfest. Ganz zu Beginn erzählt er von Barabaals Wunsch nach einem Opfer und weihte danach das Tier, das den Wettbewerb der Jäger gewann, dem neuen Gott. Es wird auf einem Steinaltar dargebracht und anschließend über dem offenen Feuer gebraten und von allen gegessen. Ein Stück von diesem „heiligen" Fleisch zu essen gilt als glücksbringend und gesundheitsfördernd. Bald schon sind Legenden von Barabaal im Umlauf, in denen von Wunderdingen die Rede ist, die mit seiner Hilfe vollbracht wurden. Und manche Dörfler behaupteten sogar, ihn selbst im Wald gesehen zu haben. Petko lobte sie dafür und stellte sie als besondere Menschen heraus.

In diesem Jahr war den Mitgliedern des Stammes allerdings nicht zum Feiern zumute. Seit drei Jahren hat die Trockenheit in ihrem Gebiet stark zugenommen. Viele Quellen, Wasserstellen und Teiche sind versiegt und ausgetrocknet. Der große Fluss im Osten, so erzählten Nachbarstämme, ist fast ganz verlandet und führt kaum mehr Wasser. Die Mitglieder der Rotte, wie Belmas und andere, sind zutiefst erschrocken, denn sie kennen die Zeichen aus ihrer ursprünglichen Heimat. Sie wissen, was das für ihren neuen Stamm bedeuten wird: Vertreibung aus dem Heimatland, Hunger, Durst, Tod. Ihre Erzählungen über die Flucht heizen die angstvolle Stimmung der Menschen weiter an. Die Dorfleute fragen sogar

wieder die alten Schamanen, ob sie Rat wissen. Die Schamanen reisen in die Anderwelten, um Hilfe zu finden, doch die Anderwelten schweigen. Es ist, als ob die alten Geister das Land dem Gott Barabaal überlassen haben.
Auch Petko schweigt lange. Er verschwindet ohne seine Jünger im Gebirge und kommt erst nach Wochen zurück. In einem Mond soll das Mittsommerfest stattfinden, doch niemand denkt daran, denn alle sind erregt und ängstlich. Nach seiner Rückkehr besucht Petko das Dorf, in dem Setong wohnt. Sein Erscheinen ruft Erstaunen bei den Dörflern hervor, die sich oft gefragt haben, wohin er wohl verschwunden ist. Aber er will nichts von ihnen und sucht Kira, das Mädchen, das inzwischen ihre erste Blutung hatte und zur Frau geworden war. Ihr langes, helles Haar leuchtet aus dem Kreis ihrer Freundinnen heraus, wenn sie mit ihnen durch das Dorf läuft. Ihr Ruf als Schönheit ist so groß geworden, dass viele junge Männer aus anderen Dörfern sich an die Siedlung heran schleichen, um sie anzuhimmeln und vielleicht zur Frau zu bekommen. Auch Xeeth beobachtet Kira jeden Tag, schweigend, vom Waldrand aus. Die vielen anderen Verehrer machen sein Herz noch schwerer. Er will Kira nicht als Frau gewinnen, sondern als Schwester nicht noch mehr verlieren, als es schon der Fall ist. Er sieht, dass sie trotz der Bewunderung, die sie umgibt, unglücklich und verbittert ist. Doch sie beachtet ihn kaum mehr und wehrt seine Versuche, mit ihr zu reden, brüsk ab.
Petko ruft Kira, als er sie im Dorf findet, und bittet sie, mit ihm in den Wald zu kommen. Die Anwesenheit des Priesters und seine Aufmerksamkeit machen Kira stolz, aber auch verwirrt. Im Wald sprechen Petko und Kira lange Zeit und als sie zurück ins Dorf kommt, sondert sie sich von ihren Freundinnen und allen anderen Dorfbewohnern ab. Jeden Tag sucht sie einen besonderen Platz im Wald auf und sitzt dort in Stille und Einkehr. Petko hat ihr eine besondere Übung gezeigt, mit deren Hilfe sie über ihren Atem in ihr eigenes Herz findet und seine Wärme und Ausstrahlung spürt. Dafür legt sie beide Hände auf ihre Herzgegend, die linke über die rechte Hand. So, sagt Petko in ihrem Gespräch, trägt sie ihr Herz zu Barabaal und offenbart es ihm. Wenn er es annimmt, dann wird sie zu ihm kommen und bei ihm leben. Das sind seine Worte, die sie sich jeden Tag wieder und wieder einprägt.
Nach dem Gespräch mit Kira beruft Petko eine Versammlung der Dorfältesten ein. Es findet am heiligen Platz des Stammes statt, an

dem Platz, an dem auch das Mittsommerfest gefeiert wird. Die Ältesten schauen erwartungsvoll auf den Priester, denn die Not ist immer größer geworden in den Dörfern. Den Jägern fällt es immer schwerer, Wild zu erjagen, die Fallen sind leer und die Fanggruben oft unter der trockenen Erde eingestürzt. Die Frauen finden im Wald und draußen auf der Heide fast nur mehr verdorrte Pflanzen und Wurzeln. Viele Bäume und Sträucher haben im Frühjahr keine Blüten mehr getragen, so dass es auch keine Früchte, Beeren und Nüsse geben wird. Petko sitzt auf einem erhöhten Platz, den ihm die Stammesmitglieder schon vor einiger Zeit eingerichtet haben. Seine Jünger sitzen hinter ihm und bilden ein Halbrund. Er schweigt lange Zeit und auch die Dorfoberen haben ihr Gemurmel eingestellt.

Bei meinem zweiten Besuch von Xeeth finde ich den Jungen im Wald, versteckt hinter niedrigem Gehölz und Kira beobachtend. Es ist aber nicht mehr eine reine Rückführung, durch die mich Igor begleitet, sondern es scheint mir, als ob ich wirklich Xeeth bin, also ihn betreten habe.
Kira sitzt in einiger Entfernung von mir/Xeeth auf einer Lichtung im Wald und scheint sehr in sich versunken. Noch jemand ist da: Ein hochgewachsener, kurzhaariger Schamane, mit Federn geschmückt und einem langen Stab in der Hand. Ich weiß, dass er Petko heißt und seit einiger Zeit Aktivitäten entfaltet hat, um den Regen zurück zu bringen. Er nennt sich Priester, Oranju. Was er vorhat, entzieht sich meiner beziehungsweise Xeeths Kenntnis.
Der Priester zieht mit tänzelnden Schritten, murmelnd und singend, Runden um Kira, immer wieder mit dem Stab am Boden aufstampfend. Kira wirkt, als ob sie von alledem nichts mitbekommt. Ich als Xeeth habe ein schweres Herz und meine Kehle ist trocken und eng. Nach einiger Zeit krieche ich vorsichtig zurück, um keine Aufmerksamkeit zu erregen. In einiger Entfernung durchläuft ein Pfad den Wald. Als ich ihn erreiche, stehe ich auf und kehre zur Hütte zurück, in der ich wohne.
Setong, der Schamane, bei dem ich lebe, sitzt vor der Behausung und kocht auf einem kleinen Feuer einen Pflanzensud. Er zeigt mir die einzelnen Blatt- und Pflanzenteile, die er verwendet hat. Ich

kann ihm kaum zuhören, weil mein Herz so sehr schmerzt und platze plötzlich mit dem heraus, was mich so belastet. Setong hört traurig zu und schüttelt den Kopf. Ich weiß, dass er und die Schamanen der anderen Dörfer von dem Priester verdrängt wurden. Was Petko und Kira im Wald machen, weiß ich nicht und auch Setong hat nur Gerüchte gehört, aber er erzählt mir nichts davon. Es ist nur Gerede, sagt er. Auch die anderen Jungen, die ich manchmal im Wald treffe, drehen sich schweigend und betroffen weg, wenn ich frage, ob sie etwas wissen.
Setong rührt langsam in seinem irdenen Topf. Er schaut bekümmert vor sich hin und zieht mich zuletzt an der Schulter zu sich.
Du musst tapfer sein, flüstert er und streicht mir über den Kopf, sehr, sehr tapfer.
Setong lässt mich los und prüft die Konsistenz des Suds, indem er einen Zweig hineintaucht. Nachdem er ihn wieder herausgezogen hat, beobachtet er, wie die Flüssigkeit langsam abtropft. Dann riecht er an dem Zweig und kostet den Sud vorsichtig mit der Zunge. Das Elixier scheint fertig, denn Setong schiebt mit einer Astgabel den Topf vom Feuer und wirft solange Erde auf das glühende Holz, bis die Glut erlischt.
Komm, sagt Setong und steht auf. Zeig mir, wo Kira sitzt.
Wir laufen durch den Wald in jenem langsamen Trab, mit dem die Jäger des Stammes lange Zeit und über große Entfernungen unterwegs sein können. Frauen, denen wir begegnen, ziehen langsamer ihre Bahnen, aber dafür kennen sie in naher Umgebung den Standort jeder Pflanze, die man essen kann oder aus der sich Heilmittel herstellen lassen. Auch tragen die Frauen bei diesen nahen Ausflügen die Säuglinge in Körben am Rücken. Die etwas größeren Kinder laufen mit und finden oft schon selbst die Gewächse, die ihre Mutter sucht und ernten will. Was gefunden wird, stecken die Frauen in Lederbeutel, die sie am Körper tragen. Das alles fällt mir ein, als wir im Wald den Sammlerinnen begegnen, ich weiß es einfach, weil Xeeth es weiß. Erst jetzt bemerke ich, dass ich die Sprache von Xeeth und Setong verstehe, wenn die beiden miteinander oder mit den Frauen reden. Die Frauen beklagen sich bei Setong darüber, dass immer mehr Pflanzen verdurstet sind und ihre Blätter oder Wurzeln nicht mehr gekocht oder verwendet werden können. Setong schaut sich einzelne Pflanzen, die die Frauen ihm hinhalten, genau an und seufzt sorgenvoll. Xeeth

beobachtet die Frauen und den Schamanen, ohne sich in das Gespräch einzumischen. Ich nehme immer mehr der Sprache des Stammes in mich auf, sie ist sehr einfach und mehr eine Aneinanderreihung von Begriffen ohne Grammatik und Zeiten. Der Sinn ergibt sich aus dem Kontext. Ich kann die Inhalte aus dem Zusammenhang verstehen und dem folgen, was gesagt wird.
Setong und ich/Xeeth biegen in einen stillen Teil des Waldes ab. Hier gibt es niedrige Hügel und Geröll, das in Haufen liegt. Die Trockenheit der letzten Jahre ist auch hier schon stark spürbar, das Moos auf den Steinen ist gelb und verdorrt. Setong prüft die Rinde eines Baumes und kann sie mit den Fingern leicht ablösen. Er bröselt sie auf den Boden und riecht an seinen Händen. Er lässt mich auch riechen und ich nehme einen feinen galligen Geruch war. Dann laufen wir weiter und Xeeth/ich lenke den Schritt auf einen der niedrigen Hügel. Vor uns öffnet sich die Lichtung, auf der Kira sitzt.
Sie wendet uns beiden den Rücken zu. Heute Morgen war ich auf der anderen Seite der Lichtung gelegen und habe Petko bei seinem Ritual beobachtet. Jetzt ist nur mehr Kira zu sehen, wie sie ruhig auf ihrem Platz sitzt und sich manchmal ihren Überhang richtet. Dann wird sie still und es ist spürbar, dass sie in eine tiefe Trance eintritt. Setong deutet mir, dass ich liegen bleiben soll und steht vorsichtig auf. Er steigt auf der Rückseite der Kuppe hinunter und umgeht sie vorsichtig. Dann nähert er sich Kira von hinten. Plötzlich bleibt er stehen und richtet sich auf. Er betastet etwas, was nicht sichtbar ist. Immer wieder hebt er seine Hand und schiebt sie vorsichtig nach vorne und jedes Mal stoppt sie mitten in der Luft. Setong entfernt sich wieder leise und kehrt hinter den Hügel zurück. Er winkt mir, herunter zu kommen und wir ziehen uns in den Wald zurück.
Petko hat einen magischen Kreis um Kira gezogen, sagt Setong.
Ich verstehe das Wort natürlich, aber Xeeth ist erstaunt.
Magischer Kreis, was ist das? fragt er.
Zauberei, versucht Setong zu erklären, große Kraft, ich kann nicht durchdringen.
Ist das Barabaal? fragt Xeeth.
Setong verneint ärgerlich: Barabaal gibt es nicht, er ist eine Lüge.
Aber warum hast Du dann nicht weitergehen können? insistiert Xeeth.

Das ist etwas anderes, aber kein Gott. Es ist einfach eine Fähigkeit, unsichtbare Kraft zu konzentrieren, antwortet Setong.

Das verstehe ich nicht, sagt Xeeth und ich schüttle unwillig den Kopf.

Setong schaut überrascht. Beinahe hätte ich meine Anwesenheit verraten.

Der Schamane schaut Xeeth aufmerksam an: Wie fühlst Du Dich?

Ich bin traurig, sagt Xeeth, weil ich nicht verstehe, was mit Kira passiert. Was will der Oranju von ihr?

Setong dreht sich weg: Wir werden es, fürchte ich, früh genug erfahren.

Ich beschließe, den Augenblick zu nutzen und mich aus Xeeth zu entfernen. Noch so eine unwillkürliche Kopfbewegung und Setong weiß Bescheid. Ich lasse also die beiden durch ihren Wald laufen und kehre in das Haus von Igor zurück, der sich über meine Rückkehr freut. Denn eigentlich wusste ich bis zu dieser meiner ersten Reise in einen anderen Menschen nicht, wie man von so einer Fahrt wieder zurückkommt.

Du hast es völlig aus Dir selbst heraus gewusst, sagt Igor, das ist gut, das ist sehr gut. Das zeigt, dass Du ein guter Zeitgänger bist. Ich höre das Lob, aber ich fühle mich so erschöpft, dass ich mich einfach nur zur Seite drehe und einschlafe.

Nach einem langen Blick in die Runde, mit dem Petko jeden einzelnen Dorfoberen ins Auge fasst, steht er auf und beginnt zu reden. Barabaal, sagt er und fixiert weiterhin jeden einzelnen in der Runde, hat mir das Gegenmittel gegen den Wetterzauber, der die Dürre hervorbringt, genannt.

Wetterzauber? fragt einer der Männer ungläubig.

Ja, Wetterzauber, sagt Petko bestimmt. Das Wetter wurde verzaubert. Die Schamanen haben sich verschworen, um die Macht von Barabaal zu brechen.

Ein heftiges Gemurmel setzt ein. Die Dorfältesten reden wirr durcheinander. Sie können einfach nicht glauben, dass die Pechutan, die seit Generationen in den Dörfern leben und ihr Aufgaben erfüllen, sich plötzlich gegen den Stamm erheben sollten.

Unbeirrt spricht Petko weiter: Das können sie natürlich nicht, dazu ist Barabaal viel zu mächtig. Aber in ihrer Verblendung haben sie den Kampf aufgenommen und die Dürre über unser Land gebracht, um den Menschen zu zeigen, dass Barabaal nicht allmächtig ist. Wieder entsteht ein heftiges Getuschel und ungläubige Blicke werden zu Petko gesandt.

Habt ihr nicht selbst erlebt als Dorfälteste, spricht Petko in das Gemurmel hinein, dass die Schamanen versucht haben, Euch in ihrem Sinne zu beeinflussen? Haben sie nicht immer wieder Eure Entscheidungen, sogar die des Stammesrates, kritisiert und Änderungen verlangt? So haben sie große Macht über den Stamm erhalten. Aber nun ist eine Kraft aufgestiegen, die stärker ist als sie. Also versuchen sie, ihren alten Einfluss zurück zu gewinnen. Ob dabei Menschen verhungern oder verdursten, ist ihnen egal. Sie wollen die Macht zurück. Koste es, was es wolle.

Wieder schütteln etliche der Ältesten den Kopf. Sie verstehen nicht, wie das passiert sein soll. Sicher, es gab immer wieder Diskussionen zwischen den Dorfoberen und den Pechutan, wenn es galt, Neues einzuführen oder schädliche Handlungen abzustellen. Aber es gab doch immer eine Lösung für solche Probleme? Am Ende saßen doch alle am Feuer und waren mit dem, was geschehen soll, einverstanden?

Genau das ist es, spricht Petko hart und nachdrücklich: Ihr habt es nicht einmal bemerkt, wie eng sich das Netz der Macht der Pechutan schon über Euren Köpfen zusammen gezogen hat. Ihr ward schon blind! Erst Barabaals Erscheinen hat Euren Blick für das Unsichtbare, das den Stamm bedroht, geöffnet. Der Wetterzauber zeigt uns, wie groß die Verstiegenheit der Schamanen schon geworden ist.

Kurz hält er inne und schaut eindringlich in die Runde, spricht aber dann sofort mit weicher Stimme weiter: Barabaal hat mir zum Glück für den Stamm ein Gegenmittel genannt, das alles wieder ins Lot bringen wird. Es ist ein hartes, schweres Gegenmittel, und es erfordert von einer Person unserer Gemeinschaft, sich für die anderen zu opfern. Daraufhin schweigt er und die Dorfoberen schauen einander und ihn entsetzt an.

Ein Menschenopfer? schreit ein Ältester voller Schreck und Abscheu, wir sollen einen von uns opfern?

Ja, nickt Petko. Seine Worte klingen nun leise und eindringlich, fast flüsternd, um auf diese Weise die Seelen der vor ihm sitzenden

Männer zu erreichen: So kann Barabaal die Elemente wieder befrieden und die Harmonie herstellen, damit es im Land regnen wird und die Pflanzen wachsen und die Tiere wiederkommen können.
Die meisten Häuptlinge schütteln den Kopf.
Nein, sagt einer leise, das kann Barabaal nicht von uns verlangen. Wir haben das Töten zwischen Menschen immer verabscheut und jene bestraft, die es trotzdem taten. Wer kann so etwas fordern? Wer kann einen anderen töten?
Wieder tritt Schweigen ein, das schwer auf der Runde lastet. Die Männer starren Petko an, als ob er ein Wesen aus einer anderen Welt ist, das etwas Undenkbares von ihnen fordert.
Und doch, meldet sich der Priester nach einer Weile, wieder mit samtweicher Stimme, können wir Barabaal nur so helfen, die große Harmonie wieder herzustellen.
Er braucht unsere Hilfe! betont Petko noch einmal, nunmehr fest und klar.
Aber das geht nicht, schreit einer der Ältesten, ein Menschenopfer!
Die Männer reden aufgeregt durcheinander und Petko wartet, bis der Gesprächsfluss wieder abgeflaut ist.
Leise redet er weiter: Wenn Ihr Euch nicht dafür entscheidet, dann wisst Ihr, was passieren wird. Eure Menschen - unsere Menschen, verbessert er sich rasch - werden verdursten, verhungern und hilflos Krankheiten ausgeliefert sein. Die meisten werden sterben. Ein paar von uns werden es schaffen, weiterzuziehen, so wie vor Jahren die wenigen Menschen von der anderen Seite des Gebirges zu uns gekommen sind. Und ihr wisst, was mit dem Stamm im Norden passiert ist. Es gibt ihn nicht mehr. Und genauso wird es diesen unseren Stamm nicht mehr geben. Es ist Eure Verantwortung, ob das passiert oder nicht.
Er macht eine kleine Pause und schaut wiederum langsam von einem zum anderen, bevor er mit eindringlicher Stimme weiterspricht: Erinnert Euch, als ihr begonnen habt, Barabaal Tiere zu opfern, wie freundlich er darauf reagiert hat. Er hat uns gute Jahre geschenkt, mit reichen Ernten in den Wäldern und vielen Tieren, die wir jagen konnten. Dann kam der Schadenszauber, von dem wir jetzt wissen, wer ihn in die Welt gesetzt hat, und alles hat sich verändert.
Aber Barabaal müsste doch in der Lage sein, die Schamanen an ihrem Zauber zu hindern? widerspricht einer aus dem Rat.

Das ist er, das ist er, antwortet Petko, er könnte sie alle vernichten. Aber er ist ein gütiger Gott, unser Stammesgott, und diese Leute gehören auch zum Stamm. Deshalb begnügt er sich mit dem Opfer eines einzelnen, auch um diesen Menschen, die uns schaden wollen, die Möglichkeit zur Umkehr zu geben. Denn der Stamm braucht sie auch, sonst ist er nicht vollständig. Und Barabaal ist gnädig genug, auf die Abgefallenen zu warten und sie, wenn sie zurückkommen, wieder in sein Volk aufzunehmen.

Jetzt schweigen alle. Petko setzt sich auf seinen Platz und hebt die Hände vor seinem Körper. In Wartestellung liegen seine Fingerspitzen aneinander und sind nach oben gerichtet. Gespannt sieht er von einem zum anderen. In den Gesichtern der Dorfältesten arbeitet es. Für viele ist es ein ungeheuerlicher Gedanke, jemanden aus ihrer Gemeinschaft zu opfern. Ein Gedanke, den sie noch weit von sich weg weisen.

Und wer sollte das sein? fragt einer trotzdem zaghaft.

Petko hat auf diese Frage gewartet. Der Bann ist gebrochen. Das Ungeheuerliche ist denkbar geworden.

Ich habe jemand erwählt und er ist bereit, für uns zu sterben. sagt er.

Was? schnaubt der Stammesälteste entgeistert. Jemand ist bereit, sich zu opfern?

Er schnappt nach Luft. Wer ist es? fragt er entsetzt, denn er hat bis jetzt gehofft, dass die anderen Petkos Ansinnen verwerfen.

Ihr kennt sie alle, sagt Petko feierlich. Es ist Kira, das Mädchen, das mit der Gruppe der Nordleute zu uns kam.

Für einige ist diese Mitteilung eine Erlösung. Wenigstens niemand aus dem eigenen Dorf. Niemand, der so richtig zum Stamm gehört. Nur eine Zugewanderte. Nur eine Fremde. Andere sehen das blühende Mädchen vor sich und können nicht fassen, dass sie ihr Leben opfern will.

Aber sie ist doch so jung, sagt einer.

Gerade deshalb, antwortet Petko, wird Barabaal mit unserer Wahl besonders zufrieden sein. Sie wird nach ihrem Tod bei ihm wohnen und ihm dienen. Und wir haben direkt bei Barabaal eine Fürsprecherin, eine, die ihn beeinflussen kann für unsere Wünsche und Vorhaben. Wenn es mit anderen Stämmen oder den Nomaden Streit um Quellen oder Waldstücke gibt, wird er uns im Kampf doppelt und dreifach stärken. Und wer weiß, vielleicht nimmt er sie auch zur Frau und dann ist sie ebenso unsterblich wie Barabaal.

Und sie ist einverstanden? fragte nun der Älteste vorsichtig.

Ja, nickt Petko, sie sieht es als große Ehre an, für ihren neuen Stamm zu sterben. Jetzt schon sitzt sie allein im Wald und bereitet sich auf ihre Aufgabe vor. Wenn ihr es wollt, dann wird sie am Mittsommerfest sterben, damit wir ihr Opfer genügend würdigen können.

Die Hälfte der Männer schüttelt ungläubig den Kopf. Die andere Hälfte ist froh, dass die Sache an ihnen vorbei gegangen ist.

Wenn ihr wollt, sagt Petko weiter, dann wird sie es Euch selbst sagen, dass sie bereit ist, für das Wohl dieses Stammes zu sterben.

Wieder schweigen alle. Petko schaut starr in die Runde. Noch sind nicht alle auf seiner Seite. Aber er spürt, es ist bald soweit.

Einer der Ältesten steht auf: Ich muss jetzt allein sein.

Gut, machen wir eine kurze Pause, sagt der Stammesälteste schnaufend und mit von der Aufregung gerötetem Gesicht. Dann entscheiden wir. Bringt Stöcke mit.

Alle erheben sich und schlendern herum oder hocken sich unter einen Baum. An ihren Körpern ist die Spannung des Moments ablesbar. Auch Petko hat sich erhoben und hat sich zu seinen Männern gesetzt, die im Hintergrund auf den Ausgang der Angelegenheit warten. Sie tuscheln leise und versuchen abzuschätzen, wie die Abstimmung ausgehen könnte.

Dann sagt der Älteste mit brüchiger Stimme: Kommt.

Alle setzen sich wieder in die Runde.

Der Stammesführer spricht: Es ist genug geredet worden. Ich ziehe zwei Kreise in den Sand vor uns. Der Nordkreis steht dafür, dass wir Kira bitten, sich für unseren Stamm zu opfern. Der Südkreis ist für jene, die das ablehnen. Steckt Eure Äste in den Kreis, der Eurer Meinung entspricht. So haben wir es immer gehalten und so halten wir es auch heute.

Er steht wackelig auf und zeichnet mit seinem Stock die beiden Kreise. Dann setzt er sich, mit seinem Holz in der Hand, wieder nieder. Er schaut den Zweitältesten an. Dieser steht auf, geht auf den Nordkreis zu und stößt seinen Ast energisch in die Erde.

Dann folgt der Nächste. Er stellt sich zwischen die Kreise und schließt seine Augen. Es sieht so aus, als ob er noch nicht entschieden ist. Dann, mit einer schnellen Bewegung, steckt er seinen Stock in den Südkreis und setzt sich.

Der dritte steht entschlossen auf wählt ebenso den Südkreis.

Petko, der immer noch bei seinen Leuten sitzt, atmet kurz und heftig durch.
Der Vierte rollt seinen Stock zwischen seinen Händen, so als ob er ihn noch erwärmen will und steckt ihn dann hastig in den Nordkreis.
Der Älteste beobachtet jede Bewegung ganz genau und schnauft bei jeder Entscheidung für einen Kreis auf.
Der Fünfte steht zwar auf, bewegt sich aber nicht von seinem Platz. Er deutet mit seinem Ast in die Richtung des einen oder des anderen Kreises, bevor er dann zum Nordkreis geht und seinen Stock dort hinterlässt.
Petko atmet auf.
Der Sechste, der jüngste Dorfobere, schüttelt den Kopf. Er steht langsam auf und geht zum Südkreis, um sein Nein dort zu deponieren.
Es steht drei zu drei.
Die Stimme des Ältesten wird die Wahl entscheiden.
Unsicher steht der alte Mann auf. Er hat gehofft, dass die Entscheidung noch vor seiner Deklaration getroffen ist. Nun aber lastet der ganze Schiedsspruch auf seinen Schultern. Er schließt kurz die Augen, schnauft heftig auf und geht dann mit zitternden Beinen auf den Nordkreis zu. Dort steckt er seinen Ast zögerlich in den Boden, greift sich ans Herz und bricht zusammen. Er fällt mit dem Körper in den Kreis und ist tot.

Lass uns noch einmal zu Xeeth zurückkehren, meint Igor eines Abends. Vielleicht finden wir mehr heraus, was passiert ist. Ich stimme zu und lege mich auf die Decke, die er vorbereitet hat. Er schlägt die beiden Außenseiten über mir zusammen, damit mir warm bleibt. Dann entzündet er seitlich von meinem Kopf eine Kerze. Ich kann ihre Flamme nicht sehen, aber das Licht erhellt den Raum über mir. Es ist schon dämmerig draußen, die richtige Zeit für eine Reise in die Vergangenheit.
Ein wenig Angst habe ich schon, diese Reise anzutreten. Nicht so sehr vor dem, was geschehen wird. Das ist Vergangenheit und vorüber. Aber ich werde es erneut erleben. Mit all den Ängsten, Schmerzen und Sehnsüchten, die der Junge damals, nein, die ich

damals erlebt habe. Das ist ein seltsames Gefühl, schon einmal gewesen zu sein und nun noch einmal einzutauchen in die damalige Existenz. Es ist, wie ich inzwischen weiß, nicht meine einzige gewesen. Aber es ist die, die mein jetziges Leben anscheinend am meisten geprägt hat.
Ich ruckle mich zurecht und bitte um ein kleines Kissen für meinen Kopf. Igor hebt ihn auf und schiebt das Kissen sanft darunter.
Liegst Du gut? fragt er und ich nicke.
Wieder beginnt er mit einer Entspannungsübung und fordert mich ein paar Mal auf, tief durchzuatmen. Dann führt er mich zu der Hütte am Tümpel. Diesmal bin ich sofort in dem Jungen, der gemeinsam mit dem Mann, der dort wohnt, gerade ein Ritual macht. Ich schlage die Trommel, auf deren Ton der Schamane in seine Trance reist.
Igor bittet mich, kurz zu stoppen und das Bild friert ein. Bevor wir weitermachen lässt mich Igor mein höheres Selbst fragen, wo auf dieser Erde Xeeth lebt.
Eine Landkarte erscheint vor mir: in der heutigen USA, sage ich erstaunt.
Frag genauer, drängt Igor, frag nach der heutigen Stelle.
Nordwestlich von einem Naturpark, Yellow Stone oder so, ist die Antwort. Etliche Meilen entfernt gibt es im Gebirge einen Meteoritenkrater. Heute ist er ein See. Im Hügelland vor den hohen Bergen befindet sich das Dorf, in dem Xeeth wohnt.
Ich sehe das Gebirge vor mir, in dem der Kratersee sein soll. Ich sehe die Hügel davor, und ein langes Tal, durch das eine Straße ins Gebirge führt. Ich höre den Namen der nächsten Großstadt und weiß, dass ich von dort nach Norden fahren muss. Ich höre die Nummer der Straße.
Gut, sagt Igor, der alles mitgeschrieben hat.
Er fordert mich auf, in Xeeth zurück zu kehren und augenblicklich sehe ich die Situation aus den Augen des Jungen. Die Hütte, die Trommel, das kleine Feuer, in dem Kräuter verbrennen. Ich sitze am Boden vor der Hütte und meine Hand führt den Schlegel, der in der hölzernen, lederbespannten Trommel einen dumpfen Ton erweckt. Der Schamane, bei dem ich lebe, hat eine seltsam aufrechte Körperhaltung eingenommen und steht auf der anderen Seite des Feuers im Rauch der Kräuter. Er will den Bärengeist besuchen, hat er mir vor dem Ritual gesagt. Ich höre und bin der rhythmische Ton der Trommel. Irgendwie fühle ich mich auch in

Trance, was ein seltsames Gefühl ist, weil ich in einer Person bin, die selbst nicht ganz in sich ist.
Was siehst Du? fragt Igor sanft.
Ich bin in dem Jungen, aber der Junge ist nicht in sich, antworte ich.
Was heißt das?
Ich weiß es nicht genau. Der Mann steht vor mir. Ich schlage eine Trommel und bin auch in einer Trance.
Ist der Mann der Schamane, bei dem Du wohnst? fragt Igor weiter.
Ja, sage ich, er singt und hat die Augen geschlossen.
Was passiert weiter?
Ich schlage immer noch die Trommel und höre das Singen, sage ich.
Plötzlich ist alles anders. Ich kann nicht mehr sprechen. Es ist, als ob etwas Dunkles, Großes in mich eindringt. Es dreht mich und dann wird es immer dunkler in mir, als ob die fremde Kraft mein eigenes inneres Licht zum Verlöschen bringt. Ich kann nicht mehr wahrnehmen und liege willenlos in meiner Decke. Zugleich bin ich in einem fremden Bewusstsein und verliere mich selbst immer mehr. Es wird ganz dunkel in mir. Ich werde bewusstlos.
Als ich mit einem schalen Geschmack im Mund und völlig zerschlagenen Gliedern später wieder aufwache, brauche ich Minuten, um mich wieder zu orientieren. Es ist, als ob ich mich selbst verloren hätte und nur mit einiger Mühe in meinen Körper zurückkehren kann. Vorsichtig sehe ich mich im Raum um und kann wieder Gegenstände erkennen. Draußen vor den Fenstern ist es ganz dunkel und die Kerze wirft ihr zuckendes Licht immer noch an die Decke und in die Dunkelheit des Raumes.
Wie geht es Dir, fragt Igor besorgt.
Es geht schon, murmle ich und versuche mich aufzusetzen.
Rasch stützt Igor mich in meinem Rücken, denn ich drohe, wieder rückwärts zu fallen.
Was war das? frage ich erstaunt.
Du warst von einer fremden Macht besessen, sagt Igor und reicht mir die Schale mit Tee, die Katharina eben hereinbringt. Sie setzt sich neben uns aufs Sofa und schaut mich besorgt an. Der Tee weckt mich wieder aus der Trance und zugleich bindet mich das warme Getränk, das durch Mund, Kehle und Speiseröhre fließt, an meinen Körper. Der schale Geschmack verschwindet und meine Muskeln fühlen sich wieder warm an. Ganz langsam löst sich das

fremde Gefühl in meinem Körper auf. Ich bin wieder in mir zuhause.
Später berichtet mir Igor, dass sich plötzlich der Schamane durch mich gemeldet hat. Er ist in den Geist des Jungen eingetreten und durch ihn konnte er auch mich besetzen. Er hat mit Igor geredet und gefragt, warum ich in seinen Helfer eingedrungen bin. Das Gespräch fand in einer rein geistigen Dimension statt, die keine Sprache braucht. Igor erklärte die Situation und der Schamane verstand. Es stellte sich heraus, dass der Schamane, dessen Name Setong ist, der sagenhafte siebente Meister der Zeit ist. Er kann, über die Kunst des Zeitreisens in die Vergangenheit und des Eindringens in den Geist anderer Menschen hinaus auch in die Zukunft gehen und hat das schon oft getan. Dadurch wissen die Meister unserer Zeit von ihm, obwohl die meisten von ihnen so wie Igor ihm noch nie begegnet sind.
Als Setong erfuhr, was ich vorhabe, war er plötzlich sehr interessiert. Er sagte, dass ich dringend zu seinem Stamm kommen muss. Es passieren wichtige Ereignisse, die ich beschreiben müsse, wenn ich die Entstehung und das Wesen der Bruderschaft verstehen will. Seine Kraft ist zu schwach, um das kommende Unheil aufzuhalten. Aber das Geschehen wird weit in die Zukunft hinein wirken und muss darum den Menschen in unserer Zeit mitgeteilt werden. Er wird mir helfen, so gut er kann. Ich soll zum singenden Stein kommen. Dort wird er mich treffen. Der Stein liegt vergraben vor dem Stausee im Gebirge.

Nun ist klar, wo ich hin muss. USA. Mittlerer Westen. Igor hat bei der vorigen Zeitreise alle Parameter notiert, die mein höheres Selbst genannt hat. Setong hat nun den genauen Ort genannt: Ein Stausee. Davor liegt der singende Stein begraben, bei dem er mich treffen will. Wozu weiß ich nicht. Aber ich spüre, dass ich keine Fragen stellen soll. Die Aufgabe hat mich, nicht umgekehrt. Als erstes bestelle ich über das Internet das Einreisevisum für mich. Bereits 24 Stunden später ist es da. Toll.
Igor und ich besprechen den weiteren Verlauf meiner Recherchen. Die beiden Rückführungen waren überraschend und die dritte machte klar, dass dort etwas im Gange ist, was für mein Buch

wichtig sein könnte. Also lerne ich Dir eine weitere Technik, die Du selbst überall anwenden kannst, sagt Igor. Den vertikalen Zeitsprung, den Eintritt in die Geschichte eines Platzes.

Ich schaue ihn gespannt an.

Er redet weiter: Die Methode ist sehr simpel, aber es braucht so etwas wie eine Initiation, um sie anwenden zu können. Ich hab sie bisher nur einmal weitergegeben, bin aber nicht sicher, ob der Mensch, den ich sie damals gelehrt habe, eine gute Wahl war. Bei Dir allerdings bin ich mir sicher. Du wirst die Fähigkeit, die Du dadurch erhältst, nicht missbrauchen.

Immer noch schweige ich konzentriert, um kein Wort zu verpassen. Bist Du bereit? fragt er. Ich nicke. Dann komm, sagt er, nimm aber eine Jacke mit, man weiß nie, wie das Wetter in der anderen Zeit ist. Wir steigen in sein Auto. Es ist Anfang Juni und sehr warm an diesem Tag. Das ist nicht besonders gut, sagt Igor, denn dann ist an dem Platz, zu dem wir fahren, immer ein Haufen verrückter Spinner anzutreffen. Aber gut, was soll's. Wir werden es trotzdem tun.

Er fährt den Wagen rückwärts aus dem Grundstück und nimmt die Richtung zu den Feldern hin, in die das Gässchen an seinem Ende mündet. Eine Staubwolke zieht hinter uns her, der Wagen rumpelt so sehr, dass ich Angst bekomme, dass er auseinander fällt. Russische Autos sind für unsere Straßen gebaut, lacht Igor mich an, hab keine Angst und halt Dich gut fest. Ich wackle skeptisch mit meinem Kopf.

Igor biegt nach rechts in einen Feldweg ein, der einige Zeit an den Reihen der letzten Häuser der Stadt entlangführt. Wie hinter Igors Haus ist in den Gärten jedes Fleckchen mit Gemüse bepflanzt. Die Wachstumsphase im Sommer ist kurz und die Sibirski sind Meister im Einlegen von Grünzeug, damit sie den langen Winter gut überstehen. Auf den weiten Ackerflächen links von uns zeigen sich schon erste grüne Pflänzchen. Wieder folgt uns eine Staubfahne, die der Wind hinaus in die Ebene treibt. Dann quert eine weitere Gasse den Feldweg und führt zwischen Windgürteln als Staubstraße hinaus. Igor biegt nach links ab und der Lada rumpelt diese Straße weiter.

Wir fahren auf einen seltsamen Hügel zu, der mitten in den Feldern liegt. Beim Näherkommen sehe ich eine Reihe von unterschiedlichsten Autos, die rund um die Erhebung parken. Die kleinen, rundlichen Kastenwägen, die so typisch für Russland sind,

stehen neben westlichen Kleinautos, alten Moskwitsch-Karossen und moderneren Ladas. Dazwischen Lastwägen und kurze Autobusse. Die dominierende Autofarbe ist ein helles Grau, manchmal mit Schwarz kombiniert.
Der Schamanenhügel und seine Fans, brummt Igor und sucht einen Parkplatz. Wir steigen aus und Igor holt eine altmodische Ledertasche aus dem Kofferraum. Lass uns gehen, sagt er. Die Anhöhe ist mit Inseln von niedrigen Bäumen und Buschwerk bewachsen, zwischen denen halbhohe Gräser und blühende Kräuter vom Wind bewegte Flächen bilden. Unzählige schmale Wege führen zur höchsten Erhebung hinauf. Auf einigen der Wiesen absolvieren Menschen bizarre Übungen, oft von einem Mann in esoterischer Kleidung angeleitet. Andere wiederum lümmeln im Gras und picknicken. Wieder andere sitzen einfach mit geöffneten Händen am Boden und halten ihr Gesicht der Sonne entgegen. Igor umgeht alle diese Gruppen und strebt der Höhe zu. Oben angelangt halte ich erstaunt inne. Wie ein aufgerissener Krater ist das ganze obere Areal eine fast hundert Meter breite runde Fläche aus Sand, ohne jeden Bewuchs. Wie abgekappt wirkt dieses Sandbett, über das niedrige, windgeschaffene Dünen verteilt sind. Und in einer dieser Dünen stecken bunt umwickelte, mannshohe Stöcke mit Kegeln an ihrer Oberseite, deren Spitzen zum Himmel zeigen. Zwölf solcher Stöcke zähle ich, schnurgerade aufgereiht wie eine Gruppe von Soldaten.
Wer...? frage ich staunend und blicke mich zu Igor um.
Schamanen, brummt er. Sie haben diese Stöcke schon vor vielen Jahrzehnten erneuert, wie vor ihnen andere Schamanen auch. Das ist ein heiliger Platz der Schamanen Sibiriens, einer von vielen. Er wird schon seit ein paar tausend Jahren verehrt.
Er wickelt sich selbst bunte Fäden um seine Hände und zieht einen grob gewobenen bunten Schal und eine altertümliche, gestrickte Kappe, ebenso bunt wie der Schal, aus der Tasche. Diese verbirgt er unter dem Rand der bewachsenen Fläche, die den Sandplatz umläuft.
Heute ist Vollmond, sagt Igor, und die Schamanen treffen einander an diesem Ort, um miteinander zu reden und zu tanzen.
Aber es ist noch gar nicht Vollmond, widerspreche ich ihm, die Sichel ist noch ganz schmal.
Nur in dieser Zeit, grummelt Igor grinsend. In der anderen, wohin wir jetzt gehen, ist heute Vollmond!

In der anderen Zeit? denke ich ein wenig erschrocken. Obwohl ich natürlich schon einiges gelernt habe in den Wochen bei Igor, befällt mich doch eine gewisse Aufregung und Angst, wenn es in neue Erfahrungen geht.
In welche Zeit gehen wir denn? frage ich zaghaft.
Oh, meint er beiläufig, zirka achttausend Jahre zurück. Wir müssen nur warten, bis sich die Touristen da drüben bequemen, den Hügel zu verlassen. Dann verschwinden wir - er lacht heftig zwischen seinen Worten -, im wahrsten Sinne des Wortes.
Die Technik, die ich Dir zeigen will, erläutert er weiter, ist sehr einfach. Wir nenne sie Zeitsprung und der besteht daraus, dass Du Dich auf den Moment konzentrierst, in den Du gelangen willst. Und dann stampfst Du einfach mit der Ferse fest auf dem Boden auf. Und schon bist Du dort, aber eben auf dem gleichen Platz auf dem Du diese Zeitspalte verlassen hast. Zurück geht's auf demselben Weg.
Das ist alles? bin ich völlig erstaunt.
Natürlich nicht. Beim ersten Mal muss ich Dir diese Fähigkeit übertragen. Das heißt, ich werde, während Du aufstampfst, meine Hand auf Deinen Kopf legen und im gleichen Moment ebenfalls nach unten treten. So überträgt sich meine Fähigkeit auf Dich. Am Rückweg kannst Du es dann schon alleine.
Ich kann das alles nicht recht glauben. Aber ich vertraue Igor zutiefst und verspüre im Moment nichts mehr von Angst und Aufregung, sondern schlagartig ein hochkonzentriertes, waches Interesse, das mich jede seiner Bewegungen und jedes Wort aufmerksam und gespannt aufnehmen lässt.
Mit welchem Bein würdest Du spontan auftreten, fragt er.
Ich denke, mit dem linken, sage ich. Gut, lass es dabei. Es ist wichtig, dass Du im Gefahrenfalle immer mit demselben Bein auftrittst, mit dem Du den Zeitsprung begonnen hast. Also denk nicht darüber nach, sondern trainiere Dich einfach nur im Eintreten und Austreten in eine andere Zeit.
Zeig einmal, wie Du trittst, redet Igor weiter und ich stampfe heftig auf. Soviel ist gar nicht nötig, sagt er. Denk Dir, Du tanzt und zu dem Tanz gehören einfach solche stampfenden Schritte. Das genügt. Mach's noch mal.
Wieder stampfe ich, doch diesmal lockerer und nicht so kraftvoll. Sehr gut! Er klopft mir auf den Rücken, komm lass es uns gleich probieren, die Touristen sind weg.

Wir stellen uns einander gegenüber auf und er legt mir die Hand auf den Kopf. Konzentriere Dich auf die Jahreszahl 8002 vor unserem heutigen Tag.

Ich memoriere mit geschlossenen Augen: Achttausendzwei vor unserem heutigen Tag. Aus seiner Hand fließt Wärme und Kraft in meinen Kopf und nebelt mich ein wenig ein. Doch die Zahl steht leuchtend vor meinen Augen.

Ich zähle bis drei, sagt Igor jetzt, bei Drei stampfen wir auf. Eins – Zwei – Drei! Wir stampfen gleichzeitig und ein leichter Ruck durchläuft mich. Dann öffne ich die Augen. Die Stangen stehen noch am gleichen Platz. Aber die Dünung hat sich verändert. Auch die bunten Fäden rund um die Stangen sind anders, ihre Farben wirken natürlicher, nicht so kräftig. Wow, denke ich, seit achttausend Jahren oder länger stehen hier auf diesem Hügel Stangen. Unglaublich!

Aber noch etwas ist anders: Rund um die Stangen stehen etwa zehn ältere Männer in Fellkleidung, mit Fellmützen und langen Bärten. Sie begrüßen Igor freundlich und er spricht mit ihnen in einer mir völlig fremden Sprache. Er weist auf mich und ich verneige mich unwillkürlich vor der Versammlung. Alle lachen und kommen auf mich zu. Sie betasten meine Jacke und mein Gesicht. Einer zeigt gackernd auf meine bunten Sportschuhe. Igor erklärt ihnen einiges, zum Beispiel meine Jeans, worauf sofort zwei beginnen, an ihnen herumzuziehen. Es ist eine fröhliche, lockere Gesellschaft, die da auf dem Hügel versammelt ist. Nach einer Weile des Betastens und Belächelns hocken sich die Schamanen in einen Kreis vor den aufgepflanzten Stangen und lassen ein flaschenförmiges Tongefäß herumgehen. Eine krautige Flüssigkeit ergießt sich in meinen Rachen, als die Flasche bei mir ankommt. Leider fließt auch einiges auf mein Hemd, weil ich den Ausguss nicht richtig ansetze. Der große grüne Fleck auf meiner Schulter löst allgemeine Belustigung aus.

Warum schenkst Du ihnen nicht eine ordentliche Glasflasche, sage ich ein wenig ärgerlich zu Igor.

Du kannst bei einem Zeitsprung nichts zurücklassen und nichts mitnehmen, antwortet er mit fröhlichem Gesicht. Die Dinge müssen da bleiben, wo sie hingehören.

Die Kräuterlimonade, nennen wir sie einmal so, ist leicht süßlich, aber intensiv in ihrem Geschmack. Die Männer reden durcheinander und ihre Fröhlichkeit steckt mich auf eine angenehme Art an. Sie haben mich ganz selbstverständlich in ihren Kreis aufgenommen und ich höre ihnen gerne zu, obwohl ich nichts verstehe.

Der Mann, den Du vor ein paar Jahren in die Zeitgänge eingeweiht hast, bist Du mit dem auch zu diesen Schamanen gereist? frage ich zwischendurch Igor.

Er nickt: Ich war mir damals nicht sicher, was das für ein Mensch ist. Deswegen nahm ich ihn mit, um sie zu befragen.

Woher kam er eigentlich? bohre ich nach.

Igor schaute sinnend nach innen: An sich war er Russe, er sprach russisch mit Moskauer Dialekt. Aber er war anders gekleidet als die Menschen in Russland, westlicher. Er war so wie Du ein paar Wochen bei uns und wollte unbedingt die Technik des vertikalen Zeitsprungs kennen lernen. Also habe ich ihn auch hier am Hügel eingeführt. Aber die alten Schamanen haben sehr schlecht auf ihn reagiert. Er hat eine schwarze Seele, sagten sie, komm mit ihm nicht mehr hierher.

Weißt Du noch, wie er geheißen hat?

Nein, antwortet Igor, und ich bin mir auch nicht sicher, ob er seinen richtigen Namen genannt hat. Er ist auch sofort nach der Initiation abgereist.

Die Sonne hat den Horizont erreicht. Alle werden mit einem Schlag ruhig. Die Schamanen stehen auf und wenden sich mit Händen, die vor ihrer Brust eine Art Dach bilden, der untergehenden Sonne zu. Sie beginnen spontan mit halb geschlossenen Augen zu summen. Igor bedeutet mir, dass ich mitmachen soll. Ich nehme die gleiche Haltung ein, und bemerke, dass sie ihren Kopf ein wenig in den Nacken gelegt haben. Das mache ich nach und blinzele in den sich herabsenkenden Sonnenball. Urplötzlich wächst aus unserer Mitte ein riesiger Zedernbaum in den Himmel. Sein Stamm ist so dick, dass er nicht einmal von vier Männern umfasst werden könnte. Er scheint unendlich hoch zu sein und die raue, rissige Rinde zeigt Spuren von Verwitterung und Alter. Ich kann *in Wirklichkeit* den Baum gar nicht sehen, denn meine Augen sind immer noch fast ganz geschlossen. Und doch sehe ich ihn, mitten unter uns, und ich bin sicher, dass er da stehen würde, wenn wir unsere Augen geöffnet hätten.

Das Summen der Männer intensiviert sich, es dröhnt richtig in meinen Ohren, und ich falle immer mehr in Trance. Mein Körper wiegt sich vor und zurück. Und mir ist, als ob eine riesige Kraft den

Baum im selben Moment hoch zieht, ihn aus seiner Verwurzelung lösen will. Der Rhythmus unseres Summens verstärkt sich im Rhythmus der gigantischen Hand, die den Baum gepackt hat. In höchster Anstrengung helfen wir ihr, die Zeder hochzuziehen. Mit einmal löst sie sich mitsamt ihren Wurzeln aus der Erde und verschwindet im Himmel. Ich falle erschöpft um und öffne meine Augen. Auch die anderen Männer liegen am Rücken, doch sie halten ihre Augen immer noch geschlossen. Also schließe ich auch die meinen. Nach einer Weile rappelt sich der erste hoch und nach und nach setzen sich alle wieder auf.
Die Tonflasche macht erneut ihre Runde und diesmal gelingt es mir, zu trinken, ohne etwas daneben fließen zu lassen. Wir sollten jetzt wieder gehen, sagt Igor leise, sie wollen jetzt noch weitere Rituale machen und da stört unsere Anwesenheit. Wir stehen auf und verneigen uns vor der Gruppe. Igor beginnt eine Runde um die Männer zu laufen und ich folge ihm. Sie strecken ihre Hände in die Höhe und wir streichen darüber. Der letzte fängt meine Hand ein und sagt etwas zu Igor, während er auf mich zeigt. Du bist gut, hat er gesagt, Du hast ihnen geholfen, den Baum hinauf zu schicken. Ich lache verlegen und wir gehen ein Stück von der Gruppe weg.
Los, versuch's, sagt Igor jetzt, konzentrier Dich auf unser Heute. Das mache ich und stampfe auf. Erstaunt von unserer plötzlichen Anwesenheit drehen sich ein paar Leute um, die gerade die Stangen bewundern. Mit meinem befleckten Hemd fühle ich mich ein wenig beschämt. Aber zu meinem Erstaunen ist der Fleck nicht mehr da. Alle Dinge bleiben in ihrer Zeit, sagte Igor vorhin. Und er kümmert sich gar nicht um das Erstaunen der Leute, holt seine Tasche unter der Grasnarbe hervor und läuft erstaunlich leichtfüßig einen der Wege hinunter zu den Autos.
Was war das? frage ich ihn, als ich ihn wieder eingeholt habe.
Der Baum? meint er kurz angebunden, während er das Auto aufsperrt und die Tasche auf den Rücksitz legt. Das ist die Geschichte des Platzes, an dem wir waren.
Wir setzen uns ins Auto und Igor spricht weiter: Die Zeder ist der Lebensbaum in Sibirien. Sie wächst im Jahr nur um zwei Zentimeter und kann tausend und mehr Jahre alt werden. Sie braucht lange Zeit, um ihre Krone zu erreichen und sammelt in dieser Zeit große Heilkraft an. Und die Geschichte erzählt, dass ein uralter, riesiger Zedernbaum einst auf diesem Hügel gestanden ist. Seine Heilkraft wurde aber an einer anderen Stelle der Erde

dringend gebraucht. Also kam eine riesige Hand aus dem Himmel und versuchte, den Baum aus der Erde zu ziehen und dorthin zu bringen, wo seine Kraft benötigt wurde. Doch der Baum wollte nicht versetzt werden und krallte sich mit aller Kraft in die Erde. Dann sind alle Schamanen der Gegend zusammen gelaufen und haben der Hand geholfen, ihn zu entwurzeln. Deshalb ist die Spitze des Hügels immer noch ohne jeden Bewuchs.
Und wir haben heute die Geschichte noch einmal in der Trance erlebt, sage ich.
Nein, schüttelt er ernst den Kopf, seine Heilkraft wird auch heute noch gebraucht, und die Schamanen helfen an jedem Vollmondtag der Himmelshand, den Baum heraus zu ziehen, um seine heilende Wirkung über die Erde zu verteilen.
Wirklich? frage ich ungläubig.
Wirklich, sagt Igor und lacht über das ganze Gesicht, ganz bestimmt!

Ich bin gerade am Zusammenpacken und mich verabschieden. Es fällt mir nicht leicht, die behagliche Datscha von Igor und Katharina zu verlassen. Die letzten Wochen hier waren sehr aufregend und lehrreich für mich. Ich habe das Gefühl, aus meinem Autoren-Kokon herausgestiegen zu sein in eine Welt, die ich normalerweise nur beschreibe. Hier sehe ich sie, erlebe ich sie, rieche ich sie, spüre ich sie. Sie ist real. So real wir die andere Welt, in der wir uns normalerweise bewegen, in Zügen, Autos, Flugzeugen. In Häusern, U-Bahnschächten, Gärten, Lehrzimmern, Buchhandlungen. Überall ist der Große Geist präsent. Überall rührt er uns an und will, dass wir erkennen. Nein, mehr, wie Francis Bacon sagt, dass wir uns erinnern. Daran erinnern, dass wir der große Geist sind.
Ich suche im Hinterzimmer meine Sachen zusammen. Katharina hat meine Wäsche gewaschen und gebügelt und jetzt liegt diese fein nebeneinander gestapelt auf dem Regal neben dem Bett. Einen Stapel nach dem anderen nehme ich und versenke ihn in meinem Rucksack. Dann die Geschenke. Gestern war noch Abschiedsabend mit Igors Schülergruppe. Fast jeder brachte irgendein Geschenk mit und ich betrachte jedes einzelne Ding voll Liebe und Freude. Was

für Menschen. Sie leben ein einfacheres Leben als wir im sogenannten Westen. Aber sie strahlen Zufriedenheit aus und eine unbändige Neugierde. Der Abend wurde lang und entgegen meiner Gewohnheit trank ich auch Wodka, was ich heute noch in meinem Kopf spüre. Aber wir müssen Opfer bringen am Weg des Großen Geistes, der uns alle vereint!

Die Geschenke packe ich in eine große Schachtel, die Igor für mich auf die Post bringen wird. Mira kann sie inzwischen auspacken und sich darüber freuen. Mein Weg geht direkt – zumindest so direkt wie möglich – zu meiner nächsten Station: Dem singenden Stein, wie ihn Setong, der Schamane aus der Vergangenheit, genannt hat. Es ist für mich inzwischen ganz normal, in verschiedenen Zeiten unterwegs zu sein. Es verwirrt meinen Geist nicht mehr und Begriffe wie Vergangenheit, Gegenwart und Zukunft haben keine besondere Bedeutung. Es ist immer Hier und Jetzt, hat Igor einmal gesagt (oder war es Melmoth?) und es gibt keinen Grund, Vergangenes oder Zukünftiges zu definieren. Spekulation. Konstrukt. Schwachsinn.

Hermann Hesse schreibt in seinem wunderbaren Buch Siddharta:

Nichts war
Nichts wird sein
Alles ist
Alles hat Wesen und Gegenwart

Diese wenigen Worte, finde ich, schildern die *Wirklichkeit* sehr präzise.

Katharina klopft. Ich muss mich beeilen, sonst versäume ich noch den Nachmittagsbus zum Flughafen. Rasch stopfe ich die letzten Sachen in den Rucksack. Ich umarme Katharina. Igor hat früher Schluss gemacht und wird mich zum Busbahnhof bringen. Wieder ein Abschnitt meines Lebens abgelebt. Aber einer, der mich nährt und den ich weiterhin in meinem Herzen tragen werde.

Ich komme wieder, sage ich zu Katharina.
Ich weiß, nickt sie, und ich freu mich darauf.

Nach 24 Stunden in unterschiedlichsten Flugzeugen lande ich in der Stadt, von der aus meine Reise zum singenden Stein beginnen soll. Noch am Flughafen nehme ich mir in einem der Hotels ein Zimmer und falle ins Koma. Der Zeitunterschied und der lange Trip haben mich völlig k.o. gemacht. Erst am Nachmittag des nächsten Tages wache ich wieder auf und frühstücke. Das Hotel verrechnet mir zwei Nächte, obwohl ich gleich auschecke. Den Mietwagen, einen Chevrolet Minivan, habe ich mir schon im Voraus gebucht. Er steht schon gestern bereit, aber ich war es nicht. Nein, Sir! Wirklich nicht. Kostet mich also einen ungenützten Miettag.

Trotz des fortgeschrittenen Tages verlasse ich die Stadt. Ich nehme die Bundesstraße, die in den Norden hinaufführt und fahre bis in die Nacht hinein. Mein Jetlag hält mich noch wach und so checke ich erst weit nach Mitternacht in einem Motel ein. Wieder schlafe ich lange, wache aber sicherheitshalber schon vor Mittag auf, um nicht wieder die doppelte Miete zahlen zu müssen. Links und rechts der Straße, die ich weiterhin benutze, stehen in großen Abständen halbhohe, unbewachsene Tafelberge, die gut zur steppigen Landschaft passen. Alles wirkt sehr trocken und öde. Weit und breit keine Häuser oder Farmen. Die Straße läuft schnurgerade und die Beschränkung auf 80 Meilen nervt völlig. Vielleicht alle zwanzig Meilen kommt mir ein Fahrzeug entgegen.

Dann aber, am späteren Nachmittag, wechselt die Landschaft, wird grüner und bäumiger. Ich überquere auf einer beeindruckenden Bogenbrücke einen Fluss. Hügel zeigen sich von einer freundlichen Seite, zuerst in der Ferne und dann im Näherkommen. Die Straße hält auf ein Kalkgebirge zu, das habe ich gegoogelt, und rechts von der Straße finde ich dort meinen Stausee und hoffentlich den besagten singenden Stein. Die Berge kommen näher. Wuchtig und zerrissen wirkt ihre Silhouette. Ich fahre langsamer, um keine Abzweigung zu verpassen. Das regt einen Pickup auf, dessen Fahrer mir beim Überholen mit einem drehenden Finger zeigt, was er von meinem Geisteszustand hält. Mir egal. Ich bin am Erkunden.

Die Sonne sucht sich links von mir schon ihr Gute-Nacht-Bett, als ich auf der aufwärts strebenden Straße noch langsamer werde. Hier ist das Tal noch breit, die Hügel halten Abstand. Auf beiden Seiten der Straße zeigen sich verstreut liegende Farmhäuser, sehr solide gebaut und fein herausgeputzt. Auf umzäunten Weiden lagert fleckiges Rindvieh, hinter den Farmen zeigen sich Weizenfelder, die bereits gelb werden. Wir haben schon Juni und es wird Zeit für die Reifung.

Dann eine Abzweigung: Ein Schild zeigt an, dass diese Nebenstraße zum Stausee führt. Ich blinke und biege ab. Eine schmale, asphaltierte Straße führt aufwärts auf die Hügelkappen zu und schwenkt dann in halber Höhe Richtung Gebirge. Nach zwei Meilen ist Sendepause. Ein Balken quert über die Straße. Ich stelle den Wagen ab und wandere auf der ansteigenden Zufahrtsstraße weiter. Von ihr kann ich das Tal links von mir gut überblicken. Vor mir fällt eine Felswand wie der schmale Bug eines riesigen Schiffes fast senkrecht bis an die Hauptstraße herunter. Die Straße mündet im Drittel der Höhe des Bergstocks in einen Tunnel, der an seinem hinteren Ausgang anscheinend zu jener steilen grünen Zunge führt, die aus dem Massiv herauswächst. Auf der anderen Seite der Zunge wuchtet eine zweite schroffe Felsmauer in den kommenden Abend. Die Hügel vor dem Gebirge ober mir, auch das habe ich gegoogelt, wandeln sich in eine Hochebene, die entlang des gesamten Bergmassivs nach Nordosten führt. Die grüne Zunge zwischen den Wänden hinter dem Tunnel wiederum bildet oben eine Art Vorgarten für den Stausee. Soweit bin ich schon im Bilde.

Weil die Dämmerung schon stark zugenommen hat, drehe ich um und gehe zurück. Die einsamen Lichter auf den Wiesen links und rechts der Hauptstraße wirken anheimelnd und einladend. Ein paar Meilen zurück habe ich bei der Herfahrt ein Schild: *Bed&Breakfast* gesehen und ich denke, ich werde dort einmal anklopfen. Es ist warm hier zwischen den Hügeln, nur ein schwacher Wind zieht von der Ebene herauf. Ein klarer Abend und ganz in der Ferne kann ich die Lichter der Brücke sehen, die mich über den Fluss gebracht hat. Rechts davon liegt ein kleines Städtchen, das ich aber beim Vorüberfahren ignoriert habe. Es leuchtet und blinkt in den Himmel, als ob es die kommende Nacht nicht mehr erwarten kann.

Ich erreiche den Schranken und blicke noch einmal zum Gebirge zurück. Die Spitzen der Berge glühen nun in leuchtendem Rot, während dahinter schon das majestätische Dunkel der kommenden Nacht seine Positionen besetzt. Was für ein Anblick. Was für eine Landschaft. Ich verneige mich unwillkürlich und steige in den Wagen.

Als ich die Mitte der mit saftig grünen Halmen
bewachsenen Grasfläche erreiche, holt mich die Stimme aus dem Lautsprecher ein: Hey you, Sir, come back! Keep off the grass!
Ich weiß, dass es nicht erlaubt ist, die Wiese zu betreten. Trotzdem muss ich es tun, denn ich suche den geheimnisvollen Stein. Am Ende des sanften Stück Grünlands bilden die letzten Ausläufer des schroffen Massivs eine breit geschwungene Öffnung, in der der Himmel über einer sanfthügeligen Landschaft in den hellsten weißblauen Sommerfarben spielt. Kleine Wolken kalben schwache Nebelfetzen in das Blau, das satt und kräftig alles überstrahlt. Vielleicht 50 Schritte vor mir bildet eine abrupt abbrechende Kante das Ende der Grasebene, unter der eine Felswand abfällt in ein sattgrünes Tal mit kleinen Gehöften und schmalen Straßen, die verlassen daliegen in der Sommerhitze und an einem arbeitsfreien Sonntag.
Sir! kommt es noch einmal aus dem Lautsprecher über der Glaskabine, in der der Schleusenwärter sitzt, come back!
Also drehe ich mich langsam um und bin überwältigt vom Anblick, der sich mir jetzt bietet. Vor mir erhebt sich, quer über das Tal, die meterhohe Mauer vor dem kleinen Stausee, zu dem ich heute Morgen unterwegs war. Dort von der rechten Ecke, wo sich der Parkplatz befindet und mein Auto steht, bin ich vor kurzem auf die grüne Matte heruntergeklettert und in ihre Mitte spaziert.
Der See hinter der Staumauer ist von einer Kette scharfkantiger Berge umsäumt, deren Steinspitzen in den hellblauen Sommerhimmel stechen. Flanken dieser Berge ziehen sich entlang der Bergwiese, auf der ich stehe. Sie fallen links und rechts ober mir steil ab und münden mit ihren fast senkrechten Felswänden in schwach bewachsene Steinfelder mit verkrüppelten Bergkiefern und dornigen Gewächsen.
Ich winke dem Mann in der Kabine zu und setze mich in Bewegung. Als Rückweg nehme ich wieder die Seitenflanke der Geröllhalde und klettere etwas mühsam die lockeren Steine hoch. Andere Wanderer, denn solche kommen normalerweise hierher, um den See zu umrunden, sehen mich erstaunt und missbilligend an. Ja, es steht eine große Tafel am Parkplatz, dass man das Areal unterhalb der Mauer aus Sicherheitsgründen nicht betreten darf. Aber ich muss ja, ich habe meine Gründe, es zu tun. Also wende ich mich der Kabine zu, in der der Wärter sitzt.

Er öffnet die Türe: Sie wissen, dass Sie das nicht dürfen, sagt er in seinem breiten amerikanischen Dialekt.
Ich nicke und sage: Ich muss es aber tun.
Warum? fragt er scharf.
Ich antworte, dass die Geschichte ein bisschen komplizierter ist und ich sie ihm gerne erklären würde. Zugleich ziehe ich einen gefalteten Zwanziger aus meiner Hemdtasche und halte ihn hoch.
Er nickt und nimmt. Ich hab Zeit, sagt er jetzt, hab ja sonst nicht viel zu tun. Und lächelt plötzlich freundlich, offensichtlich froh über die Unterbrechung seiner Langeweile und über die Aussicht, mit dem Geld Zigaretten zu kaufen, von denen seine Frau nichts weiß. Come in! Do you want a cup of coffee?
Der Kaffee ist vorzüglich, eine Wohltat in einem Land, in dem Kaffee mehr Getränk als Genuss ist.
Tell me your story, sagt George (so heißt der Mann, das sehe ich auf seinem Brustschild) nach ein paar kräftigen Schlucken aus seinem Becher.
Okay, beginne ich gedehnt und mache erst einmal eine Pause. Denn ich muss mir meine Story erst zusammenreimen, die echte glaubt er mir nie.
Also, sage ich, da gab´s in der Gegend einmal ein paar Ureinwohner….
Indianer? fällt er mir ins Wort.
Nicht ganz, dass hörten sie nicht so gerne. Sie waren Nachkommen von Wikingern, die einmal im Norden gelandet sind.
Wikinger? fragt er verblüfft, sind das nicht die Kerle in den schmalen Booten mit vorne einen Drachen drauf?
Genau die, bestätige ich. Sie haben sich natürlich später mit der Urbevölkerung vermischt. Aber auch ihre Nachkommen waren immer noch mächtig stolz auf ihre Wurzeln, ihre helle Haut und ihre blonden Haare.
Die kenne ich, lächelt George, die waren doch in dem Comic, Prince Valiant.
Innerlich beglückwünsche ich mich für diesen Story-Beginn. Natürlich, die Geschichten des kühnen Prinzen sind hierzulande so was wie Grimms Märchen in Deutschland.
Ja, rede ich weiter, aber das waren nicht die aus der Valiant-Story, sondern andere, spätere. Jedenfalls sind die irgendwann hoch im Norden gelandet und setzten sich fest. Denn das Land erinnerte sie

an ihre Heimat in Europa. Weil die Winter aber so kalt sind da oben, wanderten sie nach Süden und kamen bis hierher.
Bei uns sind die Winter auch ganz schön kalt, wirft George ein.
Ich weiß, antworte ich, aber für die war das immer noch wie Sommerurlaub.
George lacht dröhnend, der ist gut, den muss ich mir merken. Sommerurlaub, hahaha!
Ich warte, bis er sich wieder beruhigt.
Also, sage ich dann wieder gedehnt, um die Geschichte weiterzufahren, die brachten natürlich auch ihr Christentum mit. Und mit der Zeit vermischten sie es auch mit den Indianerreligionen, es wurde so ein Mischmasch, weißt Du?
George nickte, dass kenn ich von uns, bei uns hast du an jeder Ecke eine Kirche mit einem Reverend und jeder erzählt dir ein bisschen was anderes.
Ja, sage ich, die hatten natürlich auch ihre Priester mitgebracht und die verbrüderten sich irgendwann mit den Schamanen der Indianer. Und dann, eines Tages, führten die Medizinmänner sie hier herauf.
Hier herauf, zu uns? staunt George.
Ja, natürlich, das war vor tausend Jahren, da gab´s außer den paar Wikingern noch keine weißen Männer hier. Aber sonst war es genau hier.
George schüttelte den Kopf. Woher weiß Du das alles? Du bist doch aus Europa?
Jetzt musste ich den dicksten Teil meiner Story auspacken.
Naja, weißt Du, meine Familie stammt eigentlich auch aus Amerika. Die wenigen Wikinger, die es damals noch gab, waren längst über das Land verstreut. Nur ein paar Priester oder besser Schamanen hielten noch die alten Traditionen aufrecht. Und einer dieser Schamanen hat meinen Urgroßvater, der ein Waisenkind war, aufgezogen. Er nahm ihn immer hierher mit, wenn die alten Priester ihre Rituale begingen. Hier oben, im Gedenken an ihr Allerheiligstes. Später ist er selbst der Nachfolger des Schamanen geworden, der ihn aufgezogen hat. Davon hat mir mein Vater erzählt. Es gibt auch ein Foto von meinem Urgroßvater in voller Schamanentracht.
Mein Großvater war wiederum sein Nachfolger. Er ist im Krieg als Soldat nach Deutschland gekommen und hat meine Großmutter geheiratet und ist da geblieben, denn sie wollte nicht weg und wollte auch nicht, dass er zurück in die Staaten fährt. Mein Vater kam ein

paarmal herüber und hat Großvater erzählt, wie es hier jetzt aussieht.
Und eigentlich bin ich als Nachfahre ja noch immer in der Tradition meiner Familie und auch ein Schamane. Deswegen musste ich jetzt hierher kommen. Denn mein Vater ist alt und krank und er wollte wissen, wie es heute hier aussieht. Und ich sollte auch noch ein paar von den anderen Priestern finden, damit sie mich hier auf der Wiese zum Schamanen weihen. Die Wiese habe ich gefunden, aber die Schamanen noch nicht.
Na, das ist ja eine Geschichte, sagt George und kratzt sich am Kopf. Was soll denn das für ein Heiligtum sein? Da draußen gibts ja gar nichts außer Gras und kantigen Steinen.
Mein Vater hat mir erzählt, sage ich, dass die alten Priester hier einen großen, runden Stein angebetet haben.
George blickte mich erstaunt und entsetzt an: Woher weißt Du von diesem Stein?
Er ist ganz weiß im Gesicht.
Der verdammte Stein! flucht er leise.
Was ist mit ihm? Wo ist er? frage ich atemlos.
Der Stein hat zwanzig Mann das Leben gekostet, damals, als hier die Sperre gebaut wurde, ist seine Antwort. Da war ich noch ein Kind, aber ich bin oft heroben gewesen, wenn die Bagger gefahren sind und der Beton in die Schalungen floss.
Was ist denn passiert? frage ich, fast beiläufig, um meine Aufregung nicht zu zeigen.
George schweigt ein wenig. Dann seufzt er: Ein Onkel von mir war unter den Toten, und mein Vater hat ein Bein verloren. Wieder verstummt er und blickt ins Leere.
Sie fanden in 10 Yard Tiefe diesen Teufelsstein, sagt er nach einer Weile, und das Dunkle rund um seine Augen lichtet sich ein wenig. Er war wie eine Kugel, 3 Yard im Durchmesser, und mit einer glänzenden, goldfarbenen Oberfläche, hart wie ein Diamant. Nein, härter, viel härter. Er lag genau in der Rinne, die sie für das Abflussrohr gruben, und war im Weg. Der Stein war zu schwer, um ihn zu heben, also wollten sie ihn sprengen. Aber kein Bohrer schaffte es, ihn zu knacken, nicht einen Inch kamen die Maschinen hinein. Und der Stein zeigte rein gar nichts, keinen Kratzer, kein Loch. Er saß fest in der Erde, wie verkeilt. Dann gruben sie darunter die Erde weg. Doch der Stein saß auf blankem Fels. Also bohrten sie da hinein und steckten rundum Dynamit in die Löcher.

Die Stangen verbanden sie und legten ein Kabel zur Zündspule. Sie checkten alles noch einmal, als plötzlich das ganze Dynamit hochging. Alle, die rund um den Stein am Rande des Grabens standen, wurden weit weggeschleudert, bis hin zu den Felswänden. Auch die unten in der Grube waren sofort tot. Mein Vater stand ein gutes Stück weg, aber die Explosion zerfetzte sein Bein, so dass es abgenommen werden musste. Erst nach Monaten kam er wieder nach Hause, als Krüppel.
Aber der Stein, der verdammte Stein hat sich nicht ein bisschen bewegt, stößt er heraus.
George hält inne, von Erinnerungen überwältigt.
Sie kamen herunter ins Tal und erzählten, was passiert ist, spricht er fast flüsternd weiter. Die Männer waren ja alle von unten, von den Farmen im Unterland. Fast jedes Haus hatte einen Toten oder schwer Verletzten, manche sogar beides. Eine Farm gab´s, da waren Vater und Sohn tot. Die Familie ist später weggezogen. Und keiner wollte die Farm kaufen.
Hej, hej, hej, auf die Brüstung darf nicht geklettert werden, bellt George plötzlich aus seinem Glaskasten. Passen Sie auf Ihre Kinder auf, Ma´am! Das ist kein Spielplatz.
Dann wischte er sich den Schweiß aus seinem Gesicht. Noch einen Kaffee? Ich nicke.
Wie ging´s dann weiter? frage ich über meine Tasse hinweg.
Man hat nie herausgefunden, sagt er nach einem Schluck Kaffee, ob jemand die Zündspule betätigt hat. Manche schwören, dass da sicher niemand auch nur in der Nähe war. Andere erzählten, dass die Kabel noch gar nicht verbunden waren. Das ist auch richtig so, das macht man immer erst ganz knapp vor der Sprengung, wenn alle in Sicherheit sind. Aber ob das nun ein Gerücht ist oder es wirklich so war, konnte nicht mehr festgestellt werden nach dem Chaos, das auf der Baustelle nach der Explosion herrschte.
Später musste man Arbeiter von weit her holen, damit der Bau zu Ende kam.
Und der Stein? frage ich.
George macht eine wegwerfende Bewegung: Den Stein ließ man, wo er war. Damit die Rinne nicht neu gegraben werden musste, macht der Abflusskanal dort einen kleinen Knick und ein Stück vom Stein steht in die Röhre hinein. Das wurde extra so betoniert. Wenn ich vor einer Flutung meinen Kontrollgang mache, muss ich

an der Stelle jedes Mal vorbei. Und ich sag Dir, es schaudert mich jedes Mal.

Hat man den Stein nie untersucht? frage ich.

Natürlich, da kamen so Heinis von irgendeiner Uni, entgegnet er, und sie kratzten daran herum. Sogar der Gouverneur war hier heroben und hat sich das Ding angesehen. Die Uni-Leute glaubten, dass der Stein ein Sphäroid ist, ein Himmelskörper aus dem All und wollten alles Mögliche mit ihm anstellen.

Doch die Baufirma hat gejammert, wegen des Zeitverlusts. Und damals waren auch alle Magazine voll mit UFO-Berichten und keiner wollte, dass die Verrückten herauf kommen und hier ihr Zeug abführen. Also hielt man schön still. Den Angehörigen der Toten und Verletzten war das sehr recht. Man baute fertig und dann legte sich Schweigen über alles. Wir sind sowieso gefährdet, dass die Verrückten zu uns kommen.

Ich schaue George fragend an.

Na wegen dem See, sagt er. Schau ihn Dir an. Er ist kreisrund, wie in die Berge hinein gefräst. Ist das nicht komisch? Bevor der Stausee gemacht wurde, war in der Mitte ein tiefes Loch, in dem alles Wasser verschwand. Das hat man mit Beton verschlossen und einen Wasserturm draufgesetzt, aus dem die Wasserleitung für die umliegenden Dörfer führt. Man sagt auch, dass ein Meteoriteneinschlag den Kessel des Sees verursacht hat. Vielleicht war es ja der Stein, der da vom Himmel fiel? Denn der ist ja anscheinend unzerstörbar und möglicherweise nach dem Aufprall einfach nur auf die Wiese da vorn gekollert. Wer weiß? endet George und hebt ratlos seine Schultern.

Ich höre die ganze Zeit angespannt und nachdenklich zu. Und es hat sich seither niemand mehr um den Stein gekümmert? frage ich noch kurz.

Keine Menschenseele, brummt George. Da war einfach Schwamm drüber und Schluss. Nachts ist natürlich niemand hier heroben, da kann ich nichts darüber sagen. Da wachen nur ein paar Sensoren über den See. Aber am Tag gibt's da nur Wanderer, die rundherumlaufen und dann weiter fahren. Und im Winter ein paar, die auf dem zugefrorenen See Schlittschuh laufen oder Eishockey spielen. Wir haben ja nicht einmal eine Burgerbude hier heroben, weil nur so wenig Leute kommen. Aber mir ist das egal. Ich brauch´ sie nicht.

Danke, sage ich, Du hast mir sehr geholfen. Vielleicht komm´ ich einmal wieder.
Wird mich freuen, sagt George, hier kann´s nämlich manchmal ganz schön einsam sein.
Ich verabschiede mich und gehe Richtung Auto.
Plötzlich ruft mich George zurück. Bist Du Donnerstag noch da? fragt er.
Ich kann´s mir einrichten, antworte ich.
Er schaut mich an: Am Donnerstag muss ich nämlich meinen Kontrollgang vor der Flutung machen. Da könnte ich Dich mitnehmen, wenn Du verstehst, was ich meine. Du müsstest um neun heroben sein.
Und ich verstehe sehr gut. Bis Donnerstag! rufe ich zurück. Um neun!

Am Donnerstag bin ich natürlich oben am Stausee.

Sogar schon lange vor neun Uhr, um noch eine Runde um den See zu laufen. Ich stehe früh auf und lasse den Wagen neben dem Schranken stehen. Aus dem Chaos im Kofferraum fische ich meine Stirnlampe und prüfe, ob sie noch Saft hat. Sie leuchtet mich hell und fröhlich an und ich stecke sie in meine Jackentasche. Dann wandere ich durch die brrr-frisch-kalte Luft zum See hinauf.
Der Blick vom leeren Parkplatz aus ist großartig. Der See hat vielleicht einen Kilometer im Durchmesser und ist wirklich rund wie ein Kreis. Es gibt keinen zweiten Ausgang aus der Bergsenke, nur den breiten Spalt, den die Staumauer abschließt. Die schroffen Wände rundum geben dem See ein seltsam entrücktes Gepräge. Eine Seite der Bergkette wird schon von der Sonne bestrahlt, während die andere noch fast im Dunkel liegt und Kälte ausstrahlt. Von oben besehen, müsste der Kessel mit den auslaufenden Bergwänden wie ein großes Ohmzeichen aussehen, denke ich.
Ich ziehe die Schnüre in meiner Jacke fester zu, damit mir die kühle Luft nicht darunter hineinstreicht. Dann schließe ich den Reißverschluss bis hinauf zum Kragen und steige die paar Schritte vom Parkplatz hinunter zum See. Wenige Meter über dem Wasserspiegel führt ein gut ausgebauter Weg rundum. Ich wähle die Schattenseite und genieße im Gehen die schwache Wärme, die die

besonnten Felsen auf meine Gesichtshaut herüberstrahlen. Das Wasser ist grünlich und gläsern klar und lässt in die Tiefe des Sees blicken. Man sieht Steine, da und dort Pflanzen und sogar ein paar Fische, die sich mit schnellen Schwimmstößen entlang des Grundes bewegen. Eine tiefe Ruhe liegt über dem Gewässer und ein paar Nebelwolken steigen auf der Sonnenseite auf, als das Licht das Wasser küsst. Wieder ist der Himmel darüber strahlend und blau und nichts stört seine gebieterische Präsenz.

George ist noch nicht da. Auf dem hinteren Scheitel des Sees bleibe ich lange auf einer Bank sitzen und betrachte die Spiegelung der Bergwände in der Wasseroberfläche. Es wirkt, als ob die Bergspitzen aus der Tiefe des Sees selber herauswachsen in das Himmelsblau, das darüber schwebt. Wie klein doch die Staumauer, von dieser Seite aus gesehen, ist, ganz niedrig und flach. Sie ist bogenförmig gegen den Wasserdruck gebaut. Der viele Regen der letzten Wochen hat den Pegel des Stausees hoch ansteigen lassen. Nur mehr vielleicht zwei Meter fehlen bis zum Mauerkranz. George sagte ja, dass er vor einer Flutung die Abflussröhre kontrollieren muss. Also wird es jetzt wieder Zeit zum Kontrollgang. Zu meinem Glück. Denn ich werde dadurch den geheimnisvollen Rundstein sehen können.

Ich kenne meine Aufgabe hier und sie ist noch lange nicht erledigt. Als erstes muss ich die Position des Gesteins feststellen, damit ich meinen Zeitsprung zu den alten Schamanen vollziehen kann. Ich muss herausfinden, was damals, vor ein paar tausend Jahren, passiert ist, als die Abspaltung der Priester stattfand. Und ich muss hier Setong treffen, den geheimnisvollen Schamanen, der sich über Xeeth bei uns meldete.

Ein Auto fährt auf den Parkplatz, George steigt aus. Er winkt mir fröhlich quer über den See. Was für ein Job! Irgendetwas in mir wünscht sich auch so eine ruhige und entspannte Tätigkeit. Aber ich weiß, nach einer Woche fallen mir die Felswände auf den Kopf und ich würde kündigen. George wird hier bleiben, bis er in Pension geht. Er ist hier verwurzelt und Teil des Sees und der Berge. Wie die alten Priester, die in alten Zeiten einen heiligen Ort bewachten und schützten. Osho heißen diese Wächter in Japan, der, der am Platz ist. Wie sich die Formen wiederholen, auch wenn sie heute scheinbar einem anderen Zweck dienen.

Es wird warm und ich öffne meine Jacke wieder. Mit beschwingten Schritten eile ich über die sonnenbeschienene Seite auf die

Staumauer zu. Links und rechts des Bauwerks ziehen sich niedrige Brüstungen entlang der Maueroberseite quer über den See. Das Ganze erinnert mich an die berühmte chinesische Mauer, nur dass der Raum zwischen den Balustraden nicht so breit und mächtig ist. George sitzt schon, eine Zigarette im Mund, in seinem Kabäuschen und hat mir auch Kaffee eingeschenkt.
Nur schwarz? knautscht er, während das Stäbchen auf seinen Lippen tanzt.
Ich nicke. Der heiße Kaffee tut mir gut.
How are you? frage ich.
Fine, antwortet er und dann noch einmal: fine!
Er wirkt aufgeräumt und fröhlich, vielleicht ob der Tatsache, dass es heute etwas anderes zu tun gibt als nur auf herumkletternde Touristen zu achten. Ich schiebe meinen nächsten Zwanzig-Dollar-Schein über den Tisch. Jenen Schein, der noch das Gesicht von Andrew Jackson trägt, dem Präsidenten, der ein fanatischer Sklavenhalter und Indogenenmörder war. Dass sein Konterfei von dem einer entlaufenen Sklavin, Harriet Tubman, abgelöst werden soll, ist eine Pointe der amerikanischen Geschichte. Aber von dem allen hat George möglicherweise keine Ahnung, und ich will ihn auch gar nicht fragen. Er lächelt, steckt den Schein ein und die nächste geheime Zigarettenladung ist gesichert.
Die Sonne beleuchtet nun schon große Teile der Mauer. Bald wird es unerträglich heiß sein in der Glashütte von George. Er drückt die Zigarette aus und steht auf.
Ready? fragt er und ich nicke wieder.
Es wird vielleicht nass werden, sagt er nun, halten das Deine Schuhe aus?
Ich denke schon, antworte ich, sie sind wasserdicht, das stand zumindest am Etikett.
Er brummt: Na, das werden wir ja gleich feststellen können.
Er steckt eine der großen amerikanischen Taschenlampen ein, nimmt eine Art Klappspaten in die Hand und wir verlassen die Hütte.
Draußen ist es schon sehr warm. George sperrt sein Wachhäuschen zu und geht einmal um das Gehäuse herum. Hinter dem kleinen Gebäude ist ein eiserner Deckel in den Boden eingelassen. Gegenüber, auf der anderen Seite der Mauer, sehe ich eine schwere Handkurbel auf einem mächtigen Stahlträger, offensichtlich für das Öffnen der darunter befindlichen Schleuße gedacht.

George klappt seinen Spaten auf und hebt den Deckel an. Ich fahre mit meinen Fingern unter den Rand der Gussplatte und stemme sie hoch. Sie ist schwer und George blinzelt ein wenig dankbar, als ich sie hochdrücke. Der Deckel rastet senkrecht in sein Scharnier ein. George prüft mit einem kurzen Ruck, ob er wirklich sicher steht und holt dann ein Schutzgitter aus dem Spalt zwischen Hütte und Brüstung hervor. Das stellt er auf und befestigt es an zwei Ringen, einer befindet sich an seiner Hütte und einer in der Mauer.
Eigentlich müssten wir Helme tragen, sagt er, aber, scheiß drauf! Und grinst.
George steigt die schmale Eisenleiter hinunter, die in die Verschalung des Zugangsschachtes eingelassen ist. Unten schaltet er seine Lampe ein und ruft herauf: Come in!
Rasch folge ich ihm.
Wir befinden uns in einer ovalen Röhre von etwa zwei Metern Höhe. Es ist kühl hier unten und ich bin froh, meine Jacke noch anzuhaben. Hinter uns kann ich im Halbdunkel das Wehr erkennen, dass den Ablauf verschließt. Um mehr sehen zu können, setze ich meine Stirnlampe auf und schalte sie ein. Die Sperre läuft links und rechts in Stahlschienen, die in mehr als einem Meter Beton stecken. Unter der Sperre rinnt ein kleiner Wasserlauf hervor, nicht sehr tief und ohne Probleme zu durchlaufen. Im Raum vor uns ist in einiger Entfernung nach einer Biegung ein schwaches Licht an der Vermantelung der Röhre zu erkennen.
Langsam bewegt sich George vorwärts. Er leuchtet die Betonverschalung sorgfältig ab und sucht nach Sprüngen, die durch Erdbewegungen entstanden sind. Und nach Wurzeln, die sich durch die Decke gebohrt haben. Immer wieder fährt er prüfend über die raue Oberfläche der Röhre. Währenddessen zähle ich die Schritte, die wir vom Eingang her zurücklegen. Ich muss die ungefähre Position des Steins kennen, wenn ich zum Zeitsprung ansetze, um nicht auf ihm zu landen. Wir kommen gemächlich voran.
Im herumschwirrenden Licht der Taschenlampe kann ich eine Unregelmäßigkeit an der Biegung der Röhre erkennen. Es steht etwas heraus, gerundet und mächtig. Wir kommen näher und ich vergesse fast, die Schritte zu zählen. Das muss ich am Rückweg noch einmal überprüfen, denke ich. Jetzt aber beginnt mich der Stein, denn er ist es, der da in die Abflussröhre ragt, anzuziehen. Fast wäre ich an George vorbei geschlüpft und halte mich im

letzten Augenblick zurück. Nur keine übermäßige Aufregung, die George irritieren könnte.

Das ist er, sagt George nach einer Weile überflüssigerweise, denn natürlich weiß ich längst, dass wir vor dem Stein stehen. Er wurde einfach in die Ummauerung des Abflusses eingebettet und glitzert schwach golden im Licht unserer Lampen. Ich nähere mich ihm sehr vorsichtig. 20 Leute, sagt George, 20 Leute sind tot wegen diesem Ungeheuer. Er schüttelt seinen Schädel. Ich geh dann mal weiter, sagt er, und dreht sich weg. Ich glaube eine Träne in seinen Augen gesehen zu haben.

Normalerweise, brummt er über die Schulter und beginnt die Betonmauer weiter abzuleuchten, geh ich da ja sehr schnell vorbei.

Ein wenig mit einem Fingernagel am Stein kratzend, beginne ich mit der Untersuchung. Ich habe keine rechte Vorstellung, was ich eigentlich suche oder finden will. Ist es ein Porphyr, ein vulkanisches Gestein? Dafür ist er eigentlich viel zu hart. Ist es ein Sphäroid aus dem All, wie die Wissenschaftler meinten? Schwer zu sagen. Schade, dass man ihn so nicht als Ganzes sehen kann. Es ist nur eine Fläche von etwa eineinhalb Quadratmeter, die frei ist. Nach allen Seiten ist der Stein eingemauert. Aber ich weiß, ich werde ihn bald in seiner ursprünglichen Schönheit sehen. Was ich in diesem Moment noch nicht weiß, ist, dass das schneller passiert, als mir lieb ist.

Langsam hocke ich mich nieder und leuchte den Stein unten ab, ob man eventuell Spuren der Explosionen erkennen kann. Nichts. Die Oberfläche ist makellos, ein wenig rau. Sie wirft das Licht meiner Stirnlampe auf unruhig glitzernde Art zurück. Ob die Kugel tatsächlich eine gleichmäßig runde Form aufweist oder vielleicht elliptisch ist, kann ich nicht feststellen. Es hat auch für mich keine Bedeutung.

Ich hätte gerne noch auf die obere Seite des Brockens geschaut, aber ich kann nicht in die Höhe gelangen. Deshalb trete ich ein wenig zurück und finde hinter mir eine erhöhte Stelle, die nicht vom Wasser überspült ist. Allerdings ist meine Stirnlampe zu schwach, um etwas am oberen Feld des Steines erkennbar zu machen. Wann könnte etwas mit diesem Stein geschehen sein, das für meine Recherchen wichtig ist? denke ich. Die Platte, auf der ich stehe, ist sehr glitschig und bei meinen Versuchen, weiter oben etwas zu entdecken, rutsche ich aus und stapfe mit dem linken Fuß fest auf dem Boden auf, um wieder Halt zu finden. Der Raum

öffnet sich und ich befinde mich plötzlich unter einer Menschengruppe mit Fellen und Lederumhängen, die um den Stein herum stehen. Sie starren mich entsetzt an und weichen zurück. Aus ihrer Mitte kommt langsam ein grauhaariger Mann auf mich zu, mit einem langen Stab in der Hand und einem federgeschmückten Stirnband auf dem Kopf. Um seinen Hals hängt eine Kette mit bunten Steinen, jeder vielleicht so groß wie ein Hühnerei und kunstvoll geschliffen. Er bleibt knapp vor mir stehen, blickt mich finster prüfend an und greift nach einem Steinmesser in seinem Gürtel. Hastig trete ich nochmal auf den Boden und bin wieder in der Abflussröhre, direkt hinter George.
Er dreht sich überrascht um: Wo warst Du denn?
Hier, hier, stammle ich.
Aber ich hab Dich nicht gesehen, sagt George kopfschüttelnd.
Vielleicht warst Du noch vom Licht da vorne geblendet, meine ich rasch.
Maybe, sagt George, es ist trotzdem komisch. Die Röhre war leer, als ich zurückkam, da bin ich mir sicher. Egal, ich muss noch die zweite Röhre kontrollieren. Wenn Du hier bleiben willst, sag ich Dir dann Bescheid, wann es Zeit ist, wieder hinauf zu kommen. Und pass vorne am Ausgang auf, es geht 300 Fuß hinunter. Da bist Du platt, wenn Du ausrutscht und runter fällst.
Immer noch kopfschüttelnd geht er davon.
Ich atme durch und beruhige mich langsam. Das war ein Schock, ohne Vorbereitung mitten unter den Schamanen aufzutauchen. Wie konnte das passieren? Normalerweise funktioniert die Zeitreise nur, wenn ich einen klaren Zeitrahmen in meinem Kopf habe, den ich ansteuern will. Aber ganz klar, ich hab ja die ganze Zeit darüber nachgedacht, für welche Rituale die Schamanen den Stein wohl verwendet haben. Das musste die Timeline gewesen sein, die mich mitten hinein in eine der Riten geführt hat.
Ratlos wende ich mich der Betonröhre zu und wandere zu ihrem offenen Ende. Links und rechts des Ausflusses sind zwei u-förmige Haltegriffe eingelassen. Vorsichtig nähere ich mich der Kante und halte mich am rechten Eisen fest. Plötzlich fährt ein orkanstarker Windstoß durch die Abflussröhre und hätte mich fast in den Abgrund vor mir gestürzt. Ich drehe mich, an der Halterung angeklammert, um meine eigene Achse und entkomme so dem Winddruck. Mit nur einem Fuß auf der Betonkante stehend, über dem steilen Abhang hängend, ziehe ich mich langsam zurück in die

Röhre. Der Windstoß ist verebbt. An die Rundung gelehnt schnaufe ich durch. Mein Herz schlägt wild und meine Oberschenkel zittern. Was war das? Eine Warnung? Ein Versuch, mich zu töten? Oder war es ein Zufall? Ich weiß es nicht.

Nach einer Weile bin ich fähig, wieder zurück in das Dunkel zu gehen, das nur schwach von meiner Stirnlampe erhellt wird. Ich schwitze immer noch und die Kühle des Raums auf meinem Gesicht beruhigt mich zusehends. Vor dem Rundstein bleibe ich stehen. Was war es? frage ich ihn. Kalt und unberührt starrt mich das Rund an. Ich trete einen Schritt näher auf den Stein zu und lege mein Ohr an seine raue Oberfläche. Dann höre ich es plötzlich: Der Stein sirrt leise. Singender Stein hat ihn Setong genannt.

Ich kann das Sirren auch wahrnehmen, wenn ich mich von der Oberfläche entferne. Der Stein lebt. Ungläubig schüttle ich den Kopf und presse mein Ohr erneut an seine Außenhaut. Jetzt spüre ich es noch deutlicher, besonders wenn ich meine Wange an den Stein lege. Er vibriert sogar leicht. Was ist sein Geheimnis? Zurücktretend lege ich meine beiden Hände auf die kühle Außenseite des mysteriösen Objekts. Das Vibrieren nimmt zu und schwillt auf und ab. Es ist anscheinend eine Botschaft. An mich? An die Welt? Plötzlich sehe ich etwas auf seiner Oberfläche. Eine fremde Landschaft. Ohne Erhebungen, ohne Pflanzen, ohne Wasserlauf. Einfach nur gelblichweiße Fläche. Und eine gnadenlose Sonne brennt darüber. Das Bild verschwindet. Ein beinahe knisterndes Zittern ergreift meine Arme und ich ziehe erschrocken meine Hände zurück. Das leise Sirren ebbt ab. Der Stein ist still und tot, merke ich, als ich vorsichtig einen Finger auf ihn lege.

Hey, friend! ruft Georges Stimme in den Kanal. Sie echot merkwürdig fremd durch die Röhre. I'm coming! antworte ich laut und verneige mich unwillkürlich von dem großen Gebilde vor mir. Ich komme wieder, flüstere ich dem Stein zu.

Die Farm, in der ich mir ein Zimmer genommen habe, liegt ein wenig abseits in einem kleinen Seitental und bietet neben romantischem Feeling auch viel Ruhe. Es ist ein kleiner Bauernhof, bewirtschaftet von einem freundlichen älteren Ehepaar, deren Kinder weit weg wohnen. Zwanzig Kühe, ein paar Hühner, ein

kleiner Teich mit Gänsen, ein ordentlicher Gemüsegarten, ein paar Obstbäume auf einer Wiese. Bauernhöfe schaffen sich eine eigene Welt, entschleunigt, langweilig, ruhig in den Aktivitäten und im Lebensgefühl. Frühmorgens steigt der Farmer, er heißt Paul, in seinen Pickup, um irgendwo etwas zu reparieren. Sie, Elvira, melkt die Kühe, natürlich mit Hilfe einer Maschine, die einigen Krach verursacht. Dann sucht sie ein paar Eier im Hühnerstall zusammen und stellt der Katze eine Schale Milch hin. Danach macht sie Frühstück für mich: Cornflakes, frisch abgekochte, aber nicht entrahmte Milch, eine riesige Tasse Kaffee, ein Stück Kuchen. Dabei redet sie die ganze Zeit und ihr rundliches Gesicht strahlt Zufriedenheit mit dem neuen Tag aus. Sie trägt abgewetzte Jeans, in die ihr ebenso rundlicher Körper kaum noch hineinpasst.
„I'm getting fat!" ist ein Satz, den sie während des Tages wie ein Mantra ständig wiederholt. Dabei lacht sie kokett und schaut mit listigen Augen zu ihrem Mann hinüber.
„I love you." blinzelt er zurück, ein halb kahlköpfiger großer Mann mit starken Händen und man sieht, dass es den beiden Spaß macht, zusammen zu sein. Fast ein kleines Paradies. Abends wird zusammen noch ein wenig in der Bibel gelesen, dann in den Fernseher geguckt und selig schlafen gegangen. Ich kann ihr w-lan benutzen und schreibe sehnsuchtvolle e-mails an Mira.
Nach meinen Besuchen bei George lasse ich einige Tage verstreichen, bevor ich mich wieder aufmache, um ein weiteres Mal zum See zu fahren. Ich spaziere in dieser Zeit gemächlich in der Gegend herum, fotografiere, zeichne, schreibe. Manchmal helfe ich Paul ein schweres Stück auf seinen Pickup zu laden oder sammle mit Elvira Obst im Garten auf. Der Frieden der Landschaft zieht in mich ein. Fast automatisch nehme ich den langen Schritt ein, den Paul vorlegt, wenn er über den Hof geht. Nicht schnell, aber jedes Mal ein großes Stück Raum durchmessend. Der Tag beginnt, der Tag fließt, der Tag vergeht. Man kann deutlich spüren, dass Paul und Elvira einfach nur da sind, nicht weiter über ihr Dasein nachdenken, sondern in jedem Moment eintauchen in ihre eigene Ordnung, die in Übereinstimmung mit dem Rundherum ihres Lebens ist.
Dann, beim Frühstück, erzähle ich Elvira, dass ich jetzt ein paar Tage in die Berge gehen möchte und mein Auto bei ihnen stehen bleibt. Sie wird ein wenig aufgeweckt und fragt, was sie mir einpacken und ob sie inzwischen meine Wäsche waschen soll. Ich

wehre ihren mütterlichen Versorgungsdrang ab, freu mich aber sehr darüber, dass sie meine Wäsche reinigt.
„I'm going to the shop and buy something for the walk." sage ich und sie zuckt ergeben mit den Achseln.
Das erledige ich im Laufe des Vormittags, packe dann meinen Rucksack mit dem Schlafsack obendrauf und mache mich nach dem Mittagessen auf den Weg. Das Wetter ist unentschlossen, ob es Sonne oder Regen zulassen möchte und so bleibt der Himmel bedeckt und lässt nur manchmal einen Sonnenstrahl durchblitzen. Hinter dem Farmhaus geht es gleich ziemlich zur Sache, der Weg ist steil und steinig und führt seitlich über die rechte Flanke der Hügelkette schnell in die Höhe. Schon nach einer Stunde erreiche ich den Kamm auf der Höhung und wandere zwischen vereinzelten Baumgruppen nach Norden. Die massiven Bergstöcke, zwischen denen sich der Stausee befindet, liegen links von mir im Westen. Bald werden die wenigen Sonnenblitze hinter ihnen verschwunden sein. Ich wandere parallel mit der Bergkette in das Hügelland hinein, das ihnen vorsteht. Mein Ziel ist es, den schmalen Pass zu erreichen, der über dem Parkplatz am See einen Durchgang zu den Vorbergen bildet, die ich jetzt durchwandere. Das möchte ich bis zum Abend schaffen, dann oben rasten und nach der Abfahrt der letzten Autos hinunter zum See gehen.
Nach weiteren zwei Stunden verbreitert sich der Hügelkamm zu einer Hochebene, die zu Füßen des Bergmassivs liegt. Sie wird als Alm genutzt. Hochlandrinder staksen frei herum. Bei meinem Näherkommen drehen sie mir ihre Köpfe zu und schauen mich ausdruckslos an. Nur ein paar Kälber wackeln gemächlich zu ihren Müttern und verstecken sich hinter deren wollbewehrten Leibern. Ich umgehe die Weide und wandere weiter nach Norden. Die scherenartige Lücke in der Bergkette, an deren unterem Schnittpunkt sich der Übergang zum See befindet, kann ich nun deutlich erkennen. Ich werde sie voraussichtlich in ein bis zwei Stunden erreichen und wohl noch bei Tageslicht am Pass ankommen.
Das Wandern auf der moosigen Hochfläche ist angenehm, kostet aber auch einige Kraft. Der Boden federt unter den Füßen und es ist manchmal schwierig, die Balance zu bewahren. Trotzdem genieße ich das Gehen und durchmesse achtsam die saftige Fläche. Sie ist ein wenig wellig, so dass es ständig leicht auf und ab geht. Weitere Baumgruppen unterbrechen das offene Grün der Gras-

und Moosflächen. Da und dort zeigt sich ein kleiner, oft über und über bewachsener Weiher. Immer wieder begegne ich kleinen Rinderherden, die mich aber meist ignorieren. Der Wind wird ein wenig schärfer und ich ziehe meine Jacke zu. Alles in allem fühle ich mich fit und schreite mit langen Paul-Schritten aus.

Vor mir baut sich am Horizont eine breite, dunkle Wolkenbank auf, doch kann ich nicht erkennen, ob ihre schwarze Masse die kommende Nacht ankündigt oder ein heranstromerndes Unwetter. Jedenfalls beschleunige ich meine Schritte, um den schmalen Pass möglichst rasch zu erreichen. Dort ist, wie ich auf der Karte sehen konnte, eine Schutzhütte eingerichtet, in die man bei Regen oder Schnee flüchten kann.

Die Wolkenbank entwickelt sich doch zu einem Gewitter und als ich den Fuß des Gebirgszugs erreiche, leuchten erste Blitze in der hochaufragenden dunklen Wetterwand im Norden. Rasch klettere ich den schmalen Felspfad hinauf und erreiche nach kurzer Zeit, noch vor den ersten Regentropfen, den Übergang. Tatsächlich ist in eine Höhlung in der rechten Felswand ein Unterstand hinein gebaut, mehr ein Schutzdach als ein wetterfestes Biwak. Eine Holzbank lehnt an der Rückwand am Fels und ich ziehe mich dorthin zurück. Der Pass ist sehr schmal, kaum breiter als der Weg, der über ihn führt und die gegenüberliegende Wand wird immer wieder von den nun dichter hintereinander folgenden Blitzen erhellt. Ich zähle die Sekunden zwischen Blitz und Donner. Die Abstände sind noch recht lang, das Gewitter ist vielleicht noch zwanzig Meilen entfernt. Heftige kleine Windstöße flitzen durch den Spalt zwischen den Bergriesen. Ich hole meinen Sweater aus dem Rucksack, ziehe meinen Anorak aus und den Kapuzen-Pullover darunter an. Noch ist der Wind nicht eisig, aber ich möchte auch nicht auskühlen, weil dann die Wiedererwärmung schwierig ist. Von meinen Fruchtriegeln verzehre ich einen und trinke dazu Wasser aus meiner Feldflasche. Das Gewitter ist näher gekommen, die Donnerschläge hallen nun auch von der anderen Seite des Passes herüber. Ich ziehe meine Schuhe aus, steige in den Schlafsack und ziehe ihn bis zum Hals zu. Jetzt fühle ich mich gesichert und beobachte die Wetterentwicklung vor meinem Unterstand. Wenn ich mich ein wenig vorbeuge, kann ich in das Plateau unter mir sehen. Die letzte Rinderherde, die ich vor dem Aufstieg sah, hat Unterschlupf unter den weit ausladenden Ästen eines uralten Baums gefunden und drängt sich eng zusammen. Weit draußen im Vorland sehe ich erste aufgeflammte Lichter. Weiter hinten, am Horizont, steht noch das Helle des Tages im Abendhimmel.

Nun beginnt es zu regnen. Zuerst in einzelnen großen Tropfen, die auf den Steinen aufplatschen und zerspritzen. Dann setzt allmählich ein Regenfluss ein, der vor mir wie ein Vorhang herunterfällt und auf dem Bergweg in kleinen Bächen abrinnt. Aus einer Innentasche meiner Bergjacke hole ich meine Wollhaube, setze sie auf und kuschle mich in meinen Schlafsack, der mich warm hält. So kann ich mit warmen Ohren das Wetter genießen, im trockenen Unterstand, in den nur gelegentlich ganz feine Wassernebel von der Ostseite herein getrieben werden. Der Wind hat nachgelassen, nur manchmal wirbelt noch eine kurze Böe die Wasserschnüre vor mir auf und lässt sie bis zu meiner Bank auffliegen. An der imprägnierten Außenhaut meines Schlafsackes perlen dann die Tropfen ab und bilden winzige glitzernde Pfützen zwischen den kantigen Steinen, die den Boden der Höhlung bedecken.

Trotz Regen und Donner werde ich müde und lehne mich an die Felswand, deren Kühle ein wenig durch meinen Schlafsack strahlt. Meine Augen schließen sich langsam und ich spüre noch, wie mein Atem nur mehr sanft ein- und austritt. Dann bin ich eingeschlafen, doch schrecke ich plötzlich auf. Ich kann nicht unterscheiden, ob ich wach bin oder träume. Ein Mann steht im schwachen Nachtlicht vor mir, eingehüllt in ein ledernes Gewand, mit einem Speer in der Hand und ledernen Sandalen an den Füßen. Sein Gesicht ist von langen Haaren und einem wild wuchernden Bart umrahmt. Er wirkt ein wenig müde und abgekämpft und hält sich auf dem hochragenden Speer aufrecht. Stumm sieht er mich an, nicht abweisend, aber auch nicht willkommen heißend, vielleicht ein wenig prüfend. Er macht keine Bewegung auf mich zu, bleibt einfach nur stehen, mit etwas eingesunkenem Rücken und hochgezogenen Schultern an seinen Speer gelehnt. Ich verspüre keine Angst vor dem Mann, eher teilt sich eine Trauer mit, die er ausstrahlt. Dann plötzlich dreht er ab und verschwindet im Regen. Mit einem Schlag bin ich hellwach. War das ein Traumbild? Gab's den Mann wirklich? Rasch steige ich aus meinem Schlafsack, ziehe meine Schuhe über ohne sie zu binden und stürze aus dem Unterstand. Der Mann ist nach rechts gegangen, hin zur Seeseite. Aber da ist nichts mehr zu sehen, nur Regenschauer und links und rechts die hochsteigenden Felswände. Vom Tal dahinter kann ich nichts erkennen. Nebelfahnen verwischen die Sicht vor einer finsteren Leere. Der Weg geht ziemlich schnell wieder bergab, so dass ich nach vorne an die Kante laufen müsste, um zu sehen, ob es den Mann wirklich gibt. Aber das unterlasse ich, denn ich bin in der Zwischenzeit überzeugt, dass es ein Traumbild war, das mir erschienen ist. Ein Traumbild, dessen Bedeutung oder Botschaft ich nicht, vielleicht noch nicht kenne. Ich drehe mich um und gehe in den Unterstand zurück. Der kurze Ausflug hinaus hat mich frieren lassen und ich schlüpfe hastig in den Schlafsack zurück, um mich aufzuwärmen. Die Mütze ist nass vom schweren Regen und macht meinen Kopf kalt. Also setze ich sie ab und lege sie auf die Bank neben mir.

Irgendetwas treibt mich dazu, die Taschenlampe hervorzuholen und den Platz vor mir auszuleuchten. Und dann sehe ich es: Der Mann hat eine Sandale verloren. Sie liegt mit zerrissenen Bändern vor mir im Regen. Erstaunt wickle ich mich erneut aus dem Schlafsack und hole sie in den Unterstand. Im Licht der Taschenlampe zeigen sich deutliche Spuren einer gekonnten Handarbeit. Die Sandale ist aber sicher keine Fertigung einer Maschine. Dazu fehlen die Zeichen heutiger Arbeit, wie Gummisohlen, Maschinennähte oder Verzierungen. Die Sohle ist abgetragen und die Lederstreifen, die sie mit dem Bein verbinden, handgeschnitten und abgenützt. An einer Stelle ist das Leder aus Alterungsgründen abgerissen, wodurch der Mann sein Schuhwerk verloren hat. Trotzdem, mein kritischer Geist sagt, dass man solche Sandalen auch auf jedem New Age-Markt kaufen kann und das Fundstück deswegen noch kein Beweis für irgendetwas ist. Es könnte auch von einem Wanderer stammen (aber wer geht mit solchen Dingern ins Gebirge?). Ich packe die Sandale in einen Plastiksack und stecke sie in ein Seitenfach meines Ranzens.

Gegen Mitternacht hört der Niederschlag auf und ich wage mich aus meinem Unterstand. Es ist kalt geworden und ich wickle den Schlafsack um meine Schultern. In der Höhlung habe ich noch etwas schlafen können. Die Nachtkühle treibt jetzt die letzte Müdigkeit aus meinem Gesicht. Auch die Wollhaube, die ich mir aufsetze, ist noch feucht, was aber meinen Kopf etwas frischer macht. Das Angesicht des Mannes – oder war es doch ein Traumgesicht? – ist in mir noch unverwischbar in Erinnerung. In einer Hand den Rucksack und in der anderen die Taschenlampe wage ich den Abstieg zum See. Die Steine am Weg sind enorm

rutschig und immer wieder muss ich meinen Körper ausbalancieren, um nicht zu stürzen. Nach einem mehr als unsicheren Abstieg, der sich oft in ein Rutschen über Steine und Schlamm verwandelt, erreiche ich den Abstellplatz. Natürlich parkt um diese Zeit kein Auto mehr hier heroben. George verlässt um sechs Uhr abends seinen Arbeitsplatz und schließt unten den Sperrbalken.
Nachdem der Regen aufgehört hat, macht sich eine bedrückende Stille in der Dunkelheit breit. Fast lächerlich fräst meine Taschenlampe einen dünnen Strahl in die Nacht, der irgendwo an einem Feldstück aufprallt und zerschellt. Ich suche nach einem Platz, an dem ich meinen Rucksack verbergen und von dem aus ich das Tal überblicken kann. Natürlich nicht jetzt, in der Finsternis, sondern frühmorgens, denn ich habe vor, in die Zeit einzusteigen, in der ich auf die Männer rings um den Stein gestoßen bin. Und da möchte ich lieber auf einem Standort sein, an dem ich selbst nicht sofort entdeckt werden kann. Über der Zufahrtsstraße entdecke ich ein kleines Plateau und klettere hinauf. Es ist ideal für meine Zwecke, denn in der aufsteigenden Felswand darüber findet sich auch ein schmaler Spalt, in den ich meinen Rucksack packen kann. Mit einer aufgestellten Steinplatte verschließe ich die Öffnung. So kann mein Ranzen nicht gesehen werden, falls sich überhaupt jemand die Mühe macht, hier herauf zu klettern. Den Schlafsack und ein paar Fruchtriegel werde ich mitnehmen, denn ich weiß nicht, was mich erwartet.
Der Satz klingt sehr banal. In Wirklichkeit bin ich extrem erregt, denn so viele Zeitsprünge habe ich noch nicht absolviert, um mich abgebrüht ins nächste Abenteuer zu stürzen. Und der Schock, so unvermittelt fremden Männern aus der Vorzeit gegenüber zu stehen, sitzt auch noch in meinen Muskeln. Also gehe ich, nachdem mein Gepäck verstaut ist, noch ein wenig auf dem Feldplateau auf und ab. Die Dunkelheit ist in freier Natur nicht wirklich dunkel. Nachdem sich meine Augen an sie gewöhnt haben (ich habe die Taschenlampe schon vor einiger Zeit abgeschaltet) kann ich recht viel erkennen, obwohl der Himmel immer noch bedeckt ist. Der See schimmert ein wenig im Nachtlicht, das von den Felswänden rundum reflektiert wird. In den Felswänden selbst sind durch schwache Schattenbildung Strukturen und Bewuchs zu erkennen. Der Himmel zeigt sich in einem milchigen Dunkelgrau.

Meine Füße tappen während meines Auf- und Abgehens über die Steinstrukturen ohne zu stolpern, obwohl ich fast nichts erkennen kann. Ich bewundere immer wieder den Tastsinn unserer Füße, die selbst bei völliger Dunkelheit ohne zu fallen ihren Weg finden (außer wir schalten unser Denken ein und versuchen, etwas mit den Augen zu erkennen).

Ein heftiger Windstoß weckt mich aus meinen Bemühungen, die Situation kognitiv zu bewältigen. Ich weiß, ich muss etwas tun und das heißt, in die andere Zeit zu gehen. Das sagen solche Zeichen, über die ich gelernt habe, nicht länger nachzudenken. Wer oder was mir den Windstoß geschickt hat, ist völlig nebensächlich. Es ist Zeit zu handeln. Ich stelle mich gerade hin, konzentriere mich auf die Zeit, kurz bevor ich die Männer am Stein traf, schnaufe, während ich die Augen schließe, noch einmal tief durch und stampfe mit dem linken Fuß auf dem Boden auf. Es verändert sich nichts. Langsam öffne ich meine Augen und hebe den Kopf, den ich unwillkürlich gesenkt hatte. Ich kann keine Veränderung bemerken. Die Felswand vor mir ist in sehr schwaches Licht getaucht, der Himmel aschgrau, kein Wind bewegt die Landschaft. Aber dann, langsam, erkenne ich die Unterschiede: Es gibt keinen See mehr, keine Staumauer, keine Straße unter mir. Und inmitten der großen Fläche vor mir ist er: Mein Ziel, der singende Stein. Er schimmert blass im nachtfahlen Gras.

Über mir beginnt der Himmel heller zu werden. Ich habe den Rest der Nacht dösend in meinem Schlafsack gehüllt verbracht. Nun beginne ich mich zu bewegen, um mich wieder warm zu machen, tanze auf der kleinen Felsfläche herum, springe aber nur auf den Vorderballen, um nicht wieder eine unbeabsichtigte Zeitreise auszulösen. Zugleich wirble ich heftig mit meinen Armen, um den Oberkörper zu beleben. Dann verberge ich den Schlafsack in der gleichen Spalte, in der ich in der anderen Zeit meinen Rucksack aufbewahrt habe und steige von der Plattform herunter. An der Stelle der Straße ist in dieser Zeitspalte eine Geröllhalde, die schon etwas schwieriger zu durchklettern ist. Vor allem, weil ich mich bemühe, keinen Lärm zu machen.

Das Sphäroid (ich neige nun nach langer nächtlicher Überlegung zur Ansicht, dass es wirklich ein Objekt ist, das aus dem All gekommen ist) glitzert im Morgenlicht. Am Himmel sind alle Wolken verschwunden und ein sonniger Tag kündigt sich an. Langsam und fast hochachtungsvoll durchquere ich die Grasfläche rund um den Stein, bis ich vor dem geheimnisvollen Etwas stehe. Nun sehe ich: Er hat wirklich eine fast perfekte Kugelform. Ich trete näher und berühre die Oberfläche. Ihre etwas raue Struktur ist mir schon vertraut. Mit der Hand streifend umrunde ich das Gestein. In mir ist, als ob im Tal ein Lied erklingt, nicht wirklich ein Lied in unserem Sinne, mehr wie ein Obertongesang, der an- und abschwillt. Das kann natürlich eine Sinnestäuschung sein, oder es ist eine Botschaft, oder Radio Universum, die Morgensendung. Dieser Gedanke bringt mich zum Kichern. Ich umrunde den Stein erneut, aber nun in einer Entfernung von einer Armlänge, dann von zwei bis drei Armlängen, dann ein weiterer Abstand. Nun wird der Abstand immer größer, der Stein liegt in der Mitte der Spirale, die ich unwillkürlich in die Grasfläche zeichne.

Meine rechte Schulter zeigt in die Mitte, zum Stein hin, ich könnte nicht anders gehen, bemerke ich. Es ist wie ein natürlicher Vorgang, dessen Ursprung ich nicht erfasse. Größer und größer wird die kreisförmige Bewegung und ich falle im Gehen in eine Art Trance, die ich nicht verlassen kann. Sie zwingt mich zum Gehen und dieses Gehen wird immer rhythmischer, fast tänzerischer. Meine Füße stapfen mit festen Schritten auf dem Boden auf. Aber ich habe keine Angst, in eine Zeitspalte zu fallen, denn ich spüre, dass mich die Trance hier festhält. Mein Bewusstsein ist wie entkoppelt vom Körper, es beobachtet das Geschehen, ohne eingreifen zu können.

Ein langer Stock liegt quer über meinem Gehweg, ich hebe ihn auf und stoße ihn im Takt meines Schreitens in den Boden. Es ist, als ob er im Stoßen einen metallenen Ton auslöst, aber wieder nur in mir. Außen ist es still an diesem Morgen.

Dann erreiche ich den Rand der Grasfläche und bleibe stehen. Genau gegenüber des Plateaus, auf dem ich die Nacht verbracht habe. Ich weiß nicht mehr, wie lange mein Kreistanz gedauert hat, es ist mir auch völlig egal. In diesem Zustand zu sein bedeutet, in Zeitlosigkeit zu sein. Denn die Bewegungen des Universums, wie das Drehen der Erde auf ihrer Bahn um die Sonne, geschehen außerhalb der Unbewegtheit des Bewusstwerdens.

Hinter den Zacken des östlichen Gebirgsrückens ist es ganz hell geworden. Breitbeinig stelle ich mich auf einen flachen Stein, der in das Wiesengrün eingebettet ist. Den Stock vor meinen Körper haltend beginne ich zu singen, genau in dem Augenblick, in dem allererste Sonnenstrahlen über die Felskante des Berges funkeln. Zuerst ist es mehr ein Summen, das tief aus meiner Brust entspringt. Doch mit dem raschen Größerwerden des Sonnenballs steigert sich auch mein Singen in eine Kaskade von Tönen, die das Tal zwischen den Bergriesen ausfüllt und von den Bergwänden zurückhallt. Die Sonne leuchtet inzwischen mein Gesicht aus. Ich schließe die Augen, um nicht geblendet zu werden. Mein Kopf sinkt nach hinten und bietet die ganze Gesichtsfläche dem Sonnenlicht an. Wieder dröhnt es in mir, und mein eigener Gesang wird zu einem Rahmenstück einer größeren, viel größeren Symphonie, die abebbt, als die Sonne ganz über dem Kamm erschienen ist. Dann sacke ich zusammen, erschöpft an den Stock geklammert, beinahe taumelnd im Stehen, aber unfähig, die Haltung aufzugeben.

Die Sonne steht schon ein paar Handbreit über dem Felskamm, als ich endlich erschöpft zusammensinken kann und mich im Schneidersitz auf den Stein hocke. Nur langsam kehrt wieder Kraft in meinen Körper zurück. Meine Beine zittern immer noch ein wenig, aber innerlich bin ich völlig leer und entspannt, gelöst. Auf den Stock gestützt überquere ich die Grasfläche und kehre zum Rundstein zurück. Dort setze ich mich mit dem Rücken an die Außenschale des Sphäroids und schaue hinaus in das Tal vor dem Gebirge. Es gleicht in seiner Formation dem Tal unserer Jetztzeit, ist aber viel bewaldeter. In einiger Ferne sehe ich eine kleine Lichtung, aus der Rauch aufsteigt. Vielleicht ist dort eine menschliche Siedlung.

Plötzlich höre ich Trommelschläge vom Pass. Sofort suche ich einen Ort, an dem ich mich verstecken kann und laufe zur westseitlichen Steinhalde. Dort sind einige Vertiefungen und Brüche, die mit niedrigen Bergföhren zugewachsen sind. In die erste Spalte lasse ich mich hineinfallen und hoffe, dass ich noch nicht gesehen wurde. Über den Spaltenrand, von den Ästen einer krummbeinigen Zwergföhre verborgen, spähe ich hinauf zum Übergang. Nein, dort ist noch niemand sichtbar. Die vorankündigenden Trommelschläge haben mich gerettet.

Oben in der Spaltung scheint ein Ritual abzulaufen. Die Schläge der Trommel verstummen, ich höre eine gehobene, rezitierende

Stimme und sehe eine dünne Rauchfahne. Dann setzt ein Chor ein, der die Rezitation der ersten Stimme aufnimmt. So geht es im Wechselgesang einige Zeit hin und her. Ich schätze, dass es fünf oder sechs Personen sind, die da oben eine Zeremonie abhalten. Nach einiger Zeit beginnt die Trommel wieder zu schlagen. Sechs Männer kommen den schmalen Weg herab. Erst jetzt fällt mir auf, dass es diesen Weg schon damals gegeben hat. Eine dünne Spur zieht sich den ganzen Berghang herunter. Eine Spur, die viele tausend Jahre später immer noch von den Menschen benutzt wird.
Der Trommler geht voran. Vor seiner Brust hängt eine Holzröhre, an beiden Enden mit Leder bespannt. Er schlägt mit gekrümmten Stöcken jeweils links und rechts auf die Bespannung, was einen kleinen Lautunterschied erzeugt. Der Rhythmus der Trommel stimmt mit dem Rhythmus der Schritte der Männer überein. Sie sind mit Leder- und Fellüberhängen bekleidet und tragen, soweit ich das von hier erkennen kann, ebensolche Sandalen wie der Mann in der letzten Nacht. Vor ihren Körpern kann ich verschiedene Geräte oder Schmuckstücke erkennen, die an Lederschnüren vor ihrer Brust schaukeln.
In der Mitte der Gruppe geht jener grauhaarige Mann, der mich bei meinem ersten „Kurzbesuch" erschreckt hat. Ich erkenne ihn an seinem Federschmuck. Er stützt sich auf eine lange Stange, an deren oberen Ende das Fell eines Iltis oder Marders befestigt ist. In bedächtigen, aber kraftvollen Schritten nähert sich die Gruppe dem Grasfeld und schreitet langsam bis zum Stein. Dort nehmen sie Aufstellung. Der Priester (ich vermute, er ist sowas) an der Nordseite, die anderen links und rechts, der Trommler auf der Südseite mit einer zweiten Person, die nun auf Klanghölzer einschlägt. Alle stehen mit dem Gesicht zum Sphäroid gerichtet.
Ein Mann lässt einen Behälter kreisen, der an einer Schnur befestigt ist und von dem Rauch aufsteigt. Der Priester beginnt eine Runde um den Stein, der Räucherwart geht vor ihm her. Alle beginnen jetzt wieder zu rezitieren, in einem rauen Einerlei, das nur wenige Hebungen hören lässt. Und dann sehe ich ihn: Den bärtigen Menschen aus der Vorzeit, der heute Nacht oben am Pass vor mir stand. Er steht an der Kante zu der Vertiefung, die einmal den Stausee beinhalten wird. Dort beginnt er laute Schreie auszustoßen, vermutlich Verwünschungen oder Flüche. Sofort beenden die Männer ihr Ritual und laufen quer über das Feld in Richtung des Schamanen. Sie heben unterwegs Steine auf und wollen ihn

offensichtlich vertreiben oder töten. Der Mann verschwindet hinter der Kante, auf der die Gruppe, nachdem sie dort angelangt ist, verwirrt stehen bleibt. Auf der anderen Seite ist offensichtlich niemand mehr zu sehen. Wütend schleudern einige der Männer ihre Steine zu Boden, doch der Priester dreht sich einfach nur um und geht zum Stein zurück. Dort sammeln sich jetzt alle und beratschlagen aufgeregt. Und plötzlich tauche ich mitten in der Gruppe auf. Ich kann es nicht fassen. Wirklich - ich bin dort und hier zugleich. Atemlos verfolge ich das Geschehen, sehe, wie die Männer zurückweichen, sehe wie der Priester auf mich zugeht und zum Messer greift, sehe, wie ich aufstampfe und verschwinde.

Jetzt ist die Gruppe in Panik. Die Männer werfen alle Geräte, die sie wieder aufgenommen haben, weg und stürmen in Richtung des Weges, der zum Pass hinauf führt. Der Priester will sie aufhalten und schreit ihnen nach. Aber nach kurzer Zeit verschwindet die Gruppe hinter der Felsspalte. Mit festen Schritten folgt der grauhaarige Mann zornig seinen Kameraden den Passweg hinauf und entschwindet ebenfalls meinem Blick. Es ist wieder Ruhe im Tal.

Auf der Kante links von mir zeigt sich erneut der Mann von heute Nacht. Er schaut lächelnd auf den Stein hinunter. Dann winkt er in meine Richtung und kommt auf mich zu. Ich erstarre. Er weiß, dass ich da bin. Wer ist er? Was will er? Ich warte noch eine Weile in meinem Versteck und stehe dann langsam und vorsichtig auf. Nach einer Weile steht er lächelnd vor mir, schlägt sich auf die Brust und sagt: Setong! Der Mann aus meiner Trance! Ich nicke und nenne meinen Namen. Das mulmige Gefühl der Besessenheit während der Rückführung kriecht wieder in mir hoch. Setong lacht und fährt mit einer Hand schnell von oben bis unten meinen Körper ab. Das Gefühl verschwindet und er sagt: Welcome! Ich muss lachen. Ein Schamane aus der Vorzeit begrüßt mich: auf Englisch! Wir umarmen einander. Er spricht in seiner Sprache weiter und ich verstehe ihn, was mich völlig verblüfft.

Du warst in Xeeth, sagt er, und dort hast Du seine Sprache aufgenommen. Wegen der mangelnden Begriffe erläutert er diesen Vorgang mit vielen Gesten.

Der singende Stein, sagt Setong, ist vor langer Zeit vom Himmel gefallen und hat das Tal, in dem jetzt der See ist, aus dem Gebirge herausgeschlagen. Aber weil er unzerstörbar ist, rollte er auf diese

Wiese und liegt seither da. Er kommt aus einer fremden Welt im Himmel. Diese Welt ist anscheinend zerstört.

Ich weiß, antworte ich, ich habe die Bilder auch gesehen.

Wir Schamanen, redet er weiter, kommen schon lange immer wieder zum singenden Stein, aber nie hat sich in den Bildern etwas Lebendiges gezeigt. Ich habe Dich gerufen, weil sich hier etwas Furchtbares ereignen wird. Was passiert, weiß ich von einer Zeitreise. Ich habe es schon gesehen. Aber weil es in der Zukunft liegt, darf ich nicht darüber reden.

Setong unterbricht sich ein wenig und Tränen laufen über seine Wangen. Das ist die Traurigkeit, die ich in der Nacht gespürt habe.

Ein Mann ist gekommen, stammelt er weiter, ein Mann aus der Zukunft. Du hast ihn gerade gesehen. Er nennt sich Oranju, Priester. Er hat den Stamm verhext und bald wird er noch Schlimmeres machen. Wir können es nicht verhindern. Aber Du kannst es in der Zukunft erzählen. Damit die Menschen daraus lernen.

Ein Schluchzen kommt aus seiner Brust: Meine Welt wird vernichtet werden. Doch Deine Welt darf nicht auch zerstört werden von dem Wahnsinn, der hier beginnt.

Er umarmt mich und dreht sich ab.

Wir sehen uns wieder, sagt er noch. Damit geht er nach hinten in das Tal, in dem einmal der Stausee sein Zuhause finden wird. Bevor er zwischen den Steinen verschwindet, sehe ich, dass er auch die andere Sandale abgelegt hat. Er ist barfuß, und ob der Banalität dieser Erkenntnis schüttle ich unwillig meinen Kopf. Wie dumm doch manchmal unser Gehirn reagiert. Ich treffe einen Menschen, der vor ein paar tausend Jahren lebt, und dann schaue ich auf sein Schuhwerk. Wie einfältig!

Langsam wandere ich zurück zum Plateau. Mein Bedarf an Überraschungen ist für heute gedeckt. Am Plateau ziehe ich meinen Schlafsack aus seinem Versteck. Dann stampfe ich mit meinem linken Fuß auf und bin an der gleichen Stelle, aber in meiner heutigen Zeit. Ich sehe den Parkplatz, den Stausee und Georges Hütte auf der Staumauer. Der Rucksack ist noch in der Felsspalte und ich befestige den Schlafsack an seiner oberen Außenseite. Dann greife ich nach dem Plastiksack mit der Sandale. Er ist leer, die Sandale verschwunden. Natürlich, verstehe ich, jedes Ding muss in seiner Zeit bleiben. Und Setong, der Schamane von heute Nacht, ist jetzt in seiner Zeit, während ich in meine Zeitspalte zurückgekehrt bin.

Zwei Tage später fahre ich wie ein Tourist die Straße zum Stausee hinauf. Ich freu mich auf den Kaffee und den Plausch mit George. Außerdem möchte ich einen Kurzcheck des Sphäroids machen, ob sich in der anderen Zeitspalte etwas Neues tut. Zu meiner Überraschung ist George nicht da, sondern ein anderer Mann. Er ist in ein Gespräch mit einer Besuchergruppe verwickelt, der er die Geschichte des Stausees erzählt. Dabei steht er mit dem Rücken zu mir. Als ich näher komme, warnt mich die Kälte, die er ausstrahlt. Ein Agent? Haben sie George gefeuert? Ich weiche zurück und nehme den rechtsseitigen Weg um den See, der vom Parkplatz aus beginnt. Die Kapuze meines Sweaters ziehe ich mir über den Kopf und setze meine Sonnenbrille auf. Ich will nicht erkannt werden.

Langsam wandere ich hin zur Rückseite des Stausees und nehme dort auf einer der Bänke Platz. Ich muss überlegen. Was bedeutet das? Hat die Bruderschaft erkannt, dass ich hier bin? Wenn ja, was werden sie machen? Es ist am besten, wenn ich für einige Zeit verschwinde. Aber vorher muss ich mir den Stein ansehen. Da im Moment niemand in meiner Nähe ist, stehe ich auf und stampfe auf. Das Szenario ändert sich dramatisch. Vor mir tut sich der Krater auf, den das Sphäroid geschlagen hat (davon bin ich in der Zwischenzeit überzeugt). In der Mitte sehe ich das Loch, das in die Tiefe führt. Kleine Rinnsale kommen an unterschiedlichen Stellen aus dem Felsgrund und rinnen dort hinein. Der Krater ist vielleicht 10 bis 15 Meter tief und mit Bruchsteinen aus den umliegenden Feldwänden gefüllt.

Ich will den Krater überqueren und nähere mich dabei dem Loch in der Mitte. Vorsichtig lege ich mich am Rand auf den Boden und blicke hinunter. Es geht senkrecht nach unten. Ein Boden ist nicht zu erkennen, auch nicht, als ich mit meiner Taschenlampe hinunterleuchte. Ich werfe einen Stein hinein. Nichts, kein Ton, kein Echo. Nur Wind, der in die Öffnung hinein gesaugt wird. Dann stehe ich auf, überquere die zweite Hälfte des Beckens und nähere mich vorsichtig der vorderen Kante. Wieder lege ich mich, als ich den Rand erreiche, auf den Boden und schaue zwischen Steinen hervor. Das grüne Tal ist leer, niemand da. Aber - das Sphäroid ist mit einem Gerüst umgeben. Eine Art Wandelgang umfängt den Stein in mittlerer Höhe. Auf der Südseite des Sphäroids führt eine Rampe hinauf zum Gang. Sie haben etwas gebaut. Sie planen eine Aktivität. Ein Ritual. Was wird hier geschehen? Gibt es einen Zusammenhang mit dem meditierenden Mädchen im Wald unten? Ich habe natürlich keine Antworten, aber ich weiß, dass ich nun täglich hier herauf kommen muss, um nichts zu versäumen.

Langsam ziehe ich mich zurück. Es macht keinen Sinn, zum Stein zu gehen. Falls jemand oben am Pass auftauchen würde, könnte er mich sehen und gewarnt sein. Ich durchquere den Krater in der Gegenrichtung, stelle mich hinten auf einen Stein und stampfe auf. Volles Risiko, es könnte ja jemand da sein. Aber es ist niemand da. Die hintere Seite des Stausees ist menschenleer. Nachdenklich wandere ich zum Parkplatz zurück. Wie viel Zeit habe ich noch, um das Geheimnis des Steins zu lüften? Und zu erfahren, was die Bruderschaft damit vorhat?

Als ich den Parkplatz erreiche, kommt die nächste Überraschung zu mir. Hinter meinem Wagen steht ein Polizeifahrzeug so, dass ich nicht wegfahren könnte. Ich gehe ruhig auf mein Auto zu, obwohl mir der Schreck tief in meine Eingeweide gefahren ist. Mein Herz spüre ich in meinem Hals schlagen und mein Mund wird ganz trocken. Eine Polizistin und ihr männlicher Kollege springen aus ihrem Wagen und ziehen ihre Waffen.

Stop! schreit die Beamtin: Gehen Sie langsam zu Ihrem Wagen und legen Sie Ihre Hände auf das Dach, Sir!

Angesichts der auf mich gerichteten großkalibrigen Pistolen bewege ich mich in extra slow motion. Beim Auto angekommen lege ich vorsichtig beide Hände auf das Dach.

Beine auseinander und einen Schritt zurücktreten, bellt die Stimme weiter. Ihre Hände bleiben auf dem Dach!

Die Leute auf dem Parkplatz stieren mich entsetzt an. Die Szene läuft ab wie in einem TV-Krimi. Nur die Kamera fehlt. Meine Augen habe ich starr geöffnet und schlucke gelegentlich meinen Speichel hinunter. Zwei Polizistenhände klopfen mich von oben bis unten ab.

Dann kommt ein weiterer Befehl: Beine zusammen. Ich erhalte eine Fußfessel. Wenn ich bis dahin gedacht hätte (was ich nicht tat), in

die andere Zeitspalte zu fliehen, jetzt wäre es sinnlos, denn erstens kann ich nicht stampfen und zweitens wäre ich mit der Fessel ziemlich gehandikapt.
Routiniert und ruhig sagt der männliche Polizist: Bitte umdrehen, Hände zusammen. Und lässt Handschellen einrasten.
Dann bedeutet er höflich: Bitte steigen Sie in das Polizeiauto.
Was ich auch tue. Der Wagen fährt los und lässt die staunenden, verschreckten Touristen, den Agent der Bruderschaft und natürlich auch mein Auto zurück. Wir fahren ziemlich flott die Bergstraße vom Stausee herunter, was mich bei jeder Kurve an eine der hinteren Türen drückt. Der Einsatzwagen erreicht die Hauptstraße und fährt in Richtung der Brücke, über die ich vor Tagen gekommen bin.
Vor der Brücke nimmt das Polizeiauto die Ausfahrt in die Kleinstadt, deren Lichterketten ich vor einiger Zeit so nett gefunden habe. Jetzt bin ich eher paralysiert von der Situation und kann weder denken noch mich an irgendetwas erfreuen. Wir fahren ohne Sirene durch den Nachmittagsverkehr und erreichen die Polizeistation, ein niedriges, hellfarbiges Behördengebäude mit nüchternen Fenstern und Türen. Der Wagen biegt in eine Einfahrt neben dem Haus ein und umrundet es. Hinter dem Gebäude ist ein größerer Parkplatz, auf dem mehrere Polizeiautos stehen. Meine Staatskutsche hält vor einem Eingang, zu dem mehrere Stufen hinauf führen.
Das Besteigen von Stufen mit einer engen Fußfesselung ist ein eigenes Kapitel, aber ich schaffe es. Die Polizistin hält die Türe auf, während der Polizist mich am Oberarm hält und vorwärts schiebt. Watschelnd wie eine Ente betrete ich den Raum. Wir gehen zu einer Art Rezeption. Rund um mich viele Leute, vor allem Farbige, die sitzen, stehen, an den Wänden lehnen oder aus dem Fenster starren. Ein Lärmpegel wie bei einer Viehauktion. Der Polizist, der mich geführt hat, lässt meinen Arm nun los und fragt mich, wo ich meinen Pass habe. Ich deute auf die linke Seite meiner Jacke, er holt ihn heraus und legt ihn dem Wachhabenden (ich denke, so heißen die Leute hinter dem Tresen) vor. Ein Protokoll wird aufgenommen. Bisher weiß ich nicht, was mir die Ehre dieser Prozedur eingetragen hat. Aber ich weiß, dass Fragen oder Protestieren wenig Sinn macht beziehungsweise sogar negative Folgen haben kann. Also bin ich still und schaue der Protokollverfassung zu.

Danach werde ich in einen Verhörraum gebracht. Graue Ölfarbe an den Wänden, grünliches Linoleum auf dem Boden, ein vergittertes Fenster, aber kein verspiegeltes Glas wie in den Fernsehkrimis. Einfach nur eine abgekratzte Türseite, zwei kahle Wände und eine Wand mit einem Fenster mittendrin. Draußen scheint noch die Sonne. Mitten im Raum stehen ein sehr abgenutzter Tisch und zwei Sessel auf den jeweils gegenüber liegenden Seiten, ebenso nichtssagend wie voll mit Gebrauchsspuren. Zwei weitere Sessel stehen in einer Ecke.

Ich habe Zeit, das alles zu betrachten, denn ich bin allein in diesem Raum. Was einerseits angenehm ist, weil ich durchatmen kann. Andererseits macht mich diese Isolation von der menschlichen Gesellschaft natürlich nervös. Was wird als nächstes geschehen? Im Moment nichts. Im nächsten Moment, auch nichts. So reihen sich die Nicht-Aktivitäten aneinander. Selbst die Sonnenstrahlen wandern weiter auf dem Linoleum. Draußen tut sich also etwas. Aber hier herinnen, nichts. Außer wandernden Lichtflecken.

Vor mir steht noch ein Aschenbecher mit einer Zigarettenwerbung und das war es dann an Interieur. In die Tischplatte sind Namen oder Anfangsbuchstaben von Namen geritzt. Das ist Beschädigung von öffentlichem Eigentum, denke ich, nicht wirklich empört. So denkt aber nur jemand, der auf der Seite der Guten ist. Bin ich das? Bin ich noch einer der Guten? Was wollen denn die Polizisten von mir? Was habe ich verbrochen, um wie ein Schwerkrimineller mit Hand- und Fußfesseln hierher geschleppt zu werden? Die Wände geben keine Antwort. Der Fußboden auch nicht. Ich stehe auf und versuche ein paar Schritte. Nicht stampfen, nicht stampfen, das würde die Lage nur verschlimmern. Außerdem haben die Fußfesseln eine verdammt kurze Kette zwischen einander. Ob ich damit meinen Fuß überhaupt ausreichend heben könnte, wage ich zu bezweifeln.

Die Türe fliegt auf und ein massiger Oberbulle (er sieht wirklich wie ein Oberbulle aus) kommt herein. Ein Polizist folgt ihm und der Obermotz deutet, dass mir die Fesseln abgenommen werden sollen. Während dieser Prozedur setzt sich der Sheriff (das steht als Rang unter seinem Namen auf seinem Brustschild) auf den fensterseitigen Sessel, zündet umständlich eine Zigarre an und stößt, als sie endlich ausreichend brennt, eine lange Rauchfahne aus. Dann nickt er und der Polizist verlässt mit den Fangeisen den Raum. Der Sheriff ist noch ein wenig mit seiner Zigarre beschäftigt, aber ich bemerke etwas mit Schrecken: Im Raum wird es sehr kalt. Ein Agent, denke ich. Mir gegenüber sitzt ein Agent der Bruderschaft! Was meine Situation nicht unbedingt verbessert. Er deutet auf den anderen Sessel und fordert mich damit auf, mich hinzusetzen, was ich tue. Gespannt verfolge ich jede seiner Bewegungen. Er ist groß und sehr kräftig, sicher hundert Kilo schwer und seine Hände können wahrscheinlich Kartoffeln zerdrücken. Ungekocht, natürlich. Er grinst mich an: Schön, dass Du da bist. Wir haben Dich erwartet. Also versucht er gar nicht erst, die Polizistennummer abzuziehen und fährt weiter fort: Offiziell bist Du hier, weil Dir eine Besitzstörungsklage von Seiten der Wasserverwertungsgesellschaft droht, der der Stausee gehört. Ich könnte Dich jetzt also drei Tage einbuchten, bis der Richter Zeit für eine Verhandlung hat und Dich dann mit einem Urteil belegt. Aber lassen wir das einmal beiseite. Wir haben Kameras da oben und die haben Dein Treiben beobachtet. Von George, der so freundlich war, Dir den Stein zu zeigen, mussten wir uns leider trennen. Doch er wollte sowieso schon bald in Pension gehen.

Nach dem ersten Deiner Besuche haben wir allerdings Wärmebildkameras oben installiert, weil wir dachten, dass Du wieder einmal vorbei kommen würdest. Dein Interesse am Stein war ja auch zu offensichtlich und deckt sich mit unserem Interesse. Allerdings aus unterschiedlichen Gründen. Er lacht laut gackernd los, was irgendwie nicht ganz zu seiner massigen Gestalt passt. Es würde uns sehr interessieren, sagt er, nachdem sich sein Lachen gelegt hat, was Du herausgefunden hast.

Ich schüttle den Kopf: Nicht viel. Meine Theorie ist, dass der sogenannte Stein ein Sphäroid ist, ein Himmelskörper, der vor langer Zeit im Gebirge eingeschlagen hat und dabei den Krater bildete. Die Unzerstörbarkeit des Objektes ist das Erstaunlichste, und erstaunlich ist auch, dass wenn man die Hand auf den Stein legt, sich ein Bild an der Oberfläche zeigt. Es ist, als ob eine Videokamera irgendwo auf einem fremden Planeten aufgestellt wäre und Bilder von dem Ort sendet. So wie man das Wetter von Skipisten oder Badestränden im Internet abfragen kann.

So weit haben wir die Sache auch begriffen, meint der Sheriff, manche unserer Leute können auch das Bild sehen, das gelingt nicht jedem, zum Beispiel mir nicht. Und wir nehmen an, dass der Planet, der da sendet, ein Planet weit draußen im All ist, der sich da zeigt. Allerdings sieht die Oberfläche nicht sehr einladend aus.

Ja, flechte ich ein, so könnte unsere Erde auch einmal aussehen, wenn wir mit der Erderwärmung so weitermachen. Aber die gibt's ja für viele Leute hier in Amerika gar nicht, grinse ich ihn provozierend an.

Genau, aber lassen wir das lieber, meint der Sheriff abwehrend. Jedenfalls damals, als die Geschichte da oben bei den Bauarbeiten passiert ist, begannen wir uns für den Stein, oder wie sagst Du, Sphäroid? na jedenfalls für das Ding zu interessieren. Der Bauträger machte, wegen der langen Unterbrechung, bald darauf Pleite und wir kauften das Areal auf. Wir haben nichts Vernünftiges herausgefunden und so ließen wir alles, wie es ist.

Viele Jahre später allerdings tauchte ein Mann mit einem Schreiben unseres Oberhauptes auf, dass die Untersuchungen wieder aufgenommen werden sollen. Er kroch also wochenlang im Abfluss herum und machte Messungen, Schallprüfungen und durchleuchtete den ganzen Stein. Dann verschwand er wieder und kam einige Monate später erneut. Dann geschah etwas Seltsames. Er ging wieder einmal in den Abfluss und war plötzlich verschwunden. Wir haben die ganze Gegend abgesucht, aber es zeigte sich keine Spur. Bei seinen Aktionen rund um den Stein waren immer eine Menge Leute mit dabei, aber keiner hat gesehen, wie und wohin er verschwunden ist. Und als wir zu Deiner Überwachung jetzt die Wärmebildkameras eingesetzt haben, passierte dasselbe. Flutsch, weg warst Du. Und tauchst später genauso geheimnisvoll auf. Und das gleich ein paar Mal. Was machst Du da?

Mein Hirn tickert. Packe ich aus? Packe ich nicht aus? Wenn ich auspacke, was bekomme ich dafür? Dem Sheriff ist natürlich klar, dass er mich nicht ewig hier festhalten kann. Irgendwann stampfe ich auf und bin eine Wolke. Aber er könnte mich töten. *Auf der Flucht*, wie es so schön heißt. Also, was brauche ich von der Bruderschaft? Ruhe. Sie sollen mich in Ruhe lassen. Werden sie das einhalten? Vielleicht tun sie das, vielleicht auch nicht. Mich umzubringen würde ihnen weniger nutzen, weil dann die ganzen Esos, die mein Meriel-Buch gelesen haben, auf Facebook einen Riesenwirbel schlagen würden. Und das passt nicht ganz zu ihren diskreten Geschäften. Also vielleicht doch den Deal vorschlagen.

Der Sheriff hat, mich aufmerksam beobachtend, die ganze Zeit an seiner Zigarre genuckelt, während ich meinen Gedankenstrom durchlaufen ließ. Er kann offensichtlich nicht Gedankenlesen wie

sein Oberobermotz, sonst hätte er schon da und dort eine Reaktion gezeigt.
Also gut, sage ich, ich lege alles auf den Tisch. Aber ihr hört auf, mich zu beschatten und mich zu bedrohen. Deal?
Der Sheriff schaut mich weiterhin ruhig an, in seine Tabakwolken gehüllt wie Zeus auf dem Berg Athos. Jetzt tickert sein Gehirn und ich kann es auch nicht lesen. Deal, sagt er nach einer Weile, aber wenn Du mich bescheißt, dann bagger ich Dir meine 45er in den Arsch und blas Dir das Hirn raus. Die Vorstellung reizt mich zum Lachen, in das er einstimmt.
Wie bist Du eigentlich zur Bruderschaft gekommen, frage ich jetzt in vertraulichem Ton.
Ich war früher einmal Reverend bei der Kirche der Heiligen der letzten sieben Tage. Aber weil ich sowieso andauernd Streits in meiner Gemeinde lösen musste, haben sie mich zum Sheriff gemacht. Sheriff ist besser, grinst er.
Also, beginne ich zögerlich, es gibt eine Möglichkeit, hier und jetzt an diesem Ort durch die Zeit zu springen und in eine andere Zeitspalte zu kommen. Welche, legt man vorher selber fest. Euer Mann hat das offensichtlich auch gelernt und ich weiß auch von wem. Das ist das ganze Geheimnis. Er ist in einer anderen Zeit verschwunden. Und aus irgendwelchen persönlichen Gründen nicht mehr aufgetaucht.
Du verarscht mich, knautscht der Sheriff heraus, nachdem er mich die ganze Zeit mit offenem Mund angestarrt hat.
Würde ich das angesichts Deiner 45er tun? frage ich und versuche ernst zu bleiben, weil sein erstauntes Gesicht mich wirklich zu Lachen reizt.
Das geht? fragt er stammelnd.
Ich nicke.
Das heißt, stottert der Sheriff weiter, er ist da irgendwo in der Vergangenheit und meldet sich einfach nicht?
Ja, sage ich, und ich weiß auch, in welcher Zeit.
Gib mir fünf Minuten, sagt er. Willst Du Kaffee?
Kaffee wär schön, sage ich, nun schon einigermaßen entspannt.
Kurze Zeit später bringt die Polizistin, nun aber recht freundlich, eine Tasse Kaffee.
Milch, Zucker? fragt sie.
Ich verneine. Und danke. Sie verschwindet.

Es dauert etwas länger, aber als ich schon den Boden meiner Tasse inspizieren kann, fliegt wieder die Türe auf. Der Sherif kommt herein und setzt sich wieder auf seinen Sessel. Der Deal ist okay, sagt er. Und wir haben eine Bitte.
Bumm, denke ich, die Bruderschaft hat eine Bitte an den Mann, den sie noch vor kurzem wütend bekämpft hat.
Was? frage ich, innerlich kichernd.
Wenn Du den Mann triffst, sagt der Sheriff und betont jedes Wort einzeln, dann übermittle ihm den dringenden Befehl des Großmeisters, dass er sofort zurückkehren muss in diese Zeit.
Gut, sage ich, ich werde sehen, dass ich an ihn herankomme. Wie heißt der Mann eigentlich?
Petkow, sagt der Sheriff. Sein Vater war Russe.
Und wie komme ich jetzt zurück? frage ich.
Ein Polizist wird Dich zu Deinem Wagen bringen, knurrt der Sheriff und grinst mich an. Morgen früh, heute darfst Du noch auf unsere Kosten in unserem Hotel nächtigen.

Frühmorgens am Vollmondtag holen sie Kira aus dem Wald. Die letzten Tage hatte sie nur mehr in tiefer Meditation unter einer Ulme verbracht, Wasser getrunken, und immer wieder versucht, ihr Herz mit Barabaal zu vereinen. Vor zwei Tagen sah sie plötzlich den ganzen Wald in Licht getaucht, also ob eine unsichtbare Sonne von unten die Bäume erleuchtet. Seither ist sie sich sicher, dass Barabaal ihr Opfer annehmen wird und sitzt völlig gelöst unter dem Baum. Zeit, Helligkeit, Dunkel, Geräusche, Wind, Hitze, Kühle, Sonnenstrahlen, alles verschmilzt zu einer einzigen Sinfonie aus Hören, Spüren, Riechen und Sehen, die nicht mehr speziell unterscheidet, sondern alles in sich aufnimmt und wiedergibt. Sie ruht in sich wie ein Berg aus dem fernen Gebirge, in das sie bald wandern soll.
Petko hat sich ihr jeden Tag vorsichtig genähert, um zu sehen, wie es ihr geht. Er ist tief beeindruckt von der Ruhe und Konzentriertheit, die sie ausstrahlt, und legt ihr manchmal kleine Maisküchlein hin, die sie annimmt oder nicht. Er spricht nicht mit ihr und lässt sie völlig allein ihren Weg finden. Am Tag des Lichtempfindens sieht er das innere Leuchten, das durch ihre Haut

nach außen strahlt. Er weiß, sie ist in seinem Sinne unterwegs und zugleich ist er verwundert, dass alles genauso geschieht, wie er es geplant hat. Am letzten Abend ihrer Meditation nähert er sich ihr auf Knien, legt ein weißes, dünnes Lederkleid vor sie hin und sagt: Morgen ist es so weit. Ein winziger Schreck geht durch ihren Körper, aber dann fängt sie sich wieder und verneigt sich.

Am Morgen kommt Petko mit seinen Jüngern noch zu nachtdunkler Zeit. Auch er hat einen weißen Lederumhang übergestreift, ein großes Stück weiches, dünnes Leder, in das ein Loch für den Kopf geschnitten ist. Es gibt ihm ein würdiges Aussehen und lässt ihn erhaben wirken. Jeder der Männer trägt eine Fackel. Sie stellen sich im Kreis um Kira, die Mühe hat, ihre Augen zu öffnen. Sie trägt bereits das weiße Kleid und steht mit unsicheren Beinen auf, so dass Petko sie auffangen muss. Er reicht ihr den Wassersack und sie trinkt in langen, tiefen Zügen. Die Stille und die Meditation haben ihr Gesicht ganz offen werden lassen und ihre Schönheit wirkt durch den Schein der Flammen rings um sie noch ernster, noch tiefgründiger, noch überirdischer.

Petko hält ihr den Arm hin und sie stützt sich bei den ersten Schritten auf ihn. Bald aber gewinnt sie wieder Sicherheit bei ihren Schritten und bleibt stehen. Der Priester stellt sich mit dem Rücken vor sie hin und die Jünger reihen sich in einer Schlange hinter Kira auf. Sie schließt ihre Hände vor der Brust und reckt ihren Körper ein wenig auf. Die Gruppe beginnt mit wiegenden Schritten den Wald zu verlassen. Petko umgeht das Dorf, um niemanden zu wecken und nimmt Richtung auf das Gebirge im Norden. Wenig später steigen sie eine Kuppe im Wald hinauf und erreichen die schütter bewachsene Hochebene. Wie eine große Raupe bewegt sich der Zug über die freie Fläche, in einem Rhythmus, in einem Tempo. Die harmonische Bewegung versetzt Kira wieder in eine tiefe Trance, in der sie mit ihren halbgeschlossenen Augen nur den sich bewegenden Rücken von Petko erkennen kann. Sie nimmt wahr und doch nicht wahr. Sie geht und ist doch innerlich ohne jede Bewegung. Es ist, als ob jedes Selbstgefühl in ihr aufgelöst ist und sie nur mehr Bewegung, Atem und Sein ist.

Am späteren Vormittag erreichen sie den Fuß der Berge. Petko steigt forsch zur Bergspalte hinauf, die den Übergang zum Tal des singenden Steins bildet. Trotz des Tempos hält Kira ohne Probleme mit. Ihre Füße finden bei jedem Schritt einen festen Halt, ihr Körper bleibt völlig in Balance, ihr Geist ist klar und unbewegt.

Oben am Pass macht Petko eine kurze Pause. Er lässt die Jünger zurückbleiben und führt Kira zu einer Stelle, an der sie das ganze Tal vor dem Krater überblicken kann. Sie sieht das erste Mal in ihrem Leben den singenden Stein. Er ist mit einem Holzgerüst umgeben und glitzert hell in der Mittagssonne.
In diesem Stein, sagt Petko feierlich, wohnt Barabaal.
Kira nickt und blickt auf das Sphäroid wie auf ein Wunderding aus einer anderen Welt. Noch nie hat sie ein perfekt rundes Objekt gesehen. Ein wenig wacht sie aus ihrer Trance auf und bewundert den Stein.
Da heraus spricht Barabaal mit mir und sagt mir, was ich zu tun habe, fährt Petko fort. Er will, dass Du Dich auf dem Stein opferst, denn Dein Blut wird den Frevel des Schadzaubers löschen und Dein Volk befreien. Damit der Regen wiederkommt und das Land lebt.
Kira nickt. Petko zeigt den Männern mit einer Handbewegung, dass sie nun weitergehen und steigt den schmalen Pfad auf der anderen Seite des Passes hinab. Ein wenig Aufregung ist in Kira, aber als sie die Talsohle erreichen, fängt sie sich wieder und fällt in ihren vorherigen Bewusstseinszustand zurück. So erreichen sie den singenden Stein. Petko weist jedem Mann einen Platz zu. Einer steht an der Nordseite des Gerüsts. Die anderen vier jeweils an einer Ecke. Das Gerüst umläuft den Stein an vier Seiten. Es besteht aus in die Erde geschlagenen Baumstrünken, auf denen mit Pflanzenschnüren Baumstämme gebunden sind, auf denen man um das Sphäroid herumgehen kann. An der Südseite sind zwei mittellange Bäume schräg an den vorderen Querbalken angebracht und mit dünneren Spreizen verbunden. Dieses Gestell bildet eine Treppe, auf der man bequem das halbhoch um den Stein laufende Gerüst erreichen kann. Petko führt Kira diese Treppe hinauf und lässt sie den Stein berühren. Sie fühlt das schwache Vibrieren des Sphäroids.
Barabaal, sagt Petko, wartet schon auf Dich. Nach Sonnenuntergang wirst Du Dich mit ihm vereinen.
Wieder nickt Kira und wieder ist eine kleine Aufregung in ihr.
Setz Dich vor den Stein und versenke Dich wieder in Deine Schau, fordert sie Petko auf.
Sie setzt sich auf den Querbalken und lehnt sich an den Stein. Das Vibrieren überträgt sich auf ihren Rücken und versetzt sie augenblicklich in eine tiefe Trance. Einer der Männer bringt einen

längeren Ast, der mit einem breiten Blätterbüschel endet. Er steckt ihn neben Kira hinter den Balken, um sie vor der Sonne zu schützen.

Langsam pilgern Menschen aus den verschiedenen Dörfern des Stammes den Bergpfad herunter. Auch sie betrachten staunend das Sphäroid, das sie noch nie vorher gesehen haben. Denn die Mitglieder des Stammes scheuten bisher das Gebirge. Es wurde in den Dörfern erzählt, dass schreckliche Riesen dort wohnen, die Menschen mit Steinen erschlugen. Als Petko sagte, dass das Mittsommerfest in diesem Jahr im Gebirge stattfindet, fügte er hinzu, dass Barabaal die Riesen verjagt hat und die Berge nun für die Menschen sicher seien.

Die Eintreffenden gruppieren sich im Halbrund um ihre Dorfoberen. Immer mehr Menschen treffen im Laufe des Nachmittags ein. Die Sonne ist drückend heiß und die Wartenden laben sich aus Wassertaschen oder suchen unter den Felswänden Schatten und Schutz. Die ruhig meditierende Kira bildet das Zentrum, auf das die Menschen blicken. Ihre Schönheit und die Ruhe, die sie ausstrahlt, sind überwältigend, und so mancher der Anwesenden bedauert ihren bevorstehenden Tod. Die Stammesmitglieder bewundern sie, manche gehen auch vor den Stein und verneigen sich vor ihr. Es ist für die Menschen unfassbar, dass sie, eine Zugewanderte, sich für den Stamm opfern will. Es ist für sie überhaupt aufregend und rätselhaft, dass es ein Menschenopfer geben wird, aber sie glauben den Worten des Priesters und sie haben gehört, dass Barabaal im Stein wohnt und respektieren dessen Autorität, die sich über Petko mitteilt.

Petko und seine Männer sitzen rund um das Sphäroid. Jeder hat seinen Platz und Petko selbst sitzt etwa 10 Schritte vor Kira und lässt sie nicht aus den Augen. Er rezitiert unverständliche Sprüche in einer fremden Sprache und hält die Hände gefaltet vor seiner Brust. Auch die Jünger deklamieren unbekannte Worte und stehen manchmal auf, um den Stein zu umrunden und sich dann wieder auf ihren Platz zu begeben.

Die Menge schwatzt leise, tauscht Neuigkeiten aus, teilt einander mit, wie sehr sie das Geschehen beeindruckt und wie schön das Bild des singenden Steins mit der davor sitzenden Kira ist. Am späteren Nachmittag verschwindet die Sonne hinter dem linksseitigen Felskamm. Nun wird es etwas kühler im Tal und einer der Jünger entfernt den Ast hinter Kira. Petko steht auf und umrundet nun seinerseits den Stein. Die Jünger zünden kleine Feuer vor sich an und werfen trockene Kräuter darauf, die einen intensiven Duft verbreiten. In der Menge wird es ganz ruhig. Diejenigen, die unter der Felswand Schutz gesucht haben, kommen zurück und suchen ihren Platz.

Petko wartet, bis alle sitzen und still sind. Dann verneigt er sich vor Kira und klatscht in die Hände. Sie erwacht und Petko steigt die Stiege hinauf, um ihr beim Aufstehen zu helfen.

Plötzlich ertönt von oben, vom Pass, die helle Stimme von Xeeth: Kira, nein, tu's nicht! Kira!

Petko schaut unwillig hinauf. Der Junge schreit weiter und auch Kira erschrickt ein wenig, vermeidet es aber, hinauf zu schauen. Sie bemüht sich in ihrer Konzentration zu bleiben und die Rufe nicht zu hören. Xeeth schreit verzweifelt weiter und aus der Menge erhebt sich ein großer Mann und stürmt den Passpfad hinauf. Immer noch schreit Xeeth verzweifelt, bis ihn ein Faustschlag des Mannes mitten ins Gesicht zum Schweigen bringt. Er fällt zu Boden und bleibt weinend liegen. Der Mann bewacht ihn zornig und droht ihm mit der Faust, als er den Kopf hebt. Doch Xeeth will weiterschreien und der Mann packt ihn, zerrt ihn brutal auf die andere Seite des Passes und wirft ihn den Weg hinunter. Der Junge kugelt den steinigen Abhang hinab und bleibt unten bewusstlos und blutend liegen. Nach einem kurzen Blick steigt der Mann wieder den schmalen Pfad herunter und setzt sich auf seinen Platz in der Menge. Petko dankt ihm mit einem kurzen Nicken und wendet sich wieder Kira zu. Er stimmt ein fremdklingendes Lied an und segnet Kira mit einem kleinen belaubten Zweig, den ihm ein Jünger reicht. Von Kopf über Arme, Rücken, Brust und Bauch bis hinunter zu den Füßen streicht er Kira über den Körper. Dann lädt er sie ein, sich auf den Stein zu legen, was sie mit seiner Hilfe macht. Die Jünger betreten nun auch das Gerüst und platzieren sich auf allen Seiten. Sie sollen offensichtlich, falls Kira im letzten Moment zurückzieht, sie festhalten. Aber Kira liegt mit ganz ausgestreckten Gliedmaßen ruhig und bereit auf dem oberen Rund des Steines und schließt die Augen. In ihr tobt eine wilde Aufregung im Kampf mit einer alles überstrahlenden Ruhe. Sie atmet tief durch, öffnet ihre Augen wieder und blickt Petko, der an ihrer Herzseite steht, an.

Dieser stoppt seinen Gesang und fragt: Bist Du bereit?

Ja, sagt Kira leise, ich will zu Barabaal.

Jetzt holt Petko unter seinem weißen Umhang einen knöchernen Dreikant hervor und hebt ihn hoch. Kira schließt wieder ihre Augen, zittert ein wenig, ist aber bereit, den Stoß zu empfangen. Petko tastet auf ihren Brustknochen auf eine Stelle, in die der Dolch eindringen kann und stößt dann kraftvoll zu. Kira bäumt sich auf. Hochgekrümmt greift sie nach dem Dolch in ihrer Brust, doch am halben Weg verlässt die Kraft ihre Arme und sie fällt leblos auf den Stein zurück.
Kira! schreit Xeeths Stimme oben auf dem Pass.
Der Junge ist wieder zurückgekrochen und musste das ganze blutige Ritual mit ansehen. Empörtes Gemurmel steigt aus der Menge auf und der große Mann erhebt sich wieder, um auf den Pass hinauf zu laufen. Xeeth dreht sich weg und verschwindet.
Aus Kiras Brust pulst das Blut auf den Stein. Sie liegt völlig gelöst auf dem Sphäroid und es scheint, als ob sie glücklich lächelt. Petko hat sich hinter ihren Kopf gestellt und hält ihre Schläfen in seinen Händen. Er singt wieder aus voller Kehle, während die Menschen vor ihm in einer Mischung aus Entsetzen und Verwunderung realisieren, dass hier wirklich ein Mensch getötet wurde. Manche wenden sich ab und weinen, andere starren auf die tote Kira und den singenden Petko, wieder andere schwatzen aufgeregt über das Geschehen und das was sie gesehen haben. Petko hebt nun seine Stimme und sagt den Menschen, dass sie aufstehen und einen Zug bilden sollen, der um den singenden Stein pilgert. Die meisten der Anwesenden folgen seiner Anweisung und wandern rechts herum um das Sphäroid. Andere bleiben kopfschüttelnd sitzen und können immer noch nicht fassen, was passiert ist und dass sie einfach dabei geblieben sind. Petko wiederum stellt zufrieden fest, dass alle Schamanen und auch viele der Kräuterfrauen bei der Opferung nicht erschienen sind. Es ist ihm gelungen, den größten Teil des Stammes auf seine Seite zu ziehen. Das Ritual hat seinen Zweck für ihn erfüllt. Als es drei Tage später zu regnen beginnt, ist sein Sieg scheinbar vollkommen.

***Es dauert bis in den Nachmittag hinein**, bis mich ein Polizeiwagen zu meinem Auto zurückfahren kann. Zu viele Einsätze an diesem Tag, sagte der Diensthabende am Tresen. Er*

wird mich anrufen, wenn ein Wagen frei ist. Ich gehe in der Stadt spazieren und überlege gerade, ob ich per Autostopp zurückfahren soll, als der Anruf kommt. Sandie, die junge Polizistin von gestern, führt mich zurück. Wir tratschen den ganzen Weg über ihr Leben. Sie ist aber auch sehr interessiert an meinem Beruf als Autor, weil sie selbst gerne schreibt und einmal ein Buch über ihre Einsätze als Polizistin verfassen will. Ich rate ihr zum Führen eines Tagebuchs und gebe ihr meine E-Mailadresse, weil ich ihr anbiete, ihr Werk zu lesen. Dann sind wir oben am See und sie verabschiedet sich freundlich von mir.
Trotz des wunderschönen Wetters ist der See verlassen. Mein Karren ist der einzige Wagen am Parkplatz. Das Glaskabäuschen schimmert verlassen im Sonnenlicht. Ich beschließe, die Gelegenheit zu nutzen und einen Kontrollgang in die Vorzeit zu machen. Dazu klettere ich auf einen Felsen in einiger Entfernung vom Parkplatz, der mir zugleich Sichtschutz geben würde, wenn Menschen beim Sphäroid sind. Ich stampfe auf und erschrecke. Das ganze Areal rund um den Stein ist voll mit Leuten. Es müssen hunderte sein. Ich sehe Petko (jetzt kenne ich seinen Namen) und seine Jünger rund um das Sphäroid. Aber dann erschrecke ich noch einmal: Auf dem Gestell, das ich gestern schon sah, sitzt ein Mädchen, offensichtlich in tiefer Meditation. Was geht hier vor? denke ich.
Sie werden sie opfern, sagt Setong, der plötzlich neben mir steht. Sie werden sie opfern.
Was? schreie ich unterdrückt auf, ein Menschenopfer?
Ja, das erste Menschenopfer mit einem Lebewesen, das sich diesem Ritual freiwillig unterzieht, antwortet Setong traurig.
Aber wieso?
Das ist schwer verständlich, und Dir oder mir nicht wirklich zugänglich, spricht Setong weiter und seine Stimme hört sich belegt und leise an. Wir können nicht verstehen, was in der Seele eines solchen Menschen vor sich geht. Kannst Du Dir vorstellen, für eine Idee zu sterben? fragt er mich direkt.
Nicht wirklich, antworte ich, ich meine, ich könnte vielleicht Mira oder mich selbst verteidigen und jemand dabei töten, aber ich würde immer darauf achten, nicht selbst getötet zu werden.
Ja, das ist natürlich, sagt Setong. Doch Kira, das Mädchen am Stein sitzt einem Märchen auf. Petko behauptet, dass im singenden Stein

der Gott Barabaal wohnt und sie durch ihr Opfer Regen herbeizaubern würde und zugleich die Braut von Barabaal wird.
Was für eine absurde Geschichte! entfährt es mir, und sie glaubt das?
Setong setzt sich nieder und lädt mich ein, dasselbe zu tun.
Er seufzt: Ja, sie glaubt das. Mehr noch, sie ist fest überzeugt, dass ihr Opfer Sinn macht und die Welt ändern wird. Hier und heute beginnt ein schrecklicher Irrtum des Mensch-Seins. Die Selbstopferung. Dieser Gedanke ist ab nun in der Welt. Und er wird vom Wind des Geistes immer weiter getragen werden, bis zu dem Tag, an dem die Menschen erkennen, welch ein Irrtum eine Selbstopferung ist. Aber von diesem Tag ist die Welt noch sehr weit entfernt.
Ich schweige und versinke in Gedanken. In dem mentalen Zeitalter, in dem ich lebe, haben wir die Aufklärung und die rationale Wissenschaft hervorgebracht. Und trotzdem sind auch in meiner Zeit Menschen bereit, sich selbst in die Luft zu sprengen und zugleich auch andere Menschen zu töten. Weil sie an eine Geschichte glauben, die ein charismatischer Prediger oder Politiker erzählt. Ohne Rücksicht darauf, wie rational oder in sich logisch seine Ausführungen sind. Ich denke auch an die Deutschen, die auf Hitler hineingefallen sind, der von ähnlich absurdem Zeug wie Vorsehung, Judenschuld und Rassereinheit gesprochen hat. Die japanischen Kamikaze-Piloten glaubten, dass sie nach ihrem Absturz direkt ins Nirvana eingehen würden, was immer das ist. Die christlichen Märtyrer im alten Rom ließen sich lieber von Löwen fressen als ihrem Glauben abzuschwören. Andere verbrennen sich, um in einen begehrten Zustand der Reinheit zu gelangen oder gegen etwas zu protestieren, was ihrer Meinung nach falsch ist. Ich erkenne, wie sehr sich der Gedanke der Selbstopferung in den Kanon der menschlichen Verhaltensweisen eingebrannt hat. Und wie schwer es werden würde, ihn wieder daraus zu entfernen.
Setong sitzt mit hängendem Kopf neben mir. Ich habe alles gesehen, und ich kann nichts dagegen tun, sagt er mit belegter Stimme. Die Menschen in der Menge, die mich kennen und von denen mich viele lieben, würden uns trotzdem lynchen, wenn wir jetzt hinuntergehen und gegen den Wahnsinn ankämpfen.
Wie zur Unterstreichung seiner Worte hören wir plötzlich vom Pass her Xeeths Stimme rufen: Kira, nein, tu's nicht! Kira!

Wir sehen, wie Petko unwillig aufschaut, wir hören Xeeth weiter schreien, wir sehen, wie ein großer Mann aufsteht und den Pfad zum Pass hinauf stürmt. Er schlägt Xeeth brutal mitten ins Gesicht. Als Xeeth nicht verstummt, packt er ihn und verschwindet mit ihm auf die andere Seite des Passes. Dann ist nichts mehr zu hören. Der Mann kommt zurück, läuft den Weg herunter und setzt sich wieder an seinen Platz.

Setong sagt: Ich weiß, es wird Xeeth jetzt nichts passieren. Aber sein Schreien wird nichts daran ändern, was wie ein festgelegtes Drama abläuft. Die Menschen da unten sind wie in Trance, sie wollen das Opfer, sind gierig auf Blut. Obwohl sie so etwas noch nie gesehen haben, und obwohl sich morgen viele fragen werden, warum sie dabei geblieben sind. Sie können jetzt nicht aufstehen und gehen, und wenn jemand stört, dann würden sie ihn erschlagen. Petko fährt mit dem Ritual fort. Er singt etwas, was für mich wie ein lateinischer Choral klingt, stoppt plötzlich und fragt Kira etwas. Sie bejaht. Er holt aus seinem Lederhemd einen dreikantigen Dolch und stößt ihn ihr direkt ins Herz. Wieder schreit Xeeth. Die Menge murmelt empört und der große Mann steht erneut auf. All das sehe ich wie abgespalten, nichts in mir kann glauben, dass das gerade wirklich passiert, hier, vor mir, vor meinen Augen. Sind denn die Menschen da rund um den Stein blind? Was bringt sie dazu, so ein Ritual nicht nur anzusehen, sondern ihm auch mit ganzen Herzen zuzustimmen. Mir fällt ein, dass die christliche Inquisition oft ganze Städte gesperrt und eine Frau nach der anderen zur Hexe erklärt hat. Man folterte sie, bis sie „gestanden" haben. Dann wurden sie nach ihrem „Prozess" öffentlich verbrannt. Und das Volk ist bei jeder Verbrennung um den Scheiterhaufen gestanden und hat alles akzeptiert, selbst wenn die Frau wohlbekannt und vielleicht sogar jemand war, den man liebte. Die Faszination des Todes eines Menschen schlägt andere Menschen in den Bann. Freud hat sogar von Thanatos gesprochen, dem Todestrieb als Gegenspieler zum Lebenstrieb.

Ich zwinge mich, auf das tote Mädchen hinzusehen. Meine Gedanken wollen mich offensichtlich von der Tatsache ablenken, dass sie wirklich tot ist. Nach dem Stich hat sie sich noch kurz aufgebäumt, das habe ich noch mitbekommen. Es schien, als ob sie den Dolch aus ihrem Herzen ziehen wollte, vielleicht eine späte, zu späte Erkenntnis des Irrsinns ihres Tuns. Aber ihre Arme fielen kraftlos zurück. Nach dem Verstummen von Xeeth verstummte

auch die Masse im Tal. Ich sehe schreckgeweitete Augen, offene Münder, ein Nicht-Glauben-Wollen in vielen Gesichtern. Einige weinen sogar. Petko fordert die Menschen auf, aufzustehen und um den Stein zu gehen, auf dem die tote Kira immer noch liegt. Der Griff des Dolches ragt hoch aus ihrer Brust. Immer mehr Menschen erheben sich und umrunden das Sphäroid.
Erst jetzt fällt mir auf, dass die Sonne hinter den Steinzacken des Gebirges verschwunden ist. Einige der Menschen verlassen das Tal über den Passpfad. Nach und nach folgen ihnen andere. Es dauert lange und bis in die Dunkelheit hinein, bis die Menschen hinter dem Pass verschwunden ist.
Erst jetzt heben die Jünger die Leiche des Mädchens vom Stein. Petko zieht ihr den Dolch aus dem Körper und entkleidet sie. Nackt wird sie von zwei Jüngern in die Mitte des Kraters getragen, während die anderen die beiden Träger begleiten. Der volle Mond bescheint die Szene gespenstisch. Petko bleibt, eine Fackel in seiner Hand, am Kraterrand stehen und schaut seinen Jüngern nach. Als sie den Rand des Loches erreichen, bleiben sie stehen und schauen sich nach ihm um. Er gibt ihnen mit seinem Licht ein kurzes Zeichen und sie werfen die Leiche einfach in die Öffnung. Das Mädchen hat seinen Zweck erfüllt. Es wird nicht mehr gebraucht.
Fassungslos über diese zynische Kaltherzigkeit, die sich durch den Akt offenbart, sitze ich erschlagen an den Felsen gelehnt und bemerke erst jetzt, dass Setong schon vor einiger Zeit verschwunden ist.
In mir kommt Wut hoch und ich stürme hinunter zum Stein. Petko ist dorthin zurückgekehrt, hört meine Schritte und bleibt erstaunt stehen. Er hat seinen Dolch in der Hand, was mich schlagartig zur Besinnung bringt. Ich stoppe meine Wut und atme tief durch.
Langsam gehe ich auf ihn zu: Mr. Petkow, die Bruderschaft schickt mich. Der Großmeister befiehlt Ihnen, sofort zurück zu kehren.
Petko sieht mich erst einmal entgeistert an. Dann beginnt er zu lachen: Die Bruderschaft, sagen Sie? Was will die Bruderschaft mir anschaffen? Ich bin hier, um die Grundlagen zu gestalten, auf deren Basis die Bruderschaft von Erfolg zu Erfolg eilen wird. Nein, ich kehre nicht zurück, bevor mein Werk vollendet ist. Und niemand kann mich stoppen!
Sie haben Recht, ich kann Sie nicht aufhalten, sage ich plötzlich eiskalt, einer intuitiven Eingabe folgend. Das ist Ihre Verantwortung. Doch die Folgen Ihres Tuns werden Sie selbst

einmal vernichten. Sie werden spurlos verschwinden. Und niemand wird sich Ihrer erinnern.

Dann trete ich aus dem Licht der Fackel und stampfe auf. Die Dunkelheit meiner Zeit umfängt mich wieder.

Völlig erschlagen kehre ich zu Mira zurück. Sie freut sich natürlich sehr, dass ich wieder daheim bin. Aber sie lässt mich auch in Ruhe, nachdem ich ihr kurz erzählt habe, was passiert ist. Ich gehe viel spazieren, treffe mich mit Melmoth im Park und schaue auch einmal bei Meriel zu einem Tee vorbei. Ihr Babybauch ist schon bewundernswert groß und sie freut sich über ihre Mutterschaft. Melmoth und sie wirken rührend in ihrem Bestreben, eine gute Familie zu sein. Dieses Kind wird es einmal gut haben, das sieht man.

Den Tod von Kira und ihre öffentliche und freiwillige Ermordung muss ich erst verarbeiten. Mir ist klar geworden, dass damit wirklich ein Einschnitt in der Menschheitsgeschichte passiert ist. Ein Einschnitt, der nicht mehr zurückgenommen werden kann. Der aber geheilt werden muss. Diese Heilung muss in den Herzen der Menschen passieren, in jedem einzelnen, in das sich Thanatos, der Todestrieb, einnisten konnte. Das ist ein Bewusstseinsschritt größten Ausmaßes. Doch er muss von uns allen vollzogen werden, wollen wir diese Krankheit aus den menschlichen Nervensystemen herausfiltern.

Eines Morgens finde ich eine Botschaft in meinem Handy: Alhambra, 10:00 Uhr. Natürlich gehe ich hin. A.H. hat sich in Erwartung von mir schon eine Tasse heiße Milch bestellt.

Meine Uhr geht ein wenig vor, sagt er, Vorkriegsmodell mit Handaufzug. Außerdem ist es schwer, im Weltenhüter-Camp die genaue Ortszeit zu bekommen. Er lacht sein helles Lachen und freut sich sichtlich, mich zu sehen.

Weißt Du, flüstert er mir zu, ich freu mich ja so auf unsere Treffen. Für uns Weltenhüter gibt es immer weniger zu tun, auch wenn ein Blick in die Abendnachrichten den Menschen ein anderes Bild vermittelt. Ihr seid schon ganz gut unterwegs. Die Macht der Bruderschaft ist stark zurückgegangen und die frömmelnden Kräfte, die sich einbilden, die Welt mit ihrem Quatsch beglücken zu müssen, sind eindeutig im Rückzug. Nur viele Staatenlenker befinden sich noch dort, worüber ein schwedischer Reichskanzler einmal zu seinem Sohn sagte: „Du ahnst nicht, mit wie wenig Weisheit die Welt regiert wird.". Das war 1648, im Dreißigjährigen Krieg! Hat sich viel verändert? Ja schon. Nur in manchen Bereichen nicht genug. Aber das wird noch. Also insgesamt: Grünes Licht! Fahrt frei für die Menschen. Ihr seid ein Erfolgsmodell der Evolution!

Was wir Weltenhüter jetzt machen, sind Ausputzarbeiten. Klar, da geht es immer noch um dramatische Sachen. Solche, wie Du sie erlebt hast. Aber vieles können die Menschen heute schon selbst reparieren. Sie müssten sich nur manchmal selbst auf die Schulter klopfen und auf ihren sogenannten Fortschritt ein wenig stolz sein. Frag Melmoth, wie es war, ein römischer Bürger zu sein. Mord war damals im römischen Senat eine gängige Problemlösung. Die Tendenz dazu hat heute wirklich schon sehr abgenommen.

Er winkt der Serviererin und sie bringt eine neue Tasse Milch. Dann fragt sie mich, was ich gerne trinken möchte. Kaffee, sage ich. Ich war so fasziniert von A.H.s Ergüssen, dass ich völlig vergessen habe, etwas zu bestellen.

Dass Du den Tod von Kira mitansehen musstest, tut mir Leid, redet A.H. weiter. Ich verstehe Deine Erschütterung Der erste Tote, den wir in unserem Leben zu Gesicht bekommen, wirft uns ja völlig aus unserer Illusion der Unsterblichkeit. Wenn es dann noch dazu ein unzeitiger Tod ist, einer, den wir nicht als natürlich empfinden, dann betrifft uns dieses Ereignis noch tiefer und zeigt uns unsere Verletzlichkeit.

Kira hätte noch so ein wunderbares Leben vor sich gehabt, als Frau, als Mutter, als Geliebte, als Großmutter, als Freude für andere Menschen. Das hat sie sich selbst und den anderen genommen. Für eine Lüge, ein Gaukelspiel um einen nichtexistenten Gott namens Barabaal! Aber wie viele Menschen sind der Lüge aufgesessen, dass es da draußen eine personifizierte Macht gibt, die über sie herrscht. Ja die Macht gibt es. Das sind einfach die Gesetze des Universums, die uns das Leben geben, aber auch begrenzen.

In alten Mythen wurde das Leben oft mit einer Brücke verglichen, über die wir von der Geburt hin zu unserem Tod unterwegs sind. Solange wir einfach auf dieser Brücke wandern, werden uns die Kräfte des Universums dabei unterstützen, unsere Ziele zu erreichen. Wenn wir uns aber dem Rand der Brücke nähern, dann

sind wir gefährdet, von ihr herunterzufallen. Deswegen hat das Universum jeder Brücke auf beiden Seiten Geländer gegeben. Damit wir nicht so leicht herunterfallen.
Ich schaue verwundert, weil ich den Vergleich nicht gleich verstehe.
Geländer, setzt A.H. erklärend fort, das sind unsere Ängste, die ethischen Sperren, die wir eingeboren bekommen, und die Krankheiten, die uns darauf aufmerksam machen, dass wir gegen uns selbst leben. Wenn wir diese Geländer beachten, dann können wir die Brücke relativ problemlos nutzen, um ein glückliches Leben zu leben, was immer wir darunter verstehen.
Ein Beispiel, wie es gehen könnte, ist ein Text namens Desiderata von Max Ehrmann, und man beachte, von einem amerikanischen Rechtsanwalt! Nicht von einem Theologen oder religiösen Führer. Von einem ganz gewöhnlichen und deshalb außergewöhnlichen Menschen! Ehrmann hat ihn seinen Freunden geschickt und so hat sich der Text über die ganze Welt verbreitet.
A.H. deklamiert:

Geh ruhig und gelassen durch Lärm und Hast, und sei des Friedens eingedenk, den die Stille bergen kann.
Vertrage Dich mit allen Menschen, möglichst ohne Dich ihnen auszuliefern.
Äußere Deine Wahrheit ruhig und klar, und höre anderen zu, auch den Geistlosen und Unwissenden; auch sie haben ihre Geschichte.
Meide laute und aggressive Menschen. Für den Geist sind sie eine Qual.
Wenn Du Dich mit anderen vergleichst, könntest Du bitter werden und Dir nichtig vorkommen, denn es wird immer Menschen geben, die größer oder geringer sind als Du. Freue Dich Deiner Leistungen und Deiner Pläne.
Bleibe weiter an Deinem eigenen Weg interessiert, wie bescheiden er auch sei. Im wechselnden Glück der Zeiten ist er ein echter Besitz.
In Deinen geschäftlichen Angelegenheiten lasse Vorsicht walten, denn die Welt ist voller Betrug. Doch soll Dich das nicht blind machen für die Rechtschaffenheit. Viele Menschen bemühen sich, hohen Idealen zu folgen, und überall ist das Leben voller Heldenmut.
Sei Du selbst. Vor allem heuchle nicht Zuneigung. Und sei, was die Liebe anlangt, nicht zynisch. Denn trotz aller Dürre und Enttäuschung ist sie doch ewig wie der Gral.
Nimm freundlich-gelassen den Ratschluss der Jahre an, und gib mit Würde die Dinge der Jugend auf. Stärke die Kraft des Geistes, damit er Dich bei unvorhergesehenem Unglück schütze. Aber quäle Dich nicht mit Gedanken.

Viele Ängste kommen aus Ermüdung und Einsamkeit. Neben einem gesunden Maß an Selbstdisziplin sei gut zu Dir. Du bist nicht weniger Kind des Universums als es die Bäume und die Sterne sind; Du hast ein Recht, hier zu sein.
Und, ob dies Dir klar ist oder nicht: Kein Zweifel besteht, dass das Universum sich so entfaltet, wie es sich entfalten soll. Darum lebe in Frieden mit Gott, wie auch immer Du IHN verstehst.
Was auch immer Dein Mühen und Dein Sehnen ist: Trotz aller Falschheit, trotz aller Mühsal und all der zerbrochenen Träume ist es dennoch eine schöne Welt.
Sei vorsichtig. Und strebe danach, glücklich zu sein.

Hast Du den Text gekannt? fragt er mich.
Ja, sage ich, vor Jahren gelesen und dann vergessen. Aber es ist wirklich eine schöne Schrift. Was mich persönlich nur stört, ist die Erwähnung von Gott.
Richtig, sagt A.H., auch dieser Autor hat sich noch an die Illusion Gott gebunden. Aber der Nachsatz – *wie immer Du ihn verstehst* – zeigt schon eine Öffnung. Auch heute noch verstehen sich viele Menschen als Gottes Kinder. Doch wie der Autor dieses Textes und wie andere Suchende, zum Beispiel Meister Ekkehart, können auch sie sich öffnen und ein neues Erkennen möglich machen. Dann wird Gott zu einer Krücke, die wir irgendwann in die Ecke lehnen, weil wir gelernt haben, das Leben zu tanzen.
Du klingst wie ein Meister, lache ich A.H. an.
Nein, sagt er fast verschämt, ein Meister bin ich nicht. Vieles von dem, was ich Dir sage, ist mir erst nach meinem eigenen Tod klar geworden. Aber das ist zu spät. Wir müssen unsere Entwicklung in unser Leben hineinbringen, das ist der Auftrag auf dem Weg über die Brücke. Nachzudenken und Nachzuspüren, um zu erkennen und unsere Erkenntnisse umzusetzen. Niemand kann Dich daran hindern, aus jedem Moment Deines Lebens etwas zu lernen, um seine Möglichkeiten in die Realität zu bringen. Und die Möglichkeiten, die wir in unserer Existenz vorfinden, sind unendlich groß. Sieh Dir die Vielfalt des Lebens an, seine ununterbrochene Vielgestaltigkeit allein auf diesem Planeten. Alle diese Formen wurden hervorgebracht, weil die Zellen gelernt haben, auf das, was sie behinderte oder bedrohte, mit einer neuen genetischen Gestalt zu antworten.

Die Wissenschaft nimmt an, dass im Universum hunderte Millionen Planeten existieren, die die gleichen Vorbedingungen für Leben haben wie dieser. Also potenziere die Zahl der bisherigen Erscheinungen mit dem Faktor Hundert Millionen. Dann weißt Du ein wenig über die Möglichkeiten des Lebens.

Aber was ist der Sinn des Ganzen? frage ich zögerlich.

Ich könnte es mir jetzt einfach machen, antwortet A.H. lächelnd, und wie so viele Dummschwätzer sagen: Das musst Du schon selbst herausfinden. Das mache ich nicht. Ich sage Dir, was ich bis jetzt herausgefunden habe. Ich glaube nicht, dass es die für alle gültige finale Antwort ist, dann wäre ich nämlich dem Irrtum aufgesessen, dem sich so viele Menschen ausgeliefert haben. Was also kann ich sagen? Dem Menschen ist das Lernen wie jedem anderen Lebewesen eingegeben. Vom wem und wieso ist jetzt völlig nebensächlich, weil wir darüber nur spekulieren können oder sagen: Die Evolution, was auch nichts bedeutet, weil es nur eine Überschrift ist. Und doch ist die Frage wichtig, weil sie uns voranbringt. Wir müssen nur lernen, in der Frage stehen zu bleiben und keine vorschnellen Antworten zu akzeptieren. Irgendwann wird uns eine Antwort erreichen und wir werden wissen, dass sie die richtige ist. Aber sie gilt nur für uns selbst, nicht für alle!

Er nimmt wieder einen Schluck von seiner Milch und schließt genießerisch die Augen. Ich beobachte den Kerl gerne in seiner Verschrobenheit, denn zugleich hat das, was er sagt, Tiefgang und Frische.

Nach der kurzen Pause fährt er fort: Was also den Menschen von anderen Tieren unterscheidet, ist, dass er die Fähigkeit zu lernen enorm gesteigert hat. So wie andere Wesen vielleicht viel besser hören können oder in extremen Umgebungen bestens zurecht kommen, so haben die Menschen gelernt, die unterschiedlichsten Situationen zu bewältigen. Indem sie lernten, Werkzeuge und Hilfsmittel zu erschaffen, um zu überleben und im Idealfall ein gutes Leben zu führen. Diese Fähigkeit führte dazu, größere Zusammenhänge zu erkennen und die Prinzipien, die dahinter wirksam sind, zu durchschauen. Heute bedeutet das zum Beispiel, dass die Menschen, leider nicht alle, erkennen, dass ihr Handeln das Klima auf der Erde beeinflusst. Und dass sie selbst zu einer Erderwärmung beitragen, die bedrohlich ist für die Welt. Die Menschen selbst haben ein witziges Bild geschaffen, das ihr derzeitiges Tun illustriert: Ein paar Leute sitzen auf einem Ast und

sind zugleich damit beschäftigt, ihn abzusägen. Bumms, sie fallen zu Boden. Bumms, sie verschwinden von der Welt. Denn der Welt ist das egal, sie würde weiterhin Lebewesen hervorbringen, solange die Bedingungen dafür gegeben sind.
Da gibt es doch ein Spiel bei euch, wie heißt es doch gleich? fragt er mit listigem Grinsen nach einem weiteren Schluck Milch.
Mensch ärgere Dich nicht, sage ich.
Genau! Seine Stimme ist belustigt und begeistert: Da werden Deine Spielfiguren von anderen hinaus gekickt und Du musst eine Sechs würfeln, um weiter mitspielen zu können. Aber ob die Menschen nach ihrem Verschwinden wieder eine Sechs schaffen, ist mehr als fraglich. Denn ein Gesetz in der Natur lautet, was nicht angepasst ist, fliegt raus.
Über das Geländer runter von der Brücke, sage ich trocken.
So ist es, bestätigt A.H. meinen Satz. Und fährt fort: Also könnte man, um zu unserem vorherigen Thema zurück zu kommen, auch sagen: Die Menschen sind derzeit bereit, sich selbst ihrem „Fortschritt" zu opfern.
Kluge Strategie, meint er sarkastisch, seinen Kopf hin und her wiegend. Na ja, wir werden sehen, was gewinnt, die Vernunft oder die Dummheit. Es ist immer der gleiche Kampf und die Vernunft hat oft die schlechteren Karten. Insgesamt natürlich nicht, aber in Einzelfällen schon.
Was heißt das? frage ich perplex.
Naja, die Dummheit hat den Vorteil, dass sie ihre Beschränktheit selber nicht bemerkt, führt A.H. aus. Die anderen leiden unter ihr, aber nicht der, der mit ihr gesegnet ist. Seine Welt endet genau dort, wo sein Verständnis versagt. Deswegen kann er gar nicht verstehen, was ihm andere mitteilen wollen. Er hat dafür keine Repräsentationen im Gehirn, würden Eure Neurobiologen sagen.
Oder anders, werfe ich ein, der dümmste Bauer hat die größten Kartoffeln.
So ist es. Aber er bemerkt sehr lange nicht, dass er durch seinen Superdünger, den ihm ein Pharma-Vertreter angedreht hat, seinen Acker ruiniert. Das merkt er erst, wenn es keine Kartoffeln mehr gibt.
Und was kann man gegen Dummheit tun? frage ich.
Er lässt sich Zeit mit seiner Antwort: Wenn sich die Anderen, Vernünftigen zusammenschließen und verhindern, dass es Superdünger oder Atomkraftwerke gibt, dann hat man der

Dummheit sozusagen das Wasser abgedreht. Und die Vernünftigen sind in der Mehrzahl, auch wenn's oft nicht so scheint. Wenn das anders wäre, wäre die Menschheit schon längst ausradiert.

Wir schweigen. Noch einen Wunsch? fragt die Serviererin. A.H. schaut mich fragend an. Noch einmal das Gleiche, sage ich.

Kaffee und Milch kommen. Wir schweigen immer noch.

Dann sage ich: Danke, das war sehr tiefschürfend.

Gern geschehen sagt er, und: Das meiste ist ja nicht auf meinem Mist gewachsen. Das ist einfach aus der Weisheitskiste der Vernunft. Die Menschen müssten nur dem folgen, was sie sowieso wissen, dann wäre es sehr einfach, glücklich über die Brücke zu gehen. Doch einige hoppeln kreuz und quer, weil sie auf einem Egotrip unterwegs sind. Das bringt öfter alles durcheinander. Und deswegen ist alles nicht so einfach. Aber es wird schon. Du wirst sehen.

Und um mir das zu sagen, bist Du heute hierhergekommen? frage ich.

Ach, ich wollte einfach wieder einmal mit Dir tratschen, antwortet A.H. und tätschelt meine Hand. Und außerdem habe ich gesehen, wie sehr Du nach der Sache mit Kira den Kopf hast hängen lassen. Da wollte ich Dich einfach ein bisschen aufheitern.

Danke, sage ich leise und anerkennend. Das habe ich wirklich nötig gehabt.

Ich weiß, sagt er, aber jetzt muss ich zurück. Bin ich eingeladen?

Was denkst Du? lache ich und rufe: Zahlen bitte.

Die Dürre kommt auf grausame Art bald wieder zurück. Der Boden schluckt den tagelangen Regen wie ein Sieb und verwandelt sich nach dessen Ende wieder in die staubige Wüste, die er davor war. Die Sonne brennt die ganzen Sommermonde vom Himmel herab und die Pflanzen verdorren vollständig. Jagdbare Tiere zeigen sich schon lange nicht mehr, höchstens als halbverfaultes Aas. Selbst die Adler haben ihre toten Jungen aus den Nestern geworfen und sich in schattige Spalten in den Felswänden zurückgezogen. Die Fallen bleiben leer und die wenigen Jäger, die noch Kraft zum Gehen haben, kehren nach Tagen mit leeren Händen zurück.

Die Menschen des Adler-Stammes, die kurz Hoffnung geschöpft hatten, kehren in eine tiefere Verzweiflung zurück, als sie je zuvor bestanden hat. Apathisch sitzen viele nur mehr vor ihrer Hütte im Schatten und haben es aufgegeben, nach Gründen für das Unglück, aber auch für das Weiterleben, zu suchen.

Nur Petko jagt von einem Dorf zum nächsten und klagt die Schamanen dafür an, dass sie ihren Schadzauber nicht vom Stamm genommen haben. Er zeigt erneut das blutige Kleid von Kira, mit dem er schon kurz nach dem Sommerfest durch die Dörfer gepilgert ist, um die Menschen mit ihrem Opfermut zu beeindrucken.

Nun aber benutzt er es als Anklage gegen die Schamanen: Ist Eure Verblendung so groß, dass nicht einmal Kiras Opfer Euch von Euerm Tun abhält? Und ist Euer Hass auf Euer Volk so tief, dass ihr den Tod von so vielen Eurer Mitbrüder und Mitschwestern wünscht? Ist die Vernichtung des Adler-Berge-Stamms Euer Ziel? schreit er bei den Versammlungen und die Menschen nicken müde.

Die Schamanen haben aufgegeben, gegen diese Verleumdungen anzukämpfen und ziehen sich noch tiefer in die Wälder zurück. Durch ihre Verbundenheit mit der Natur finden sie sogar noch kleine Wasserstellen. Aber als das bekannt wird, wird es zu einem neuen Vorwurf.

Da sehr ihr, zischt Petko mit hasserfüllter Stimme, sie lassen es sich gut gehen, während ihr verhungert und verdurstet. Sie halten das Wasser im Boden zurück, um Euch noch mehr zu schaden. Sie selbst haben genug zu trinken, und sie haben genug zu essen. Aber nicht für Euch!

Nur Setong hält noch mit seiner Familie in ihrer Hütte aus. In ihrem Dorf ist der Hass weniger groß, weil Petko sich nicht in diese Siedlung wagt. Aber die Leute leiden auch unter der Dürre, dem Hunger, dem Durst. Der Dorfteich hat sich in eine schlammige Grube verwandet, in der die Menschen verzweifelt versuchen, nach Wasser zu graben. Doch der Ring aus trockener Erde, der sich um die schlammige Mitte legt, wird jeden Tag größer und größer. Selbst die Pflanzen am Rand beginnen zu verdorren und die Fische sind längst schon gefangen und gegessen worden, noch bevor sie auf dem Trockenen ersticken.

Der Dorfälteste besucht Setong und bespricht mit ihm die Lage.

Sollen wir gehen? fragt er und Belmas, die mit Ama und Xeeth ein wenig abseits sitzt, schaut bestürzt herüber. Wie war das bei Euch, Belmas?

Wir sind zu spät gegangen, sagt Belmas leise und rutscht heran. Es waren schon viele so geschwächt, dass wir sie zum Sterben zurücklassen mussten, erzählt sie traurig weiter. Wir hätten viele Monde früher schon das Land verlassen müssen, aber die meisten unseres Stammes wollten nicht fort. Menschen hängen an dem Ort, an dem sie geboren wurden, und wenn sich die Situation ändert, wollen sie das nicht wahrhaben. Sie sterben lieber, als dass sie losziehen, um einen anderen Ort zum Leben zu finden. Ich bin auch erst gegangen, als meine Kinder und mein Mann tot waren. Sie beginnt zu weinen und Setong legt seinen Arm um sie. Ama schaut erschreckt auf ihre Mutter und kuschelt sich an sie.

Was sagst Du, Setong? fragt der Älteste weiter, als Belmas ihre Tränen getrocknet hat. Du hast die meiste Erfahrung. Wo gibt es einen Ort, wo noch Wasser ist?

Ich habe Xeeth die Trommel schlagen lassen und die Ahnen befragt, erzählt Setong. Es ist eine dunkle Wolke über dem Land, sagen sie, aber keine Regenwolke, sondern eine Wolke, aus der der Tod auf uns herabregnet. Im Osten, viele Tagesmärsche entfernt, so hörte ich, liegen die großen Seen, aus denen man trinken kann. Das, so sagte eine Stimme auf einer meiner Reisen, kann unsere Rettung sein. Aber die Wanderung dorthin ist lang und gefährlich, denn es sind auch andere Stämme unterwegs, um sich zu retten. Es kann zum Kampf kommen und weitere Menschen werden sterben.

Wir hätten schon vor einem Jahr gehen sollen, sagt der Dorfälteste, aber damals hat uns Petko daran gehindert. Er hat uns versprochen, dass Barabaal es bald regnen lassen wird. Nichts hat sich verändert. Und dann das Opfer des Mädchens. Es hat nichts gebracht. Es hat uns sogar geschadet, weil nun noch mehr Menschen enttäuscht und mutlos sind und vor sich hin sterben. Was sollen wir tun, Setong? Sollen wir aufbrechen? Aber wohin sollen wir überhaupt gehen?

Setong schweigt längere Zeit und spricht dann ganz leise: Ich weiß, das Fortgehen ist ein großes Risiko. Nicht alle, die gehen, werden ankommen. Belmas hat mir erzählt, wie viele von ihrem Stamm unterwegs gestorben sind. Wir haben nichts zum Mitnehmen und müssen von dem leben, was wir unterwegs finden. Und das wird nicht viel sein. Es liegen Wüsten und Berge zwischen den Seen und uns. Aber hierbleiben? Es sieht nicht so aus, als ob die Sonne

Gnade mit uns hat. Ihr ist es egal, ob sie auf uns scheint oder nicht. Wir können uns nur selbst retten oder untergehen.
Die Männer schweigen und Belmas streichelt Ama, die eingeschlafen ist. Xeeth entzündet ein kleines Feuer, denn es ist spät geworden und die Sonne ist verschwunden.
Wenn ein Dorf zu groß geworden ist, redet Setong weiter, dann werden ein paar Junge ausgesucht und mit allem ausgestattet, was sie brauchen, um ein neues Dorf zu gründen. Aber wenn ein Dorf nicht mehr genug zum Leben hat, dafür haben wir bis jetzt keine Lösung gebraucht. Weil wir viele Jahre in Frieden und Fülle hier leben konnten. Und vor uns unsere Ahnen. Aber die Zeiten ändern sich. Es bleibt nichts für immer so, wie es jetzt ist.
Also müssen wir gehen, sagt der Älteste leise.
Wahrscheinlich, antwortet Setong. Aber vielleicht ist es auch schon zu spät.

Den Sommer verbringe ich mit ruhiger Arbeit an meinem Buch und kleinen Ausflügen mit Mira. Es ist wohltuend, in ihrer Nähe zu sein und ihre Liebe zu spüren. Ihr Beruf als Lektorin ist natürlich eine wertvolle Unterstützung für meinen Selbstauftrag, Bücher zu schreiben. Auch wenn ich nicht in ihrem Verlag publiziere, der sich mit anderen Themen beschäftigt.
Ich merke aber auch, dass ich zu überstürzt von Igor abgereist bin. Es sind noch viele Fragen in Bezug auf die Technik des Zeitwanderns offen geblieben. Außerdem möchte ich mir gerne die schamanische Kultur in Sibirien ansehen, über die ich schon einiges gelesen habe. Aber außer unserem kurzen Besuch auf dem Hügel hinter dem Haus von Igor habe ich noch nicht wirklich von ihr etwas erfahren. Vielleicht passt es ja in mein geplantes Buch. Ich beginne also, mit Mira über eine weitere Reise zu Igor zu sprechen und sie stimmt schließlich widerwillig zu. Nach meinen Abenteuern im Frühsommer ist sie natürlich sehr ängstlich in Bezug auf meine Aktivitäten.
Igor ist sehr erfreut, als ich ihm schreibe, dass ich gerne noch einmal zu ihm kommen möchte, und stimmt sofort zu. Mein Visum für Russland gilt noch, also buche ich einen Flug und mache mich wieder auf den Weg. Wieder sitze ich in dem kleinen,

gasbetriebenen Bus, der mich in Igors Heimstadt bringt. Wieder holt mich einer der jungen Schüler von Igor ab. Aber diesmal ist keine Rückführung im Gange, sondern Katharina empfängt mich mit einem ausgiebigen Frühstück. Ich fühle mich ein weiteres Mal sehr wohl in dem Haus der beiden. Es strahlt Behaglichkeit und Herzenswärme aus. Es ist Ende August und sehr warm, mit Temperaturen jenseits von 30 Grad. Ganz anders als wir Europäer uns Sibirien vorstellen, als einen Ort des ewigen Eises. Weiter im Norden mag das ja stimmen, aber hier in Südsibirien an der Grenze zu Kasachstan ist ein Sommer durchaus ein Sommer.
Ich bleibe einige Tage bei den beiden und mache auch abendliche Rückführungen mit. Mir geht es aber vor allem darum, mit Igor Details der Zeit-Techniken zu besprechen und aus seinen Erfahrungen zu lernen. Schließlich lehrt er mir auch noch die Technik des Zeitreisens, mit der man im Unterschied zum Zeitsprung auch andere Orte in der sogenannten *Vergangenheit* ansteuern kann.
Am Vollmondtag in der „Schamanenzeit" erklimmen wir wieder den Hügel und besuchen die Pechutans der Vorzeit. Sie freuen sich außerordentlich, mich wiederzusehen und möchten von meinen Aktivitäten hören. Kiras Opfertod lässt sie nur entsetzt die Köpfe schütteln. In ihrer Zeit ist das für Menschen noch undenkbar. Igor und ich „helfen" ihnen bei Sonnenuntergang dabei, die Heilkräfte der Zeder in die Welt hinaus zu senden und nach der Zeremonie verabschiede ich mich von den freundlichen alten Herren.
Drei Tage später nehme ich Abschied von Igor und Katharina, um weiter nach Osten zu reisen, verspreche aber, am Rückweg wieder vorbei zu kommen. Die Reise in der transsibirischen Eisenbahn hat einen besonderen Charme. Im Schlafwaggon sind die Liegen einfach und hart. Das Abteil ist zusätzlich nach vorne völlig offen, so dass jeder Vorübergehende in das Innere sehen kann.
Der Zug kommt pünktlich in Irkutsk an. Meine erste Station ist der Baikalsee mit seinem berühmten Schamanenfelsen. Heute ist das natürlich ein Tourismushotspot, auf dem kurzbehoste Ausflügler herumsteigen, um energetische Signale wahrzunehmen. Trotzdem ist der Fels in seiner Schönheit beeindruckend. Neugierig steige ich bis zur Spitze hinauf und genieße den Blick über den See.
Danach mache ich eine kleine Sightseeingtour durch die Umgebung, besuche heiße Quellen, schamanische Tempel und den unglaublich schönen Wald, der die Taiga über zigtausende

Quadratkilometer beherrscht. Hier beim Baikalsee sind die Wälder licht und mit Fichten durchsetzt. Weiter nördlich, so erzählte man mir, werden sie dunkler, oft auch sumpfiger, und sind völlig unbewohnt.

Die Menschen, denen ich begegne, sind freundlich und offen. Ich denke, das hat mit dem Klima in Sibirien zu tun. Bei 30 Grad Minus ist jedes kleine Unglück lebensbedrohlich und man ist sehr schnell sehr tot. Da braucht man die Hilfe von anderen und deswegen hat sich eine Kultur der Hilfsbereitschaft etabliert, die beeindruckend ist.

Nach einer Woche kehre ich zu Igor und Katharina zurück. Auch, weil ein plötzlicher Kälteeinbruch die Temperaturen bis knapp an den Gefrierpunkt fallen lässt. Am großen Herd in der Küche wärme ich mich wieder auf und genieße Katharinas Suppenkünste.

Als wir am Morgen nach meiner Rückkunft aufstehen, hockt Setong im Wohnzimmer und weint. Was ist passiert? fragt Igor erschrocken. Setong erzählt stockend und ich übersetze für Igor und seine Frau, die dazugekommen ist: Menschen von seinem Stamm sind des Nachts gekommen und haben seine Hütte angezündet. Petko hat sie angeführt. Setong konnte es nicht verhindern. Sie dachten, er würde drinnen schlafen. Aber Setong war unterwegs, um im Mondlicht Wurzeln auszugraben und hat alles nur aus der Ferne gesehen. Belmas ist gestorben, und seine Tochter, und Xeeth. Setong kann nicht weitersprechen. Ein Weinkrampf schüttelt ihn. Igor und ich setzen sich zu ihm und halten ihn.

Dann hat der Wind gedreht und die Flammen haben die Bäume rundum ergriffen, schluchzt Setong weiter. Der Wald war doch schon so trocken! Das Dorf ist verbrannt und auch dort starben viele Menschen im Schlaf. Aber das Feuer hat nicht aufgehört, es ist weiter gewandert. Der ganze Wald, bis hinüber zum Fluss, der eine Tageswanderung entfernt ist, stand in Flammen, viele Dörfer sind niedergebrannt. Es war schrecklich, es war schrecklich! Setong schweigt überwältigt.

Ich habe es schon vorher gewusst, stammelt Setong nach einer Weile. Ich habe es bei einer Reise in die Zukunft gesehen. Den

verbrannten Wald, die verbrannten Dörfer, die verbrannten Menschen. Ich habe die ganze Zeit gewusst, was passieren wird. Aber dann, als es passiert ist, war es noch viel schrecklicher als in meiner Zukunftsschau. Es war meine Frau, mein Kind, und Xeeth. Es waren meine Freunde, die gestorben sind, mein Stamm, von dem viele nicht mehr leben.
Er bricht ab und weint heftig.
Katharina bringt Tee aus der Küche und reicht ihm eine Schale. Er trinkt ein wenig und spricht hastig weiter: Es ist ein Wahnsinn, ein schrecklicher Irrsinn! Wir müssen verhindern, dass sich diese Verwirrung verbreitet!
Aber was können wir tun? fragt Igor, Du weißt doch, wir können nicht eingreifen in den Lauf der Zeit.
Aber vielleicht geht es doch, widerspricht Setong, vielleicht können wir noch verhindern, dass sich diese entsetzliche Raserei über die Welt verbreitet.
Igor schaut traurig auf Setong: Glaubst Du das, dass wir das schaffen?
Wir müssen es tun, schreit Setong auf, wir müssen es zumindest versuchen!
Wir schweigen.
Nach einer Weile sagt Igor: Vielleicht sollten wir zum singenden Stein fahren und Petko dort stellen. Vielleicht lässt sich noch etwas verhindern. Er kommt aus der Zukunft, sagst Du?
Setong nickt: Ja, er spricht englisch, wie Samantha. Kurz schluckt er betreten hinunter und schaut mich dann an: Kommst Du mit?
Ich nicke.
Igor steht auf und holt aus einem Schrank eine alte Pistole: Aus meiner Milizzeit. Vielleicht ist sie für irgendetwas gut.
Setong protestiert: Aber Du kannst niemanden in meiner Zeit mit einer Waffe aus dieser Zeit erschießen, das geht nicht, das weißt Du doch.
Ich weiß, antwortet Igor, aber wir wissen nicht, ob nicht Dein Petko auch irgendeine unserer Waffen besitzt.
Das mit den Dingen aus verschiedenen Zeitspalten habe ich bei den alten Schamanen auf dem Hügel verstanden, mische ich mich ein. Aber wie ist es mit dem Verletzen oder Töten. Könnte einer der Begleiter von Petko oder er selbst mit seinem Knochenmesser uns verwunden?

Nein, Euch nicht wirklich, sagt jetzt Setong. Nur wenn Du lange in einer anderen Zeitspalte lebst, verändert sich das und Du wirst auch von den Waffen dieser Zeit verletzbar. Ihr beide aber würdet nach der Rückkehr in Eure Zeitspalte keine Wunde mehr haben.
Und wie ist es mit dem getötet werden? bohre ich ein wenig ängstlich nach.
Auch das würde nichts ausmachen, erklärt Setong weiter. Du würdest sofort in diese Zeitspalte zurückkommen und hier fröhlich weiterleben. Allerdings, wenn jemand lange in einer anderen Zeit gelebt hat und getötet wird, dann wird zwar sein Körper ebenfalls in seine ursprüngliche Zeitspalte zurückkehren, aber er wäre auch in dieser Zeit tot.
Ja, das stimmt, ergänzt Igor. In Bezug auf meine alte Pistole aber denke ich vor allem, ein Schuss in die Luft kann auch einiges bewirken. Falls sie überhaupt noch funktioniert.
Er betrachtet die Waffe vorsichtig, spannt die Sicherung und lässt sie dann sachte wieder zurückgleiten.
Also, wohin? fragt er abschließend.
Setong antwortet: Zum singenden Stein, dann, wenn Petko und seine Leute nach der Katastrophe dort sind.
Wir stellen uns im Dreieck auf, nehmen uns bei den Händen und konzentrieren uns.
Bei drei, sagt Igor und zählt: Eins, zwei, drei.
Wir stampfen auf und stehen vor dem Stein. Erschreckt springen Petko und seine Schüler vom Feuer auf, das sie vor dem Stein angezündet haben. Es ist früher Morgen, auf die Bergspitzen ist ein zartes, fernes Licht gepinselt. Nebelfetzen ziehen wie riesige, gespenstig anmutende Gestalten durch das Tal.
Petko fängt sich: Kommst Du wieder, Setong, von Deiner Reise, grinst er ihn verächtlich, aber sichtlich überrascht an. Und hast auch Gäste mitgebracht. Er schaut mich an: Ah, wir kennen uns ja schon. Der Bote der Bruderschaft. Herzlich willkommen.
Ich übersetze flüsternd für Igor, damit er versteht, was geschieht.
Setong übernimmt das Wort: Ja, das sind Menschen aus der Zukunft und dieser – er zeigt auf mich – war einmal Xeeth, den Du mit meiner Frau und meinem Kind ermordet hast.
Na dann, erwidert Petko zynisch grinsend, ist ja nicht wirklich was passiert. Deine Frau und Dein Kind werden sicher auch wieder einmal geboren.

Aber Du hast meine Familie jetzt zerrissen! zischt Setong den Priester wütend an.

Der singende Stein hat alles vorhergesagt, alles, wie es gekommen ist, erwidert Petko.

Der singende Stein hat überhaupt nichts gesagt! erwidert Setong aufgebracht weiter, wir können ihn gar nicht verstehen, weder Du noch ich noch sonst jemand! Er erzählt uns wahrscheinlich gar nichts und gibt nur ein Geräusch von sich. Aber Du hast daraus eine Lügengeschichte gemacht. Dein Barabaal ist nichts als eine Erfindung, für die Du jetzt sogar viele Menschenleben geopfert hast!

Petko dreht sich weg: Und, was macht das schon, sagt er leise und unsicher lächelnd, die Menschen glauben daran. Sie beten Barabaal an und sie werden weiterhin für Barabaal opfern. Wie ist es in der Zukunft? wendet er sich an uns, gibt es Barabaal noch?

Den gibt es nicht, sage ich ruhig, weil es ihn nie gegeben hat. Aber die Menschen beten auch in der Zukunft Hirngespinste an und nennen sie Gott oder Schöpfer oder sonst irgendwie. Sie erfinden ständig neue Religionen, damit sie an irgendetwas glauben können, und sie töten weiterhin andere für diesen grauenhaften Unsinn. Oder bringen sich selbst um, weil sie denken, dass ihr Gott das gut findet. Der Wahnsinn hat die Menschen immer noch im Griff, tausende Jahre, nachdem Du ihn in die Welt gesetzt hast. Kannst Du mit dieser Verantwortung leben?

Verantwortung, Verantwortung, äfft Petko mich nach, ich bin nicht verantwortlich für den Irrsinn der Menschen, den haben sie schon selbst in sich. Ich hab ihnen eine Geschichte erzählt, na gut! Aber sie haben sie doch gern geglaubt. Und wer weiß, vielleicht stimmt die Geschichte sogar? Vielleicht hat Barabaal mich ausersehen, um von ihm zu künden und durch mich zu sprechen. Vielleicht bin ich sein Prophet?

Und der Prophet soll Menschen dazu zu bringen, wirft Setong leise ein, andere Menschen oder sich selbst zu töten? Was hat das für einen Sinn?

Ich weiß es nicht, sagt Petko abwehrend, es ist nicht meine Aufgabe, den Willen von Barabaal zu hinterfragen. Der Wille eines Gottes ist unergründlich, aber er führt immer zum Ziel, sagt er mit heuchlerisch demütiger Stimme. Ich habe ihm zu folgen und zu dienen. Auch wenn es absurd oder schrecklich erscheint.

Setong macht einen Schritt auf Petko zu: Du bist aus der Zukunft, nicht wahr? Du bist einer aus der Bruderschaft, richtig?
Ja, werfe ich ein, er ist ein abgefallener Priester, der bei Dir, Igor, gelernt hat.
Igor tritt einen Schritt vor und sagt auf englisch: Jetzt erkenne ich Dich wieder. Die Schamanen am Hügel haben mich gewarnt. Aber da war es schon zu spät. Du hast gelernt, was Du für Deinen schrecklichen Plan brauchst. Du bist aus der Zukunft hierher gereist, um die Menschen mit Deinen Lügen zu verführen!
Petko dreht sich weg: Und wenn es so wäre? Was würde es für einen Unterschied machen?
Dann sind Deine Lügen noch viel schrecklicher, fährt Igor ihn an und ich übersetze nun für Setong, denn Du weißt ja, was Du damit in Gang setzt, die fürchterlichen Gemetzel der Religionskriege, die infamen Mörder, die im Namen Gottes andere foltern und töten, die sinnlosen Opfer, die irgendwelchen Götzenbildern erbracht werden. Das wolltest Du erreichen, das ist Dein Ziel und Dein Auftrag!
Es ist in den Menschen, sagt Petko zynisch und tänzelt ein wenig von Igor weg. Wir machen das nicht. Die Bruderschaft nutzt es für ihre Ziele, das gebe ich zu. Aber es ist nicht unsere Erfindung, es war schon in den Menschen, bevor es uns gab.
Ja, es ist in den Menschen, antwortet Igor heftig, aber als Verzweiflung, weil sie nicht verstanden haben, warum es das Leid in der Welt gibt, warum Menschen krank sind, sterben, warum die Natur scheinbar grausam und ohne Mitleid ist, warum sie selbst so viel leiden müssen. Aber es geht dabei darum, dass sie durchschauen, dass ihr Leid nur ein Wegweiser ist, der sie zur Erkenntnis führen will. Zu der Erkenntnis, dass sie in sich selbst die Fähigkeit haben, den Schmerz zu überwinden und in dieser Welt, in dieser scheinbar unvollkommenen Welt, glücklich zu sein. Wenn sie das erkennen, dann sind sie von diesem, ihrem Leid befreit.
Aber dann bräuchten sie uns nicht mehr, entgegnet Petko sarkastisch, und die Menschen sind noch nicht so weit. Wir müssen ihnen helfen, sich selbst zu finden.
Indem ihr ihnen eine Fantasiegestalt vorgaukelt, die es gar nicht gibt, die nur ein Lügengespinst ist? schreit Igor wütend.
Aber sie glauben doch daran, antworte Petko hämisch grinsend, sie brauchen das, sonst würden sie ihr Leben gar nicht aushalten. Ist es nicht so, auch in der Zukunft, aus der wir kommen? Ist es nicht so?

Igor antwortet leise: Ja, es stimmt, was Du sagst, Petkow, die Menschen haben Angst vor der Zukunft und vor der Leere ihres Lebens. Deswegen brauchen sie ihre Hirngespinste, um das Leben überhaupt zu ertragen. Sie brauchen die Religion, oder die Politik, oder die Ablenkung durch Spiele oder Fernsehen.

Die Menschen in unserer Zeit haben sich schon in so monströser Weise in diesen Hirngespinsten verloren, dass es jedem wachen Individuum das Herz zusammendrückt. In meinem Land erfand man die Gulags, Lager, in denen die Menschen langsam zu Tode gequält wurden. Zwanzig Millionen, sagt man, das sind mehr Menschen, als in diesem Zeitalter auf der ganzen Erde leben. Ein anderer Wahnsinniger, in einem Land westlich von uns, hat ein einzelnes Volk, die Juden, zu den Schuldigen für das Unglück der Welt erklärt und sechs Millionen von ihnen ermordet. In dem Krieg, den dieser Irre zugleich angefangen hat, wurden über fünfzig Millionen Menschen umgebracht. Und die Menschen sind wie Lemminge in den Krieg gezogen und haben sich töten oder verkrüppeln lassen. Später, in unserer Zeit, ging es immer so weiter.

Er schweigt, von Erinnerungen überwältigt. Die Schüler von Petko hören aufmerksam zu, auch wenn sie jetzt nichts verstehen. Es ist still zwischen den Männern, die vor dem singenden Stein stehen und einander anstarren.

Nach einer Weile redet Igor wieder: Du hast Recht, dieses Glauben und dafür Töten ist in den Menschen angelegt. Aber im Menschen steckt vieles mehr. Vieles, das dafür sorgt, dass wir uns wie die Menschen benehmen, die wir sein sollten. Unsere Spezies besteht doch seit Anbeginn, weil sich Mütter um ihre Kinder kümmern, weil Menschen anderen Menschen beistehen, wenn sie krank sind oder lernen wollen, weil sie Gesellschaften bilden, die Häuser und Straßen bauen, weil sie friedlich miteinander Handel betreiben, weil sie einander helfen, ein besseres Leben zu führen. Das ist es nämlich, was alle Wesen antreibt, *ein besseres Leben zu leben*. Das ist es auch, was ihr ihnen versprecht. Aber was sie tatsächlich von Euch bekommen, ist Krieg, Not, Wut, Trauer, Verlust. Also noch mehr Schmerz, oder? Ich weiß, ihr habt das Leid der Welt nicht erfunden, das steckt in den Menschen. Aber ihr habt es schamlos ausgebeutet! Das war nicht nur die Bruderschaft, sondern auch jede der Gemeinschaften, die sich einbilden, es besser zu wissen und den Menschen vorgaukeln, dass ihr Weg der einzig richtige ist. Das habt ihr in die Welt gebracht, das ist Eure Schuld und es ist höchste Zeit, dass die Menschen sich davon befreien!

Die Männer, die Petko begleiten, stehen die ganze Zeit mit hängenden Köpfen im Hintergrund. So haben sie ihren Anführer noch nie gesehen.
Einer hebt den Kopf und schaut Petko an: Wir haben nicht viel verstanden, was ihr da geredet habt. Aber stimmt es, dass Du uns die ganze Zeit angelogen hast, dass es Barabaal gar nicht gibt?
Petko hebt abwehrend die Hände: So kann man das nicht sehen, hört mir zu!
Der Mann macht einen Schritt auf Petko zu. Auch die anderen formieren sich drohend.
Der Sprecher schaut Petko zornig an: Ich will nur eine Antwort, hast Du uns belogen? Spricht der Stein gar nicht?
Er wendet sich an Setong: Ist es so, wie Du gesagt hast?
Setong nickt: Leg Dein Ohr an den Stein, dann wirst Du nur ein Geräusch hören, sonst nichts. Der Mann geht hinüber zum Sphäriod und presst sein Ohr auf den Stein.
Nach einer Weile, in der alle gespannt schweigen, sagt er: Ja das stimmt, es ist nur ein leises Sirren zu hören.
Ich höre etwas anderes! behauptet Petko jetzt mit erhobener Stimme.
Aber vielleicht lügst Du, sagt der Mann mit drohendem Unterton und dreht sich Petko zu, vielleicht hast Du alles nur erfunden, damit Du das Mädchen da oben am Stein opfern konntest. Er wird immer lauter und heftiger: Und wahrscheinlich hast Du es umsonst getötet, denn danach ist alles noch viel schlimmer geworden. Aber weil es nach ihrem Tod ein paar Tage geregnet hat, haben wir Dir geglaubt. So wie vorher, als Du uns den Kopf verrückt gemacht hast mit Deinem Barabaal. Alles hast Du uns vorgeschrieben, wie unsere Feste zu feiern sind, was wir zu opfern haben, wie wir beten sollen, alles! Was hat es genützt? Nach ein paar Tagen war der Regen vorbei und alles genauso trocken wie vorher. Und die ganze Zeit hast Du unsere Dorfschamanen beschuldigt, dass sie einen Schadzauber über das Land gelegt haben. Und wir Idioten haben Dir geglaubt. Dabei waren die Schamanen immer auf unserer Seite.

Und wir haben ihre Häuser angezündet und damit den ganzen Wald!

Er beginnt zu weinen: Ich habe zusehen müssen, wie unser Dorf verbrannt ist, wie die Menschen nicht mehr durch die Flammenwände laufen konnten und hilflos im Feuer umkamen. Ich habe meine Frau und meine Kinder schreien hören und konnte ihnen nicht helfen. Denn alles war Feuer, überall. Es ging so schnell, es war so furchtbar. Der Wind hat das Feuer angefacht und es weiter getrieben bis hinauf zum Fluss. Die Dörfer unseres Stammes sind verbrannt. Fast alle Dörfer! Und der ganze Wald, der uns geschützt und genährt hat. Wo ist denn Dein Gott Barabaal, der unseren Stamm angeblich schützen wollte. Ich sehe ihn nicht und er hat uns in der höchsten Not nicht geschützt. Aber nicht, weil wir nicht taten, was er wollte, und nicht weil die Schamanen gegen uns waren, sondern weil es ihn gar nicht gibt.

Er schlägt mit der flachen Hand auf das Sphäroid: In diesem Stein ist kein Gott. Der Stein singt, deswegen haben wir ihn den singenden Stein genannt. Das ist alles.

Der Mann schüttelt den Kopf und spricht bitter und hasserfüllt weiter: Aber das Schlimmste für mich ist, dass ich jetzt erst glauben kann, dass Du uns angelogen hast. Jetzt erst wache ich Dummkopf auf. Ich hätte es schon lange sehen kennen, weil alles, was Du uns gebracht hast, uns immer mehr eingeschnürt hat, bis wir uns nicht mehr rühren konnten und uns völlig abhängig von Dir fühlten. Du hast uns kein Glück gebracht, Petko, sondern nur Hass und Unglück!

Nein, nein, nein! schreit Petko und drängt sich zwischen den Mann und das Sphäroid. Es ist alles wahr, was ich Euch gesagt habe, schreit er, der Stein ist mein Zeuge!

Ich glaube Dir nicht mehr, und dem Stein schon gar nicht, sagt der vor ihm Stehende kalt und rammt dem Priester sein Steinmesser von unten in den Oberbauch. Petko kippt zurück, rutscht am Stein entlang zu Boden und fällt langsam um. Er ist tot, das Messer hat ihn direkt ins Herz getroffen.

Es entsteht eine Stille, in der die Geräusche des kommenden Morgens umso stärker zu hören sind. Erste Vögel singen. Der Wind reibt sich an den Steinwänden ringsum. Immer noch hat der Mann sein blutiges Messer in der Hand. Er dreht sich Igor und mir zu.

Und ihr zwei aus der Zukunft, fragt er in einem bedrohlichen Ton, seid ihr auch solche Lügner wie er? Habt ihr mit Petko gestritten, weil ihr selber über uns herrschen wollt?

Seine Gefährten stellen sich mit finsteren Gesichtern neben ihren Sprecher. Igor holt seine Pistole heraus und feuert einen Schuss in die Luft ab. Die Männer springen erschreckt zurück. Das Echo des Schusses rollt lange in den Bergwänden und klingt dann langsam ab.

Nein, sagt Igor in die Stille, die folgt, und ich übersetze seine Worte für die Männer: Wir sind keine Lügner. Wir sind selbst auf der Suche nach der Wahrheit in der Welt. Ich weiß, das werdet ihr noch nicht verstehen. Aber ein Mensch zu sein bedeutet, sich im eigenen Dasein auf die Suche nach der Wahrheit zu machen und sie für sich zu finden. Und was die Wahrheit ist, das können wir euch nicht sagen, das muss jeder allein für sich selbst entdecken. Doch wir töten dafür nicht und wir belügen niemanden, weil das für das Finden der Wahrheit gar keinen Sinn macht. Daran könnt ihr die echten Wahrheitssucher erkennen. Setong ist einer von ihnen. Hört ihm zu, aber glaubt ihm nicht. Sondern findet für Euch selbst heraus, was Wahrheit in Euch ist.

Die Männer sehen ihn und Setong betreten an. Dann drehen sie sich um und verschwinden in den flachen Nebelschwaden, die beginnen, den Talboden ausfüllen.

Als sie weg sind entdecken wir, dass die Leiche von Petko verschwunden ist.

Er ist zurückgekehrt in seine Zeit, meint Setong leise und zuckt mit den Schultern.

Du hast es also schon vorher gewusst, sagt Igor.

Er nickt traurig: Nicht jede Einzelheit. Aber wie es ausgehen wird, dass wusste ich.

Wir schreiten gemeinsam über das grüne Feld, auf dem das Sphäroid ruht.

Willst Du das Reisen in die Zukunft auch lernen, Igor? fragt Setong plötzlich.

Nein, schüttelt Igor den Kopf, nein, ich könnte es nicht ertragen, wenn ich wüsste, was zum Beispiel Katharina in der Zukunft passiert. Und dann schweigen müssen! Du bist wirklich der größte Meister unter uns, Setong, denn Du hast die schwerste Aufgabe erwählt.

Setong lächelt schmerzlich: Ich wusste nicht, was es bedeutet, die Zukunft zu kennen. Wenn ich heute, mit meinem jetzigen Wissen, noch einmal wählen könnte.... Nein, ich weiß nicht, was ich tun würde.

Aber alle Menschen sehnen sich doch danach, die Zukunft vorher zu kennen, werfe ich ein.

Ja, nickt Setong, aber sie wollen die Zukunft kennen, um sie in ihrem Sinne zu verändern. Aber die Kräfte, die die Zukunft gestalten, sind viel mächtiger als wir. Es ist der Geist, der sich uns als Universum zeigt, der über die Zukunft herrscht. Alle Energien und Gedanken des Weltalls zusammen. Was können wir da schon verändern? Ich habe Propheten getroffen, die intuitiv das Kommende erfasst haben, und die Leute haben sie ausgelacht. Nur wenn sie Schauergeschichten von Armageddon oder Weltuntergängen erzählt haben, hörte man ihnen ein wenig zu. Und die Zuhörer haben sich vor etwas gefürchtet, was noch gar nicht passiert ist und wahrscheinlich auch nie passieren wird. Aber das Leben beeinflussen, verändern? Leben ist ein ewiges Nacheinander von ganz kleinen, banalen Geschehnissen, die miteinander verbunden manchmal zu glücklichen Zeiten und manchmal in Katastrophen führen. Wo willst Du anfangen zu verändern? Was willst Du anders gestalten?

Wir können doch auf den Geist einwirken, oder? fragt Igor.

Richtig, das können wir, das stimmt, antwortet Setong. Aber es sind eben nur kleine Impulse, die wir aussenden. Und dass sie ankommen, heißt nicht, dass sie verstanden werden. Und wenn sie verstanden worden sind, heißt das nicht, dass sie verwirklicht werden. Und wenn sie verwirklicht werden, heißt das nicht, dass nicht andere Gedanken, Impulse, Gefühle sie einfach wieder verdrängen. Die Wahrheit siegt nicht immer. Außerdem ist sie immer die Wahrheit einer Person, sonst nichts. Sie muss sich mit der Realität anderer Menschen verbinden, um gesehen und wirksam zu werden. Und deshalb müssen wir, wenn wir unsere Wahrheit erkannt haben, für sie eintreten. Auch wenn uns das ein bitteres Leben oder sogar den Tod beschert. Denn das, was für uns wahr ist, zu erfahren, ist das Kostbarste, das uns unser Leben schenken kann.

Langsam steigen wir den Pfad zum Pass hinauf. Oben angekommen gehen wir vor bis zur Kante, hinter der der Pfad wieder hinunter verläuft. Ein schreckliches Bild zeigt sich uns. Fast

bis zum Horizont ist der Wald verbrannt. Einzelne kleine Flammennester senden immer noch ihre Rauchzeichen in den Himmel. Eine einzig grauschwarz gefärbte Fläche der Verwüstung und des Todes. Darinnen einzelne hohe Bäume, deren Kronen noch von wenigen grünen Blättern geschmückt sind. Und über allem ein strahlend blauer Himmel, von dem die Sonne immer noch erbarmungslos herunterbrennt. Das Bild, das sich uns zeigt, zusammen mit dem Wissen, dass da viele Menschen von den Flammen eingeschlossen und verbrannt wurden, lässt meine Brust eng werden und mir laufen Tränen über meine Wangen. Auch Igors Gesicht drückt sein tiefes Entsetzen aus. Nur Setong hat sich schon so weit gefasst, dass er ruhig, aber schmerzerfüllt auf seine zerstörte Heimat hinunterblicken kann. Das geschieht, sagt er, wenn Menschen denken, dass sie die Wahrheit anderen aufdrängen müssen. Weil sie glauben zu wissen, was die ganze Welt braucht. Es endet immer in einer Katastrophe. Immer! Das ist die Lehre, die bis in Eure Zeit hinein gilt. Doch haben die Menschen das gelernt?
Er schüttelt bitter den Kopf. Schaut hin: Wieder müssen sich die Überlebenden eine neue Heimat suchen, weil die alte durch Dummheit oder Machtgier zerstört wurde. Und wie oft hat sich dieses Drama bis in Eure Zeit wiederholt!
Er verstummt.
Als ob nicht die Katastrophen der Natur genügen, denke ich in das Schweigen hinein. Denn immer sind doch Menschen auf der Flucht. Vor Katastrophen, vor Hunger und Not. Das gehört zu unserer Existenz auf dieser Welt. Aber ebenso gehört zum Menschsein, anderen zu helfen, sie aufzunehmen und mit ihnen zu teilen, was man besitzt. Das haben aber viele Menschen in meiner Zeit vergessen. Daraus entsteht das wirkliche Leid. Das Leid des Abgetrennt sein, des Nicht-Angenommen-Werdens, der Wertlosigkeit des eigenen Lebens für andere. Leid wird gemildert durch die Zuwendung und die Hilfe anderer. Leid wird verzehnfacht, verhundertfacht durch Zurückweisung und weitere Vertreibung.
In meine Gedanken hinein dreht sich Igor uns zu: Gehen wir? Es gibt nichts mehr zu tun, denke ich. Kommst Du mit, Setong?
Setong schüttelt den Kopf: Das ist meine Welt. Ich habe hier noch einiges zu tun. Wenn es Überlebende gibt, dann werden wir uns einen anderen Platz zum Leben suchen.
Igor meint: Aber besuchen kannst Du uns schon, oder?

Ihr könnt ja auch vorbei kommen und mir helfen, erwidert Setong und lächelt sogar ein bisschen.

Igor schaut mich an: Und wir beide? Verschwinden wir in die Zukunft, die unsere Gegenwart ist?

Noch nicht, sage ich, auch ich habe hier noch etwas zu erledigen.

Na, gut, sagt Igor, dann geh ich allein. Katharina wartet sicher schon. Wir verneigen uns voreinander und bilden einen Abschiedskreis.

Ah, ehe ich es vergesse, Setong, sagt Igor listig, Samantha lässt Dich grüßen. Sie ist jetzt allein auf ihrer Farm. Ihr Mann hat sie verlassen und die Kinder sind in die Stadt gezogen. Vielleicht hast Du ja einmal Lust, sie zu besuchen, grinst er schelmisch.

Setong schaut ihn verblüfft und erschreckt an.

Lächelnd tritt Igor aus der Runde zurück: Lebt wohl! Er stampft auf und verschwindet.

Setong ist noch einen Moment verwirrt in seine Erinnerungen an Samantha versunken.

Samantha? Du kennst Samantha, die Zeitmeisterin? frage ich erstaunt.

Ja, sagt er, sie war einmal vor langer Zeit hier am singenden Stein. Aber das ist schon Ewigkeiten her.

Dann wendet er sich dem zur Hochebene hinab führenden Weg zu. Was willst Du hier noch erledigen? fragt er weiter.

Xeeth und Kira besuchen, antworte ich, in der Zeit, als noch beide klein sind. Ich muss noch etwas klären.

Setong nickt verstehend und hebt würdevoll die Hand zum Gruß, ganz Schamane, ganz ein Mensch dieser frühen Zeit. Dann umarmen wir einander zum Abschied.

Mach es gut, sage ich.

Ich werds probieren, antwortet er ein wenig traurig, dreht sich um und folgt dem Weg hinunter, ohne sich umzublicken.

Ich gehe zurück zur Bergkante und schaue hinunter ins Tal des singenden Steins. Das Sphäroid lugt ein wenig aus der Nebeldecke, die den Boden des Tals nun ganz bedeckt hat. Wie ich dieses Tal liebe, obwohl so grausame Dinge hier passiert sind. Die Welt ist schön, denke ich, und sie bezaubert mich immer wieder. Dann stampfe ich auf. In einem Moment hebt sich der Boden des Tals und wird zur Grünfläche vor der Staumauer. Der kleine See füllt wieder den Krater, in der Mitte steht das Wasserschloss, das die

Dörfer im Tal unterhalb mit Wasser versorgt. Noch niemand da, stelle ich fest, auf dem Parkplatz steht noch kein Auto.

Mein Weg führt mich jetzt auf der anderen Seite des Passes hinunter. Ich durchquere die Hochebene in die Richtung, in der einst das Dorf gelegen ist. Es sieht natürlich alles anders aus hier oben, aber die Landschaftsformen haben sich nicht wesentlich verändert. An der Kante der Hochebene finde ich einen Platz, von dem aus ich das darunter liegende Tal besehen kann. Wirklich kann ich in einiger Entfernung inmitten einer Weide einen kleinen See erkennen. Die Insel in der Mitte gibt es nicht mehr, doch in etwa könnte es der ehemalige Dorfteich sein.

Im Wald finde ich keinen Weg und so stolpere ich durch das Gestrüpp in die Richtung, die ich mir vorher eingeprägt habe. Die Sonne ist schon aufgegangen, es wird ein schöner Tag mit blauem Himmel und kleinen weißen Wolken. Nach etwa einer halben Stunde erreiche ich den Rand der Weide. Stacheldraht läuft um sie herum und Hochlandrinder schauen mich erstaunt an. Ich habe keine Lust, über den Zaun zu klettern und mir meine Hose zu zerreißen, also konzentriere ich mich auf Kira und Xeeth als Kleinkinder und stampfe kurz auf. Dichter Wald umgibt mich jetzt und ich kämpfe mich wieder durch das Unterholz. Es sind ganz andere Bäume. Ich kenne sie nicht. Aber das Wetter ist ganz gleich wie in meiner Zeit. Vorsichtig versuche ich, keinen Lärm bei meiner Walddurchquerung zu machen und sehe dann die Wasserfläche durch das Geäst der Bäume schimmern.

Ganz langsam nähere ich mich dem Teich und bleibe im Schutz des Unterholzes stehen. Zwischen den Baumstämmen kann ich die Insel mit den Birken und am anderen Ufer das Dorf der Adler-Berge-Menschen erblicken. Frauen bewegen sich mit Körben auf den Schultern zwischen den Häusern. Männer schwatzen hockend im Schatten der Bäume. Und dann sehe ich sie: Kira und Xeeth hocken nahe am Wasser und spielen mit dem feuchten Sand. Sie bauen etwas, was ich aus dieser Entfernung nicht identifizieren kann. Es scheinen kleine Häuser zu sein.

Xeeth springt auf und holt von einem nahen Baum herabgefallene Rindestücke und Blätter. Ganz langsam bewege ich mich seitlich am Ufer entlang, immer im Unterholz, um nicht entdeckt zu werden. Ich will die Menschen nicht mit meiner 21.-Jahrhundert-Kleidung erschrecken. Es gelingt mir, näher an die beiden Kinder zu kommen und jetzt kann ich erkennen, was ich sehen wollte. Dass ich Xeeth war, stelle ich untrüglich an der Ähnlichkeit des Gesichtes des Knaben und an den Bewegungen, die er macht, fest. Er sieht wirklich aus wie ich als kleines Kind. Und Kira ist eindeutig Mira, meine Frau, die ich über alles liebe. Dieselbe Gestalt, dasselbe wunderschöne Lachen, mit dem sie Xeeth mit seiner Ladung an Laub, Rinde und Ästen begrüßt. Dass sich nur ein Buchstabe in ihrem Namen geändert hat, bringt ein leises Schmunzeln in mir hervor. Es tröstet mich ein wenig über Kira's schrecklichen Tod hinweg, den ich miterleben musste. Umso stärker spüre ich meine Liebe zu Mira, die lebt und ihr Leben mit dem meinen teilt.

Das war der Punkt, in dem ich sicher sein wollte. Ich steige aus dem Unterholz zum Uferrand hinaus und hebe die Hand zum Gruß. Überrascht schauen beide Kinder mit offenen Mündern auf und grüßen unsicher zurück. Dann verschwinde ich wieder im Wald.

Sicherheitshalber werde ich das Land rasch verlassen, um nicht in die Untersuchungen um den Tod von Petkow verwickelt zu werden. Meine Geschichte glaubt mir ja doch keiner. Ich will einfach nur zu Mira zurück und wieder das sein, was ich bin. Ein Autor, der versucht, zu schreiben, was sich in ihm zeigt.

Setong wandert durch den verbrannten Wald. Die höheren Bäume sind bis weit hinauf angekohlt, doch ihr Blätterdach ist noch intakt. Dort singen sogar wieder Vögel. Am Boden aber ist alles Asche und verkohltes Holz.

Das Dorf kann Setong nicht betreten, denn der Anblick der erstickten und verbrannten Menschen, die er aus der Ferne sieht, ist zu viel für ihn. Es dürften alle Bewohner umgekommen sein. Denn er trifft niemanden in der näheren Umgebung im Wald.

Er folgt den Verbindungswegen im Süden und erreicht einen Teil, vor dem das Feuer Halt gemacht hat. Zwei Dörfer sind einigermaßen verschont geblieben, doch die Menschen sitzen erstarrt vor ihren Häusern und betrauern die, die das Feuer getötet hat.

Setong trifft Arak, den Dorfschamanen des nördlichsten Ortes, der von den schrecklichen Ereignissen paralysiert vor seiner Hütte am Boden hockt.

Sie haben heute Morgen Keld geholt, stammelt Arak, sie werden ihn töten. Und vielleicht holen sie Dich und mich auch noch.
Wer? fragt Setong erschrocken und setzt sich neben ihn. Keld ist der Pechutan des Nachbardorfes, mit dem er und Arak oft in Vollmondnächten seltene Kräuter gesucht haben.
Überlebende aus den anderen Dörfern, die sich retten konnten, antwortet Arak stockend.
Setong fragt ernst weiter: Wo sind sie jetzt?
Arak kann vor Schmerz kaum reden: Am Heiligen Platz. Er weint laut.
Setong hält ihn tröstend an den Schultern.
Arak klammert sich an ihn: Warum? stammelt er, warum?
Doch Setong weiß keine Antwort. Er schweigt überwältigt.
Nach einer Weile, in der er Arak an den Schultern hält und sein Blick zu den anderen Trauernden wandert, steht er auf.
Ich gehe zum Heiligen Platz, sagt er fest. Du aber, Arak, und ihr, die ihr hier überlebt habt, geht. Nach Osten, zu den großen Seen. Der Adler-Berge-Stamm ist zerstört. Hier ist kein Platz mehr zum Leben für Euch. Und die anderen, die Petko geglaubt haben, sind noch nicht von ihrem Irrtraum erwacht.
Setong verlässt das Dorf und wendet sich dem Hügel zu, auf dem der Heiligen Platz gelegen ist. Schon von Ferne hört er das aufgeregte Geschrei der Versammlung. Es sind vielleicht zehn mal zehn Stammesmitglieder, die überlebt haben, schätzt er. Im Näherkommen sieht er einen aufgerichteten Pfahl, an dem Keld, der Schamane, festgebunden hängt. Blut ist überall in seinem verschwollenen, zerfetzten Gesicht und er ist offensichtlich tot. Sie haben ihn erschlagen.
Er tritt entsetzt aus dem Schatten des verkohlten Waldes auf die Lichtung. Mit einem Schlag wird es ruhig und alle starren ihn überrascht an.
Hat er es geschafft? schreit Setong die Leute an, während er auf die Mitte vor der Versammlung zugeht. Hat Petko es geschafft, Euch vollends zu verwirren? Ist sein Vorhaben aufgegangen? Die Lüge, dass wir Schamanen Euch durch Zauberei schaden wollen, glaubt ihr sie noch?
Er schüttelt den Kopf und spricht leiser weiter: Wir Pechutan haben Euch seit Generationen gedient, haben Euch geholfen, sind Euch zur Seite gestanden. Und dann kommt ein Fremder und erzählt Euch ein Märchen über den singenden Stein, dass da ein

Gott namens Barabaal drinnen ist, der Blutopfer will. Ja, nun hat er seine Opfer, Eure Kinder, Frauen, Männer, Eltern, Freunde und was noch alles in dem großen Feuer umgekommen ist, das ein paar verwirrte Geister gelegt haben!

Sei still! lässt sich jetzt eine laute Stimme vernehmen. Es ist Gobar, der neue Stammesälteste, der dem bei der Abstimmung über Kiras Opfer Verstorbenen nachgefolgt ist.

Er springt auf und zischt hasserfüllt: Das Feuer wäre nie so stark ausgebrochen, wenn ihr nicht mit Eurem Schadzauber die Dürre ausgelöst hättet!

Setong ist perplex: Das glaubst Du wirklich, Gobar? Du glaubst also die Lügen von Petko immer noch?

Gobar wendet voller Wut an die Versammlung: Petko hat uns die Wahrheit gebracht. Er hat uns gesagt, was wir tun und wie wir leben sollen, damit uns Barabaal aufnimmt und behütet. Waren nicht die ersten Jahre, in denen Petko bei uns lebte, glückliche Jahre? Der Wald hat uns geschützt und genährt! Das Wasser kam reichlich vom Himmel und hat unsere Bäche und Teiche gefüllt! Unsere Kinder wuchsen in Frieden und Wohlergehen auf! Doch dass es uns gut geht, hat den Neid der Schamanen hervorgerufen. Sie haben einen Schadzauber über das Land unseres Stammes gelegt und ihn vernichtet.

Setong hört ihm fassungslos zu. Dann erhebt er auch seine Stimme: Die Jahre vor Petko waren genauso gut wie die Jahre, in denen er da war. Wir Schamanen waren verwirrt, als er Euch seine Lügenmärchen auftischte. Ich war oft oben am singenden Stein, ich hab seine Melodien gehört und bin in seine Welt gereist. Sie war nur verdorrt und leer. Das ist alles, was der Stein uns zeigt, aber keinen Gott.

Gobar kontert hämisch: Vielleicht hat erst Petko Barabaal zu uns gebracht?

Setong lacht bitter auf: Ja, das hat er, in Form eines Märchens, das ihr geglaubt habt.

Nein, nein! schreit Gobar und stampft noch wütender auf, er ist jetzt sicher oben am Stein und betet für uns, damit Barabaal endlich den Zauber besiegt, den ihr auf uns gelegt habt!

Setong spricht noch leiser: Ja, es ist wahr, Petko ist oben am singenden Stein. Er ist tot. Umgebracht von seinen eigenen Leuten, die seine Lügen durchschaut haben. Fragt sie, fragt sie selber. Sie sitzen da hinten und schweigen. Sie können Euch sagen, was Wahrheit ist und was Lüge!

Gobar steigert sich in einen Schreikrampf hinein. Er kreischt und seine Stimme überschlägt sich: Wahrscheinlich hast Du ihn selbst umgebracht! Und seine Jünger verzaubert, damit sie das verschleiern! Jetzt erkenne ich Dich ganz, Setong! Du bist der, der hinter allem steckt! Du wolltest uns immer schon beherrschen! Dabei ist Dir Petko in die Quere gekommen. Und jetzt willst Du uns einreden, dass er uns belogen hat. Petko sprach die Wahrheit!

Gobar dreht sich zur Versammlung: Hört ihm nicht zu! Er ist der Lügner! Er will Euch beherrschen. Aber es gibt noch Platz neben Keld, sie sollen miteinander tot sein und Arak dazu!

Setong dreht sich ruhig weg und geht zum toten Keld: Es tut mir leid, Freund, sie sind so verblendet, dass sie nichts hören können. Petkos Saat ist aufgegangen, und sie hat Dich getötet. Unsere Zeit ist vorbei. Die Zeit der großen Lüge ist angebrochen.

Dann wendet er sich nochmals zu den Menschen: Ich hoffe, dass ihr eines Tages aufwacht. Aber ich weiß, dass das nur einzelne von Euch sein werden. Und dass es noch tausende Jahre dauern wird, bis die Menschen die große Lüge durchschauen und von ihr ablassen können. Lebt wohl. Ich wünsche Euch, dass es Euch gut geht und die Zeit der Fülle und des Friedens zu Euch zurückkehrt.

Er kreuzt die Arme vor seiner Brust, konzentriert sich auf Samantha und stampft auf. Setong ist für immer aus dieser Zeit/Welt verschwunden.

Nach dem Besuch im Dorf meiner Kindheit als Xeeth kehre ich in meine heutige Welt zurück. Es ist friedlich und schön, durch die Wälder auf der Anhöhe zu laufen und das Tal des singenden Steins hinter mir zu lassen. Ich wandere bis zur Bundessstraße hinunter und suche das Haus, in dem George wohnt. Er begrüßt mich fröhlich und lädt mich sofort zu einer Tasse Kaffee ein. Nach dem ersten small talk sitzen wir schweigend auf der Terrasse seines Hauses und blicken über das Tal.

Keine Zigarette? frage ich nach einer Weile grinsend und er lacht bübisch: Du zahlst mir ja keine mehr.

Nein, ich habe aufgehört, sagt er dann ernst, ich habe mit vielem aufgehört, seit ich in Pension bin. Brauch ich nicht mehr. Ich bin sehr glücklich hier, mit meiner Frau Mary, mit dem Haus, mit meinem Garten, was mich anfänglich selbst sehr erstaunt hat. Weißt Du, eigentlich habe ich oben am See nur gearbeitet, weil ich vor Mary davon gelaufen bin. Vor ihrer Kritik an meinem Rauchen, an meiner ständigen Nervosität, an diesem und jenem. Aber seit ich hier bin, bin ich ganz ruhig, schneide meine Rosen und mache mir einen Kaffee, wenn ich Lust dazu habe. Und mit meiner Frau läuft's bestens, wir verstehen uns wieder so gut wie vor langer Zeit.
Er lächelt versonnen in sich hinein.
Und das Rauchen? beginnt er wieder: Ich brauche es nicht mehr. Sie haben unten in der Stadt einmal einen Entwöhnungskurs angeboten, ein Wochenende. Mary hat mir zum Frühstück den Zettel hingeschoben und ich bin gleich hinunter gefahren, denn es begann noch am gleichen Tag. Und, was soll ich sagen, ich hab mit einem Schlag aufgehört. Peng! Aus! Das letzte Päckchen habe ich als Warnung in den Glasschrank gestellt. Aber ich benötige eigentlich keine Warnung mehr, es ist vorbei. Irgendwann werde ich die Zigaretten wegwerfen.
Gratulation! sage ich. Und wir schweigen wieder. Es ist einfach zu schön hier, um viel zu reden.
Wenn Du willst, meint er nach einer langen Weile der Stille, kannst Du bei uns schlafen. Wir haben ein nettes Gästezimmer mit eigenem Bad. Es wird sowieso viel zu wenig genutzt.
Ich danke und nehme an. Die amerikanische Gastfreundschaft ist einfach überwältigend.
Nach dem Duschen rufe ich Mira an und verkünde die Neuigkeit, dass ich heimkomme, weil mein Anliegen erledigt ist. Nach einem langen, liebevollen Gespräch, in dem ich mich vor allem darüber freue, ihre Stimme zu hören, bitte ich sie, mir einen Flug herauszusuchen und ihn zu buchen. Wenig später flattert die Boarding-Card auf mein Handy.
Georges Frau versorgt mich mit einem deftigen Abendessen, nach dem ich dringend einen Spaziergang brauche. Ich wandere eine Zufahrtsstraße entlang, an der, in großen Abständen aufgereiht, die Häuser auf dieser dem Gebirge entgegenliegenden Seite des Tals stehen. Ein Polizeiauto kommt die Straße herauf und hält abrupt neben mir. Ich erschrecke und fürchte im ersten Moment um meinen Heimflug. Aber dann lacht mich Sandie, die junge

Polizistin, an, die mich vor einiger Zeit zurück zum See gebracht hat: Hej, wie geht's Dir? Was machst Du hier?
Oh, antworte ich, ich habe George besucht und muss jetzt nach dem Essen noch ein wenig laufen, antworte ich. Aber sonst geht's mir gut.
Ja, Marys Abendessen haben's in sich, ich weiß, kichert sie zurück.
Aber Du, was machst Du hier? frage ich.
Ich wohne gleich da vorne, sagt sie, das grüne Häuschen, siehst Du? Sag, wie lange bleibst Du?
Mein Flug geht morgen Abend und ich muss schauen, wie ich von hier zum Flughafen komme.
Oh schade, sagt sie, sonst hättest Du gerne auch bei uns abendessen können. Mein Mann ist Chinese und Koch in einem Restaurant. Und morgen hat er sogar seinen freien Tag. Schade, schade... Aber ich könnte Dich morgen mit zur Stadt nehmen. Da geht ein Bus bis zum Flughafen. Ich such den raus und hol Dich rechtzeitig ab, okay?
Du bist ein Schatz, sage ich, also dann bis morgen früh!
Yes, Sir! By tomorrow! sagt sie militärisch streng und gibt im nächsten Moment lachend Gas.
Am Morgen versorgt mich Mary mit einem alten Hemd von George: Er hat es schon lange Zeit nicht mehr getragen, sagt sie mit einem lächelnden Blick auf seine Körperrundungen, und Du hast nichts mit, oder?
Nein, sage ich, ein Freund brachte mich her und musste schnell zurück. Meine Sachen sind bei ihm. Er hat aber leider keine Zeit, mich zu holen.
Innerlich kichere ich darüber, wie man mit den rechten Worten Bilder im Geiste des Anderen erzeugt, die eine ungewöhnliche Art des Herbringens plötzlich ganz normal erscheinen lassen. Denn wie Igor mich herbrachte, würde sie wohl nie verstehen.
Ich komm schon zurecht, fahre ich fort, und danke für das Hemd.
Leider kann ich Deins nicht mehr waschen, mault Mary, weil Du so eilig abfährst. Es duftet nämlich schon ein wenig.
Ja, sage ich grinsend, mein Deo hat stark nachgelassen.
Am nächsten Morgen kommt Sandie früh mit ihrem Auto zum Haus und lässt kurz die Hupe ertönen. Rasch verabschiede ich mich von den Beiden, die mir so freundlich ein Nachtlager gegeben haben und springe zu ihr in den Wagen. Kauf Dir einen Rucksack, sagt Sandie mit einem Blick auf meine Plastiktüte, in der mein

schmutziges Hemd steckt. Du siehst aus wie ein Streuner. Ich müsste Dich glatt verhaften.
Nette Idee, sage ich, aber das hatten wir doch schon einmal. Wir lachen beide. Wir fahren los.
Als sie in die Bundesstraße einbiegt, frage ich sie: Darf ich Dir eine schwierige Frage stellen? So als Schriftsteller?
Schieß los, sagt sie.
Ich schaue sie vorsichtig an: Hast Du schon einmal jemanden erschossen?
Sie steigt auf Gas und ist plötzlich sehr ernst: Nein, Gott sei Dank, nein. Aber ich hab verdammte Angst vor dem Tag, an dem es möglicherweise passiert. Jack, ein Kollege von mir, musste voriges Jahr auf einem Parkplatz einen Kerl erschießen, der mit seiner Pumpgun herumballerte und fünf Leute verletzte. Es ist ihm danach nicht gut gegangen. Er ging ein Jahr zum Psychiater und schluckt immer noch Pillen. Das möchte ich nie erleben.
Aber, bohre ich vorsichtig weiter, amerikanische Polizisten gelten doch eher als schießfreudig.
Ich weiß, antwortet sie leise und traurig, solche verrückten Cowboys gibt's bei uns auch. Doch die sind meistens nicht ganz dicht in der Birne. Meistens blöde Rassisten.
Wir schweigen. Das Thema geht ihr nahe.
Nach einer Weile sage ich ebenso leise: Danke für Deine Offenheit.
Aus meiner Jacke ziehe ich ein Kuvert, in dem ein Zettel ist, den ich gestern noch in der Nacht geschrieben habe und in dem ich dem Sheriff mitteile, wo er Petkow findet. Mary schenkte mir am Morgen eines ihrer süßen Schmetterlings-Kuverts, die eher zu Liebesbriefen passen als zu dem, was ich geschrieben habe.
Kannst Du bitte das Kuvert dem Sheriff geben? sage ich zu Sandie. Aber bitte erst morgen. Ich will nicht mehr im Land sein, wenn er das liest.
Hast Du Dich in ihn verliebt? kichert sie unvermittelt, als sie das Kuvert sieht. Dann wäre es wirklich besser, wenn Du weit weg bist, wenn er das liest. Er hasst Schwule. Ihre ernste Stimmung ist schlagartig verflogen.
Aber er ist doch so süß, sage ich mit spitzen Lippen, und so kuschelig.
Wir prusten vor Lachen.
Sandie sorgt dafür, dass ich den Bus erreiche. Sie gibt mir sogar einen Wangenkuss zu Abschied und ich salutiere dafür. Ich steige in

das Gefährt und winke ihr durch das Fenster. Es geht nach Hause, denke ich erleichtert, während ich mich im Sitz zurücklehne.
Am Abend hocke ich dann geschlaucht und gelangweilt am Flughafen herum. Das ist schon eine eigenartige Welt. Irgendwie wirken Airports so, als ob sie alle in der gleichen Fabrik gemacht werden. Lange Gänge, unverständliche Durchsagen, überhöhte Preise und alles scheinbar ohne Hast, die nur durch ein paar Zuspätkommende hereingebracht wird.
Ich denke daran, was wohl die Bruderschaft machen wird, wenn der Sheriff morgen das Brieflein öffnet. Jedenfalls will ich die USA so schnell wie möglich verlassen, um nicht in irgendwelche Untersuchungen verstrickt zu werden. Vielleicht werden sie Petkow nur bergen und verschwinden lassen. Er geht ja nach so langen Jahren in der anderen Zeitspalte niemand mehr ab. Ich jedenfalls möchte mit der Sache nichts mehr zu tun haben.
Mein Flug wird aufgerufen. Ein wenig bin ich noch aufgeregt, ob nun alles wirklich klappt. Die Passkontrolle, der Sicherheitscheck, die letzte Runde vor der Bording-Kontrolle. Dann öffnet sich für mich der lange Gang in die Maschine. Meinen Platz suchen, mein Hemd verstauen. Dann schnalle mich an und schaue zum Fenster hinaus auf den hell erleuchteten Airport Das Flugzeug rollt los. In fünfzehn Stunden bin ich wieder zu Hause. Und hoffentlich der ganzen Geschichte entkommen.

Epilog

Ich bin wieder bei Mira. Es ist wunderbar in ihrer Nähe zu sein, sie zu spüren, zu beobachten, zu hören, zu schmecken. Ihr Lachen perlt in mein Herz. Wenn wir nebeneinander liegen, jubelt jede Hautzelle, die das Glück hat, ihre Haut zu berühren. Und aus den Zellen strömt der Fluss meiner Liebe hinüber zu ihr und kommt als tiefes Meer zurück. Mir scheint, als ob durch unsere Trennung unsere Verbindung noch tiefer, noch umfassender, noch vertrauter geworden ist, obwohl ich mir das gar nicht vorstellen kann. Die Kraft unserer Einheit ist für mich nur ein Beweis, dass sie sich immer wieder, in jedem Moment, erneuert und uns zusammenschweißt, von Atemzug zu Atemzug, von Berührung zu Berührung, von Augenblick zu Augenblick, von Gesagtem zu Gehörtem und zurück.

Melmoth hat vorhin angerufen. Meriel hat eine Tochter entbunden. Er ist glücklich, sie ist glücklich. Sie werden sie Ama nennen, in Gedenken an Setongs verstorbene Tochter. Vielleicht ist es ja das Mädchen, das in den Flammen umgekommen ist. Vielleicht ist es Ama, die vor vielen tausend Jahren unserer Zeitrechnung bei wunderbaren Eltern gelebt hat, die nun auch zerrissen sind durch das Böse in der Welt.

Die Hölle, das sind die anderen, sagt Sartre. Der Satz ist für mich nicht vollständig. Die Hölle lebt mitten in uns, und sie lebt davon, dass wir bereit sind, in sie hinab zu steigen. Wenn wir den teuflischen Gedanken und Gefühlen in uns Einhalt gebieten, dann gibt es keine Hölle mehr. Aber das ist die Aufgabe jedes Einzelnen. Die Menschen, die die Spiritualität in sich wirklich vollendet haben, haben uns nur daran erinnert. Das ist die Aufgabe von Religion, von re ligio, zurück zur Wurzel. Die Wurzel der Menschen, nein, aller Wesen, ist die Liebe. Sie hat uns hervorgebracht, vielleicht auf Wegen, die uns nicht gut genug waren. Aber dass wir sind, ist der Beweis dafür, dass sie ihr Werk vollendet hat. So unvollkommen es auch sein mag.

Mein Buch ist wieder erhältlich, die Bruderschaft hat Wort gehalten. Auch das gibt es, niemand ist nur falsch. Ob damit die Gefahr für mich zu Ende ist, weiß ich nicht. Denn nicht nur diejenigen, die ein System für sich ausbeuten, sind auf der Seite des Bösen. Sondern noch viel mehr diejenigen, die den Machtmissbrauch, die Grausamkeit, den namenlosen Schmerz der Welt durch Passivität oder sogar Zustimmung möglich machen. Aus Trägheit, aus Orientierungslosigkeit, aus Verführbarkeit oder aus Angst. Sie kennen die Wahrheit in sich nicht. Und sie suchen sie nicht. Das ist ihr Beitrag zum Schrecken der Welt. Mit jedem Gedanken, der andere abwertet, der andere zerstören will, der andere zurückweist, verlassen sie die Welt der Liebe, die sie selbst hervorgebracht hat.

Und das bedeutet, dass sie ihre eigenen Wurzeln verleugnen. Das ist der Eingang zur Hölle. Er ist in jedem von uns.

Cover Design: Suze LaRousse
Multimedia Artist & Designer
www.suzelarousse.eu

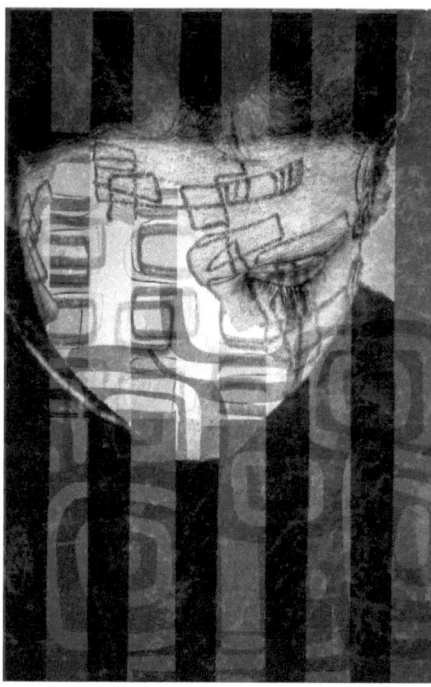

Suze LaRousse ist eine international tätige Künstlerin und Grafikdesignerin. Sie lebt in Puchberg am Schneeberg in Niederösterreich. Ihre Werke wurden in Österreich, den USA und Frankreich ausgestellt.

© Bild: Suze LaRousse
www.suzelarousse.eu

Tätigkeitsbereiche:
Graphic Design, Multimedia Art, Fotografie, Illustration, Interior Decoration, Concept Design, internationale Kunstprojekte
www.artfox.cc
facebook: maidofaustria
instagram:suzelarousse
mail: design@suzelarousse.eu

Der Autor: Yoshin Franz Ritter

Foto: Bernhard Müller

Yoshin Franz Ritter wurde 1947 in Wien geboren. Kindheit und Jugend verbrachte er in dieser Stadt. Seit seinem 30. Lebensjahr lebt er in am Land.

Schon von Jugend an haben ihn Spiritualität und östliche Weisheitslehren angezogen. Er setzte sich auch intensiv mit westlichen Philosophien und psychotherapeutischen Methoden auseinander.

Seine eigenen geistigen Grundlagen fand er in den buddhistischen Lehren, praktizierte aber mit Hilfe von Felicitas Goodman auch schamanistische Trance-Techniken und mit Chung-Liang Huang die chinesischen Lehren von Körper und Geist. Er ist heute als Naikan-Begleiter und humanistischer Psychotherapeut tätig und leitet das Neue Welt Institut (www.naikan.com) in Neunkirchen, Niederösterreich.

Seit seinem 16. Lebensjahr verfasst Yoshin Franz Ritter Gedichte und Kurzgeschichten und trat später als Autor von Romanen und Fachartikeln in Erscheinung.

Sein buddhistischer Name Yoshin bedeutet: Das sich öffnende Herz.

Mehr Informationen über Leben und Werk: www.yofr.work

Weitere Bücher des Autors

Band 1 des Weltenhüter-Epos erzählt die Geschichte einer unscheinbaren Frau, die von einem geheimnisvollen Herzen auserwählt wird, seine zukünftige Trägerin zu sein.
Dafür muss sie eine gefährliche Reise durch diese und andere Welten antreten. Verfolgt von einer uralten Bruderschaft abgefallener Priester, die ihr das Geheimnis des Herzens entreißen will.
Melmoth der Wanderer, seit zweitausend Jahren Vasall des Herzens, begleitet sie. Durch ihn findet sie nicht nur die Liebe ihres Lebens, sondern lernt auch, ihr eigenes Leben zu lieben.

Der Junge Sid wird in eine Mafia-Familie hinein-geboren. Seine Mutter stirbt bei seiner Geburt und sein Vater erzieht ihn zum neuen Paten. Doch der Clan wird zerschlagen und Sid muss fliehen.
Er landet in Indien und beginnt eine spirituelle Reise, die ihn bis die Höhen Tibets führt.
Maria, die Witwe eines Clan-Mitglieds, begegnet ihm nach seiner Rückkehr nach Europa.
Hier vollenden sich ihre karmischen Verflechtungen und reifen neuen Inkarnationen entgegen.

Sabine Kaspari, Margit Lendawitsch, Franz Ritter
NAIKAN – EINTAUCHEN INS SEIN
Umfassende Einführung in die Methode Naikan, die es uns ermöglicht, unsere Ganzheit zu erfassen und zu heilen.
Naikan ist - besonders wenn wir die aktuell unsicheren Entwicklungen der Welt betrachten - bestens dafür geeignet, aus dem eigenen Inneren Sicherheit, Stärke und Orientierung zu entwickeln.
Mehr Information: www.naikan.com